实力派

晓秋
主编

短篇小说集

踏雪之访

刘庆邦◎著

中国言实出版社

图书在版编目(CIP)数据

踏雪之访 / 刘庆邦著. -- 北京：中国言实出版社，
2022.9
（实力派 / 晓秋主编）
ISBN 978-7-5171-4307-9

Ⅰ.①踏… Ⅱ.①刘… Ⅲ.①短篇小说—小说集—中国—
当代 Ⅳ.①I247.7

中国版本图书馆CIP数据核字（2022）第166064号

踏雪之访

责任编辑：宫媛媛
责任校对：张国旗

出版发行：中国言实出版社
    地   址：北京市朝阳区北苑路180号加利大厦5号楼105室
    邮   编：100101
    编辑部：北京市海淀区花园路6号院B座6层
    邮   编：100088
    电   话：010-64924853（总编室） 010-64924716（发行部）
    网   址：www.zgyscbs.cn   电子邮箱：zgyscbs@263.net

经   销：新华书店
印   刷：徐州绪权印刷有限公司
版   次：2023年1月第1版   2023年1月第1次印刷
规   格：880毫米×1230毫米   1/32   9.375印张
字   数：230千字

定   价：69.00元
书   号：ISBN 978-7-5171-4307-9

目 录
CONTENTS

踏雪之访

　　窗外有些发白，文丰以为天亮了。似睡似醒之际，他的眼睛还迷糊着，还不是被擦亮的状态。擦亮他眼睛的不是别的东西，而是他的眼皮。他把眼皮眨了两眨，等于把闲置一夜的眼珠子擦了两擦，眼睛才明亮一些。这时再往窗外看，他不禁有些惊喜，不光他的眼睛亮了，他的心仿佛也亮了起来。下雪了，外面像是下雪了，映进窗内的不是天光，像是雪光。因为玻璃窗上结有一些冰花，看上去像隔了一层雾，他吃不准到底下雪了没有。窗户一侧对着他的床头，他从被窝里坐起来，光着上身，头抵着窗玻璃往外看。这一次他看清楚了，确认了，天真的下雪了。他看见外面的窗台上已砌了一层雪，砌起来的雪，已拥到了窗框的下沿。没有刮风，雪下一朵，存一朵，看样子还会越砌越高。再往上看，窗户上方雪光荧荧波动，一波未落一波涌，一波更比一波兴。蜂舞蝶阵乱纷纷，这不是下雪又是什么！

冬季漫长，晴天的时候总是多，下雪的时候总是少。入冬以来，一直是干冬，人们一直盼望着能下一场雪，这场雪总算从天而降。这里是矿区，文丰所在的工厂是煤矿支架厂。矿区的主色调是黑，是从里到外的黑，彻头彻尾的黑。黑得连田里的麦苗都成了黑色，有白燕从矿区飞过，似乎也会变成乌燕。有什么办法可以把矿区的色调改变一下，可以把黑色变成白色呢？人的眼珠有黑也有白，日子有黑夜，也有白天，矿区的面貌总不能一黑到底呢！那么，用水洗行不行呢？恐怕不行。好比煤的本质就是黑色，你越洗它就越黑。在地上撒些石灰行不行呢？恐怕也不行。你可以在某个场地撒一些石灰，使场地在小面积范围内由黑变白，可是，还有房顶呢，树木呢，天空呢，你总不能指望用石灰来个全覆盖吧，那得抛撒多少石灰呀！好啦好啦，别发愁了，雪来了！在人们还睡得昏天黑地的时候，雪悄悄地来了，一下子就下了个铺天盖地。改天也好，换地也好，要把黑世界变成白世界，还得靠雪呀，还只能靠雪啊！

下雪是一个喜讯，文丰得到了喜讯，想对住在同一间宿舍里的工友们报告一下。他相信，工友们听到喜讯，也会很欣喜。他回过头看了一下，见两个上夜班的工友尚未回来，他们的床铺还空着，只有一个工友在蒙着头睡觉。他的嘴张了张，没有报出声来。他的心比嘴快，想到把熟睡的工友叫醒不太好。窗外的雪在那里明摆着，等工友醒来，自然会看得见。宿舍内生有一炉煤火，睡觉前，文丰用和得稀软的煤泥把火口封上了，只用火锥在煤泥中间扎了一个火眼。经过一夜的蒸烤，煤泥被烤干了，火眼那里生长出一支火苗。他在宿舍的暗影中发现，火苗是红色的，好像一朵红花。这朵在夜里开放的"红花"，应该是献给白雪的吧！

　　文丰没有开灯，若是开了灯，就显不出窗口的白了，他不想让电光夺了雪光的光彩。他没有起床，又在被窝里躺下了。他在心里祈愿，雪千万不要停，夜里下，早上下，中午下，下午下，再下一天一夜才好呢，下得天翻地覆才够意思呢！文丰是一个善感的青年，他的感觉与别人的感觉也许不大一样。他感觉到，悄然而至的大雪，仿佛是从遥远的地方给他寄来的一封信，每一朵雪花都像是一页信纸，每页"信纸"上都写满了字。那些"字"有着雪花一样的符号，每个符号都能唤起他对雪的记忆。记得还在农村老家时，有一天夜里下大雪，下了一夜，把堂屋的门都堵住了，堵到了门半腰。母亲一打开双扇木门，半堵雪墙一下子倒塌在屋子里，扑得屋子里都是雪块子。母亲深一脚浅一脚地踩着雪去灶屋做饭，她需要先用铁锨把堆砌在屋门前的雪铲去一些，才能把灶屋的单扇木门打开。在他的记忆里，每年的春节前，他们那里都会下雪，直到放炮过年了，雪都化不完，需要把残雪堆在墙角，或堆在树的根部，才能给春节的欢乐打开一些场子。而红色的炮纸落在残雪上，融化的雪水总能把鞭炮纸浸湿，染出一块块胭红，像开在白雪上的一朵朵莲花，或木槿花。更让文丰难以忘怀的是，他们村里有一位会拉弦子的盲人，每当天下雪的时候，盲人的弦子总会响起来。他的眼睛看不见下雪，不知他对下雪是怎样感知到的。人们似乎不记得他在晴天晴地时是否拉弦子，但人们都记得，只要天一落雪，他的弦子声一定会及时响起来。这样一来，他的弦子声就成了一个信号，弦子一响，村里人就知道又下雪了。他拉出的曲调一点儿都不欢快，而是有些悠远、凄婉，甚至充满无尽的忧伤。听到弦子声后，文丰不止一次踏着雪去盲人家里近距离地听。边看边听是允许的，但不能说话，只能悄悄地睁着眼睛看、张着耳朵听。这是盲人定下的规矩。让文丰感到吃惊和难忘的是，他不止一次看见，盲人旁若无人似的拉着弦子，却有两行清泪从他的眼角流下来，慢慢流到鼻梁两侧的鼻凹子里。盲人的鼻梁高高的，显得有些苍白，像是用石膏雕塑而成。在雪光的映衬下，盲人流出的眼泪是晶莹的，似有雪花的翅膀在泪光中翻飞。文丰不能明白，盲人在雪天拉弦子时为何会流泪，他的眼泪是为漫天的大雪而流？是为自己拉出的曲调而流？还是为自己而流呢？也许都有吧！

当记忆中再现盲人的眼泪时，文丰的眼角也快要湿了。这真是，天不下雪让人愁，天下大雪更让人愁啊！发现下雪时，他脑子里一明，第一个想到的是他的女友。他和女友的恋爱已谈了一年多，并逐渐接近成熟的程度。在初春，田野里的残雪尚未化尽，他们去山沟里的崖畔采过金灿灿的迎春花。夏天，他们来到一处烟波浩渺的水库边，用抻开的手绢在生有水草的清水边捕鱼捉虾。秋来时，当山野变得五彩斑斓之际，他攀上柿子树，为站在树下的女友摘已熟的、红红的柿子吃。去外面游玩之后回到厂里，文丰意犹未尽似的，就用笔，用文字，把游玩的过程记录下来。他是以短句的形式记的，类似人们所说的新体诗。既然是用文字记录，就有一个命名的过程，也是一个修辞的过程。名儿不是那么好命的，他抓住一个感觉，或一个意思，调动脑力想啊想啊，才比较贴切地把名命下来。辞也不是那么好修的，往往是他在自己大脑有限的词库里扒来扒去，挑来挑去，才能找到一个既能表情也能表意的词。生活是一个过程，生命是一个过程，游玩当然也是一个过程。不管是什么过程，如果没有文字的参与，过程过过就过去了，如过眼烟云一样，不会留下什么痕迹。而一旦有文字参与进来，一切都变了样子，仿佛胎也脱了，骨也换了，雪中能长出炭来，石头上能开出花来。拿他和女友外出游玩来说，如果不用文字记录下来，就会显得平平淡淡，不足为奇。只要变成文字的东西呢，就陌生化了，就有了近乎明媚和奇异的色彩。他们在游玩的时候，并没有意识到环境有多么美好，并没有和审美联系起来。现实一搬到字面上呢，就有了画面感，升华感，给人的是美不胜收的感觉。不管他们游山玩水，捉虫捕鱼，赏花摘果，从不敢轻易想到诗。在他们心目中，诗是那么高雅的东西，那么神圣的东西，他们所玩的那些静物或动物，怎么能说得上是诗呢，它们有什么诗意呢？而他们所玩的内容由文丰写成了分行的句子之后，面貌焕然一新，顿时就有了诗意。却原来，那一山一水，一虫一鱼，一花一果，都是诗歌的素材，都是诗意的载体啊！再有，文丰在白纸上写下的黑字，如铁板上钉钉，留住了他们共同活动的美好和诗意，同时留住了他们青春的年华，蓬勃的朝气和贴心贴肺的爱情。

他们每外出游玩一次，文丰就写上一篇。写完了，他就拿给女友看。女友有着浪漫的情怀，很喜欢看文丰所写的东西，每看一篇，都表示赞赏，并很珍惜地保存起来。之后，她向文丰建议，再出去玩玩吧！文丰明白，女友的需求不再是单一的，至少是双重的，在物质世界里游过，还要到精神世界里畅游一番，她是希望文丰再写东西。这样一来，女友的需求就形成了文丰写作的持续推动力，并形成了一种从物质到精神的良性循环。在一个偏僻的矿区，有一对青年工人，在他二十来岁的青春岁月，就这么不声不响却激情满怀地享受着他们的人生，创造着他们的生活，拓展了他们的世界。望天天高，望路路长，他们觉得这一切可真好啊，好得让人温柔无边。他们对眼前的一切深感满足，这就可以了，还要求什么呢，这样就完全可以了。他们想让时间停滞下来，不想再继续长大，就这样把恋爱谈下去，谈下去，谈它个海枯石烂。他们幸福得有些晕眩，有时怀疑他们的生活是不是真的，他们是不是在做梦，他们只得互相拉一下手，用双手的热度和力量，感知一下恋爱的存在。

任何怀疑都不是无缘无故的，从深层次的原因来讲，他们的怀疑来自他们的隐忧。他们担忧恋爱能不能继续下去，能维持多久。他们觉察到了，别人认为他们的恋爱不够革命化，有些不合时宜。果然，人家把文丰所写的东西都从女友那里收走了。连里（车间被改成了民兵连，实行军事化管制）的指导员经过审查，认为他们被资产阶级的香风吹昏了头脑，掉到资产阶级思想的泥坑里去了，有必要拉他们一把。拉他们的办法，就是组织动员全连的职工对他们展开批评教育。

批评他们的目的，当然是把他们分开，不许他们再"资产阶级"下去。说是提倡自由恋爱，其实不管在什么时候，恋爱从来都不自由，不是受这样的制约，就是受那样的制约。正是因为恋爱不自由，才有了自由恋爱的说法。文丰目前的处境就是这样，和女友处在一个被强行分开的状态。可他越是不能和女友见面，对女友思念得越厉害，仿佛他整颗心都在女友心上。早上这个时候，女友或许仍在女工宿舍里睡觉，外面下雪的事，不知女友发现没有。他听女友说过，女友也很喜欢下雪。要是在没有批评他们之前，他会勇敢地敲开女友宿舍的房门，把下雪的好消息报告给女友。如果女友提出到雪地里走一走，他当然会欣然答应奉陪。雪是白色的，白得比白纸还白。但雪却是一种难得的标记，一块儿在雪地里走一走，不知会留下多少难忘的记忆呢！然而，有讨厌的"然而"在，文丰哪里还敢去找她的女友呢！

天亮之后，雪还在下着，而且越下越大。穿衣起床后，文丰站在门口往外面看了好一会儿。雪片子不是在飘，而是在垂直下落，每一片雪花似乎都很有分量。这样的下法，如果搁在夏天，应是在下大雨。到了冬天，就变成了下大雪。据说雪片子在高空时还是液体的形状，在接近地面遇到冷空气时，才变成了固体。雪片子似乎对液体状的雨水有一定的延展扩大作用，这使雪片子在空中的密度显得比雨点子要大，遮蔽性也更强，一时间，大面积的雪片子似乎把天地之间都充满了，分不清哪里是天，哪里是地。文丰看着看着，有些迷惘，也有些走神，好像更有些忘我，亦不知身在何方。见有工友在门外的雪地里行走，并大嚷"好雪"时，他伸手接了一下雪，才回过神来。

花儿不可辜负，月儿不可辜负，雪儿同样不可辜负。他穿上自己的棉大衣，蹬上翻毛皮鞋，戴上那顶旧军帽，决定到雪地里走一走。他不能到女友那里去，只能是乱走。好比女友既是他的方向，也是他的目的地，如今他没有了方向，也失去了目的地，只能跟着大雪，雪走到哪里他就走到哪里。

他刚走出宿舍的门口，密密匝匝的大雪片子迅即把他包围起来。在宿舍里烤过煤火，他的脸还是热的。雪花打在脸上的时候，他觉得自己的脸颊一阵凉，雪很快就化了。雪花落在他鼻梁上的时候，化得没有那么快。别看他的鼻梁是他脸上的第一高度，他的眼睛却看不见他的鼻梁，而鼻梁上一落了雪呢，好像把鼻梁的高度又提高不少，他看到雪片的同时，似乎连带着把鼻梁也看到了。雪落在他嘴唇上时，他用嘴唇一抿，抿到嘴里去了，觉得有些甜丝丝的。雪和他的眉毛大概有某些相近之处，雪似乎喜欢他的眉毛，眉毛仿佛也喜欢雪，雪在眉毛上停留得更长一些，有了层层叠加的效果，黑眉毛很快变成了长长的白眉毛。同时，雪落在他的帽子顶上了，落在他竖起的棉大衣的栽绒领子上去了，并落在了他的肩上。他原来以为，雪很轻很轻，轻得一点分量都没有。今天，随着落在他身上的雪不断加厚，轻来轻去地堆成山，他觉得雪还是有一定分量的。他原来以为落雪无声，而他今天好像听到了落雪的声音，那声音叽叽喳喳，像是一群女孩子在说悄悄话。不管雪落在他身上任何部位，他都不会马上把积雪清除掉。一年到头，身上好不容易才落了一些雪，雪那么洁白，一点都不嫌弃他，他怎么舍得把雪清除掉呢！

地上的雪大约超过了半尺深，他一踏，脚就陷了进去，一抬，就现出了一个脚窝。新雪是松散的，还没有落实和冻结。新雪不仅包裹在他的鞋面子上，连裤脚上都沾了雪。他把脚抬高，猛地在雪面上震了一下，收到的是爆炸般的效果，积雪四溜子开花，在雪面上"炸"出一个比脚窝大得多的雪坑。雪面上留下的脚窝还不多，他回过头看了一眼，看到了自己留下的一串脚窝，欣喜地发现，脚窝是那么深入，明显，新鲜，好看！在地上没有雪的时候，人们不管在什么地方走过，一般很难看到自己的足迹，走过跟没走过差不多。而地上一旦有了雪，人们就可以留下足迹，并清晰地看到自己的足迹。这大概也是人人都喜欢下雪的原因之一吧。

如果雪事由老天爷掌管，老天爷大笔一挥，把世界上的万事万物都改变了。人类使用的笔，蘸的多是黑色的墨水，写的多是黑色的字。老天爷使用的笔，蘸的是白色的粉末，写出的所有的字都是白色的。以老天爷的高瞻远瞩和宏大气魄，它或许不是在写字，它所做的是涂改的工作。它大概对世界上存在的一切不够满意，就统统涂掉，涂成一律的白色，然后重新布局，建设成一个更新更美的世界。院子里的两棵树之间扯着一根裹有一层黑色胶皮的铁丝，铁丝是工人们平日里晾晒衣物用的。文丰看见，雪没有在铁丝上行走，而是玩平衡似的在铁丝上停住了，铁丝变粗了，变得毛茸茸的，如加长的白猫的尾巴一样。扯铁丝的树是两棵杨树，树上的树叶早就落光了，只剩下一些灰色的枝枝丫丫。落雪坠满了树上的每一根枝丫，忽如一夜春风来，仿佛满树开满了雪白的梨花。连部对面的路边有一块黑板，黑板倾斜着放置在一个木头架子上，那是连里不定期出黑板报用的。今天黑板上附着厚厚一层雪，黑板就变成了白板。文丰在"白板"前面停了一下，想用手指在"白板"上写两个字——"白板"。手指已经伸出来了，他想了一下，没有写。他惹祸就惹在写字上，对写字的事一定要慎之又慎。手指头痒了，他宁可把手指头放到牙齿上咬咬。

他们的厂区建在一处缓缓的山坡上，东边高，西边低。文丰一步一个脚印、却又漫无目地从低处往高处走去。低处是生活区，高处是生产区。一条水泥路连着生活区和生产区，他每天都要在这条马路上走很多趟。今天冒着大雪再在这条路上走，他的感觉与以往截然不同，像是走进了一个崭新的世界。放眼向上望去，大雪把生产区的一切都覆盖住了，采石场、破碎石头的机房、球磨机车间、烧水泥的地炉、加工钢筋的工棚等，都变成了一片白。矿井下在继续挖煤，巷道在不断延伸，支架要源源不断地送往井下，支架厂不会因下雪而停产，工人们该干什么还干什么。可是，文丰只看见大雪纷纷，连一个工友都看不见。前不见人，后不见人，文丰感到了一种前所未有的孤独。

他有一个念头，刚从宿舍里出来时，这个念头还有些模糊，一如大雪中的远景，此刻变得清晰起来，却原来，他思念的还是他的女友啊，他心上最放不下的还是他的女友啊！有道是，每逢佳节倍思亲。眼下不是什么佳节，只是一个下雪天，他是在下雪天时倍加思念女友啊，下雪天真比佳节还要佳节啊！他的念头是：他在雪地里行走，他的女友也许也会在雪地里行走。因为他上的是中班，下午四点才上班。女友上的也是中班，上午也在宿舍里休息。如果女友也出来走，他在雪地里碰见女友的概率还是有的。尽管概率可能很小，但世界上所有的概率都是给有心的人准备的，都是给有准备的人准备的。如果他待在宿舍里不出来，在厚雪地里遇见女友的机会一点儿都不会有。倘若没有人家对他们的批评，没有对他们的恋爱上纲上线进行干扰，他们的恋爱也许平平常常，他见到女友的心情也许不这么迫切。正是因为有了批评和干涉，他们的恋爱像是遇到了挫折，并经受了考验，一下子提高了价值，使他们倍加珍惜起来。看来，世界上美好的东西，有时与距离和限制相伴，只有暂时拉开了距离，受到了限制，才让人感到爱来之不易。

他在雪地里来来回回走了两趟，期望中的概率没有出现。如果继续在雪地里走下去，意图过于明显，被人看破就不好了。徘徊犹豫之际，他记起有一个叫张杰的老乡前几天对他说过，张杰的老婆从老家来厂里看张杰了。探亲用的家属房里已住满了人，张杰和老婆没地方住，只能临时住在生产区一个盛放钢筋的工棚里。张杰还对他说过，张杰的老婆家里是地主成分，张杰娶的是一个地主家的闺女。文丰没问张杰什么，是张杰主动对他说起其老婆的。张杰是一位复员军人，在部队时入了党，当过班长。张杰这样说，可能是训练有素，出于一种政治上的坦白，也可能是出于一种无奈。张杰不说他老婆是地主家的闺女，文丰或许不想看他老婆。张杰一说他老婆是地主家的闺女呢，文丰倒想看一看张杰的老婆长得怎么样。在他们老家，秧红薯苗子的红薯被说成红薯母子，红薯母子都是挑了又挑出来的，只有红薯母子好了，秧出的苗子才会好。人也是同样的道理，只有"母子"好了，生出的孩子才不差。地主婆一般来说都比较漂亮，张杰的老婆是地主婆生出的闺女，也应该有几分姿色吧！

盛放钢筋的工棚在生产区的南墙边，文丰下了路基，向工棚走去。路基下面凸凹不平，因积雪的覆盖，他分不清哪里是凸，哪里是凹，走得深一脚，浅一脚，像是在艰难跋涉。有一脚没踩好，他失去了平衡，差点摔倒在雪窝里。身旁刚好有一辆废弃的矿车，他伸手扶了一下已落满雪的矿车的上沿，才没有摔倒。在他手扶矿车的时候，不但右手沾了一手雪，雪粉还抖进他的袖筒里去了。他往下甩了两下，有的雪粉还是化了，化得手腕子那里湿湿的，凉凉的。大雪仍在下，他闻到了雪的气息。雪的气息一点儿都不单一，除了沁入肺腑的清凉之意，他似乎还从雪中闻到了丝丝类似春天的暖意。

工棚的西头是封闭的，东头敞着口子。文丰一来到工棚东头，就看到了张杰和张杰的老婆。他没有立即走进工棚，而是在工棚外面停下来，把自己身上的积雪清理一下。他低下头，先让帽子顶上的雪块子脱落下来，而后右手扫左肩，左手扫右肩，把双肩上的雪都扫了下来。在大雪中行走，落雪几乎把他变成了一个雪人。经过清理，"雪人"退去，才还原了他的本来面目。

当他在外面清理身上的积雪时，张杰和老婆已站在棚口。张杰一再说，不碍事，不碍事，进来吧！

他喊了张杰的老婆一声"嫂子"，见她怀里还抱着一个小男孩儿，当是他们的儿子。小男孩儿头上戴着虎头帽，脚上穿着虎头鞋，像一只长了双虎头的小老虎。小男孩儿穿得很厚，棉袄和棉裤都厚得鼓囊囊的，使小男孩儿又像是一只皮球。文丰摸了一下小男孩儿胖胖的小手说，真可爱。

工棚里生有一炉煤火，煤火正熊熊燃烧。张杰指了一下放在炉火边的一只用钢筋焊成的小凳子，让文丰坐下烤火。

文丰坐了下来，双手伸在炉火边烤，扭头望着棚外说，雪下得真大。棚口外面不远处有一个高台，高台下面不知是土堆还是石块。高台后面是一棵杨树，杨树一侧是厂区的围墙，围墙外面雪一片白茫茫的，什么都看不到了。

张杰也说，雪下得不小，到厂里参加工作两年多了，第一次看见下这么大的雪。

文丰说，幸亏没有刮风，要是刮风的话，雪会旋进棚子里来。他把整个工棚环视了一下，见工棚里码放着不少成盘的钢筋。在钢筋的缝隙之间支有一张床，床上放的是张杰从部队带回来的黄色的被子。炉火旁边只有两只凳子，嫂子把孩子放到床上去了。孩子还不会走，把他放到哪里，他就坐在哪里。文丰看了看嫂子，嫂子的相貌与他预想的差不多，长得是不错。皮肤说不上很细，但看着很端庄、娴静、内敛，一看就是那种内心世界丰富的人。

对于文丰目前的处境，张杰是知道的，他说，你们连里净是瞎胡来，连个恋爱都不让人谈，天底下哪有这样的道理！

文丰摇头说，人在屋檐下，没办法。他们两个现在连面都不敢见了。

张杰说，你要是同意的话，我去把你的女朋友喊来怎么样？我是当过兵的人，我什么都不怕！张杰说着，朝棚外看了一眼。大雪如注，敞开的棚口那里像挂着一道雪帘子。"雪帘子"挡不住张杰，他仿佛一伸手就可以把"雪帘子"撩开。张杰又说，中午我让你嫂子炒两个菜，咱们一块儿喝两盅。

文丰笑了一下说，不用，她上的也是下午四点的班，这会儿可能还在休息。

这时，让文丰意想不到的一幕出现了！让文丰惊喜的一幕出现了！！让文丰终生难忘的一幕出现了！！！隐约之中，他觉得棚外的层层雪幕中似乎立着一个身影。身影有些熟悉，但他不敢相信自己的眼睛，担心自己看到的是一个雪幕中的幻影，于是定睛再看，才把那雪幕遮拦中的身影认出来了，那不是别人，正是他昼思夜想的女朋友啊！

女友既然来了，肯定也看见了在工棚内烤火的文丰。那就赶快进来吧，还站在雪地里干什么！文丰起身来到棚口，喊了女友的名字，让女友赶快进来。

然而，不知女友今天抻着了哪根筋，亦不知她犯了什么牛脾气，她站在棚口前面的那个高台上，一动不动，也不说话，像是要把自己站成一尊雪雕。她身穿的是一件棉猴，两手插在棉猴两侧胸前的口袋里。因她站在雪地的高台上，身材显得比平日高挑。她闭着嘴巴，双眼微眯，一副心思渺远的样子，又像是有着深沉的心事。她的鼻子高高的，脸蛋鼓鼓的，冻得脸上白中有一些发红。飞舞的雪花似乎见不得她如此沉静，以动带静似的在她面前飞来飞去。她不为缭乱的雪花所动，仍站在那里一动不动。她所穿的棉猴已经旧了，褪去了原有的蓝色，变得微微有些发白。文丰听女友说过，这件棉猴还是女友在读中学的时候她妈妈为她做的。在文丰看来，女友穿上这件棉猴，还像当年女中学生的样子。女孩子不怕穿旧衣服，旧衣服不但遮不住女孩子青春的丰采，对比之下，正好可以对女孩子蓬勃的青春之美起到反衬作用。棉猴的帽子遮住了女友光光的前额，从帽檐下面冒出的是女友的一些头发。女友的头发从没有烫过，是天生的自来卷。这样的卷发使得女友像是一个外国的女孩子。文丰似乎突然发现，在大雪洁白背影的衬托下，他的女友原来这么美，美得无可挑剔，无与伦比。要是有一台照相机就好了，他可以把女友在雪中的形象照下来，留作永久性的纪念。要是有一幅类似西洋画那样的油画就好了，可以把这个女孩子在雪中的神情描绘下来，油画的名字就叫《浴雪图》。

文丰只好从工棚里走出来，走到女友身边，小声跟女友说了两句什么，并把女友拥了一下，女友才随他到工棚里去了。他问女友："你是怎么知道我在这里的？"

女友这才开口说话："不管你走到哪里，我都能找到你。"

2020 年 2 月 11 日至 18 日于北京和平里

原载《中国作家》2020 年第 4 期

远去的萤火

在我记忆里，小时候，每年夏秋之交，我们那里都会下暴雨，发大水。暴雨一般都是从半夜里下起，有点儿趁着夜幕搞突然袭击的意思。暴雨的突然袭击总是能够得逞，能够取得扫荡和颠覆一样的效果。不过，我那时有着超强的睡觉能力，一睡就睡得很沉，哪怕外面的雨下得山呼海啸，都不影响我睡觉。把我从睡梦中惊醒的，常常是当队长的堂叔用烧火棍敲铜盆的声响。那只用黄色的熟铜做成的铜盆，是土地改革时堂叔从地主家分到的浮财。得到铜盆后，堂叔为它派上了新的用场，声震如锣的铜盆成了堂叔在应急时刻发号施令的工具。自然界发出的声响，不管多么洪大，内里总是有一种总体性的沉静的力量，声响越大，给人感觉反而越静。堂叔半夜里在雨中敲铜盆发出的声响就不一样了，它像是对空气实行了定点击破，有着爆炸性和撕裂性的突兀。堂叔把铜盆从村东敲到村西，从村南敲到村北：喤喤——男劳力都快去东河打堤！喤喤喤——男劳力都快去东河打堤！！

堂叔与我们家住的是同一个院子，他刚把铜盆敲响第一声，我像被人揪了一下耳朵，激灵得醒了过来。不知为何，每次听到堂叔敲铜盆，我都有些害怕，好像灾难马上就要降临，而且是灭顶之灾。听大人说过，大雨和大水到来时，如不及时把河堤加高，任河水漫过河堤，或河堤崩了口子，河水就会灌到我们村，不光地里即将成熟的庄稼要全部泡汤，连人也会被淹成鱼鳖。我虽然对庄稼不怎么关心，也不能想象人变成鱼鳖是什么样子，但看到全家人都变得很紧张，家里顿时充满了紧张的气氛时，我就不由得害怕起来，害怕得甚至像在雪地里刚撒完了一泡尿一样，打了一个大大的哆嗦。我赶紧用被单把头蒙上了。

我爷爷不是男劳力，我更不是男劳力。爷爷不是男劳力，是因为他老了。我称不上男劳力，因为我年龄还小，才五六岁。全家唯一的男劳力，只能是我爹。我爹听到铜盆的召唤，二话不说，当即翻身下床，摸黑披上蓑衣，戴上帽壳，抄起铁锹，夺门而出。

堂叔敲过铜盆，大概率先奔到东河的河堤上去了，村子里很快恢复了平静。我经历的事情还少，想象力还没有什么基础，想象不出包括我爹在内的那帮男劳力是怎样一番争分夺秒、浴水奋战的情形。我家的屋子里也静了下来，静得一如屋子里的黑暗。往日里，我家的老鼠十分猖獗，它们整夜在我们家的房梁或粮食茓子上寻欢作乐，闹个没完没了。大雨滂沱之夜，它们似乎也感到了形势不妙，纷纷偃旗息鼓，躲在自己窝里一声不吭。

雨当然还在倾泻，浓郁得有些发稠的雨气从窗棂子那里涌进来，一波又一波。下雨的声响是连续的呼呼声，一点儿都不中断，像是满槽的河水在流。我听娘讲过，天上也有一条河，叫天河，牛郎和织女就被阻隔在天河两岸。我想，是不是天河和人间打乱了，天河里的水直接流到地上了呢？不对呀，天河里漂的都是星星，要流，应该连星星一块儿流下来，怎么流到我们这里的都是水，连一颗星星都看不见呢？我还没把这个问题想明白，就糊里糊涂地又睡着了。

大雨下了半夜，一天，一夜，又半天，加起来，一共下了一天半和一夜半。直到第三天下午，雨才停了下来。大雨与小雨的风格有所不同，小雨下起来淅淅沥沥，容易形成连阴雨，而大雨说停说停，一般来说不拖泥带水。我爹夜里出去打堤，白天回家睡觉。从我爹不慌不忙的样子看，堂叔和我爹他们把河堤保住了，把陡涨的河水限制在了河堤之内，地里的庄稼没有被淹没，村里也没有任何人变成鱼鳖。下雨天我不能出去乱跑，未免有一些着急。说实话，我也想出去打堤。一个打字，让我很感兴趣，我不知道打堤是怎么个打法，是打河堤的头呢？还是打河堤的屁股？我打算穿上我爹的蓑衣，戴上我爹的帽壳，也到雨里去威风一番。我假装把我们家堂屋的门槛当成河堤，就算我不能真的去东河打堤，跨越一下我们家门口的"河堤"也是好的。翻精（我们老家的方言，意指调皮捣蛋，喜欢瞎折腾）如我，真的把蓑衣穿上了，把帽壳戴上了。蓑衣太长，一下子把我罩住了，罩得连脚后跟都不露。帽壳也太大，我戴上帽壳，不光遮住了头和脸，连眼睛也被捂了瞎。娘说我像一个刺猬。大姐说我像一个蘑菇。二姐说我像一个稻草人。我出去威风不成，徒给他们增加了一些笑料，好不让人生气，哼，哼哼哼！

我的机会来了。雨停后这天下午，闲不住的堂叔有了新的动议，要组织我爹他们去东河堵鱼。堵鱼，那太好了，堵鱼一定很好玩，恐怕要比打堤好玩一百倍！听说要去堵鱼，我高兴得几乎欢呼起来。关于堵鱼的事，我多次听大人们在吃饭场里说过，他们一说起来就兴致勃勃，连饭都忘了吃。事情是这样的：十户人家联合起来，用纳鞋底子用的那么粗的棉线绳子，织成一张大网。大网的面积有多大呢，把它铺展在打麦场上，可以把整个打麦场网起来，连麦堆、麦秸垛和硕大的石磙，都能网罗其中。这么大的网，网眼当然也很大，小孩子的拳头可以随意从网眼里捅进捅出。大网的目标和定位是明确的，那就是只逮大鱼，放过小鱼。大鱼是从哪里来的呢？据说是从淮河里流窜过来的。我们那里属于黄淮海大平原，北面是黄河，南面是淮河，连结黄河和淮河的是一条沙颍河，我们村东的东河是沙颍河的一条支流。大水涨起来后，都是顺着东河，汤汤地从南向北流。淮河里的鱼很多，大鱼也不少。在不涨水的时候，由于东河原来的水比较浅，河床也比较窄，加上捕鱼的人很多，处处都是凶险，淮河的鱼们不愿到东河里去。除了受多种条件限制，淮河的大鱼们似乎也不屑于到东河里去，它们认为它们是大河里的鱼，不愿到小河里去受委屈。但一发水就不一样了，东河的水也深了，河面也宽了，仿佛天也空了，海也阔了，一下子变成了四通八达的水世界。这时，淮河里的鱼就有些动心，变得不安分起来。它们不再满足于只在淮河里生活，要到更大的黄河里去一试身手。特别是那些鲤鱼们，祖祖辈辈得到的祖训是：龙门就在黄河上游，只有游进黄河，跳过龙门，才有可能变成龙。否则，只能永远是鱼。作为一条鲤鱼，谁不想变成龙呢，连做梦都想啊！既然大雨大水为它们提供了成龙的机会，它们拼死也要一搏。于是，它们像进汴京赶考的举子一样，纷纷通过东河，不远千里，向黄河游去。满怀希望的鲤鱼们哪里料到，一张大网正在东河等待它们，那些趁火打劫的"打手"们正准备吃鱼肉、喝鱼汤呢！我倒没想到吃鱼肉，也没想到喝鱼汤，只想到堵鱼一定很好玩。长虫不好玩，癞头蛤蟆不好玩，鱼是很好玩的，也是很好看的。常言说，鱼头上有火。其意思不是说鱼头上真的有什么火，有什么光，而是说人们一见到鱼就很兴奋，很来劲。于是，我提出了要求，我也要去东河堵鱼。

　　我的要求遭到了全家人的一致反对。他们说出的反对的理由各不相同，但没有一个人同意我去。在所有的反对意见中，我娘的说法最可怕。

她说："你知道不知道，堵鱼得爬到高高的河堤上去，河堤里面就是满槽翻滚的河水，你一不小心，就会滑到河里淹死，变成水鬼。你变成水鬼后，有可能被水中的大鱼吞到肚子里，想再变成人就难了。"

我说："变不成人就不变！"

爷爷拿讲古戏诱惑我，说我要是听话，他晚上就给我讲一个拿妖的古戏。

我说："我不听话，不听拿妖的古戏！"

我爹跟我讲道理："我们下午开始去堵鱼，到夜里要接着堵，一整夜都不能睡觉，不能回家。你要是跟我们一块儿去，夜里肯定熬不住，肯定要睡觉。河堤上都是湿泥巴，泥巴天泥巴地的，你在哪里睡呢！"

我表态说："我不睡觉！"

我爹说："你说得好听，到时候你就不当自己眼皮的家了。"

我说："我当家，我就当家！"

我爹跟我商量："你看这样好不好，你现在还小，还不会堵鱼，等你长大了，力气长全了，我就不去堵鱼了，堵鱼的事都交给你，怎么样？"

我说："那不行，我已经长大了，今天就要去堵鱼！"

爹拉下脸子，说："哎，这可不好，人得讲道理，不讲道理可不行！”

我娘有些不耐烦，对我爹说：“不要管他，你只管走你的。你前脚走，我后脚就用绳子把他拴起来！一个小毛孩子，我就不信治不了他！”

完了完了，娘的态度这么坚决，看来堵鱼我是去不成了。怎么，难道一点儿办法都没有了吗？办法还是有一点的，我最后的办法就是哭。我有两个姐姐，一个妹妹，当时我们家只有我一个男孩子，我知道全家人都很娇惯我。我得出的经验是：如果我有什么要求得不到满足，只要我一哭，他们的心一软，一心疼我，往往就会做出让步，满足我的要求。哭几乎成了我的一个法宝，关键时刻才使用的法宝。当我使出这个法宝时，常常能收到不错的效果。于是，我嘴一咧，就哭了起来。因为功利性太强，我的哭一开始也许是假哭，但我听到自己的哭声时，哭着哭着就成了真哭，就有了眼泪，眼泪似乎还很充足。他们如果不答应我的要求，我就一直哭下去，哭得眼泪像东河的河水一样多。前面说过，我有着极强的睡觉能力，比起睡觉来，我大哭的能力似乎也不弱。也许这两者相辅相成，互为补充。只有睡得好，才能哭得好；只有哭得累了，才能睡得熟。妹妹见我哭，她也哭起来。她是被我的哭吓着了。我不反对妹妹哭，这样像男女声二重哭一样，显得力量更大一些。对我们的哭，爷爷有些受不了，我听见他在叹气，并用手掌往眼上搌。

我的哭不是干号，里面还有内容。我把矛头指向了我爹，边哭边说:"都是爷爷带我玩,你从来不带我玩。你今天再不带我玩,我以后再也不跟玩了!呜呜呜……"

我的哭再次见效,他们再次做出妥协。我爹和我娘互相看了看,我爹说:"这小子真是个闹人精啊!算了,我带他去吧。我带一领秫秸箔,铺在河堤上,让他在箔上待着。"

他对我说:"你只能待在箔上,不许到处乱跑,你能记住吗?"

我点点头,表示能记住。

我娘还是拿拴我说事儿,他对我爹说:"你还是要用绳子拴住他,一头拴住他的脚脖子,一头拴在木头橛子上,像拴一只羊一样。"

爹笑了一下说:"这个你就不用管了,孩子跟着我,你还有什么不放心的。"

大姐大概以为爹真的会拿绳子拴我,她说:"要不然,我去看着弟弟吧!"

我爹断然拒绝,说:"去东河堵鱼的都是男人,他们穿得粗枝大叶,一点儿都不讲究,一个闺女家,怎么能到那地方去呢!"

我不懂爹说的"穿得粗枝大叶"是什么意思,跟我爹来到河堤上方的堵鱼现场一看,我才明白了,那些参加堵鱼的叔叔们,无不赤皮露肉,有的只穿着裤衩子,有的连裤衩子也不穿,就那么光着身子在岸边忙上忙下。这样的场合,女孩子确实不适合来。

我们往东河走时，因爹的肩膀上扛着一领秫秸箔，他既不能抱我，也不能背我，只能拉着我的一只手往前走。地上又是水，又是泥，水是黄水，泥是黑泥，脚一踩就陷进去，根本无法穿鞋。爹和我都打着赤脚，深一脚，浅一脚，奋力向东河进发。刚走出我们的村庄，我远远就望见了东河高耸的河堤。在天际的灰云压顶之下，河堤是青黛色的，像一条巨大的黑鱼的脊背。对河堤我是太熟悉了，在好天好地的时候，我和村里别的小孩子一起，差不多每天都到河堤上爬上爬下。小孩子玩耍，总愿意往高处攀，除了上树，就是上河堤。我们那里没有山，就把河堤当成了山。我们玩上山打老虎，只能在河堤上玩。我们还把河堤的外斜坡当成滑梯，大老远就开始助跑，一口气冲上堤顶，然后屁股着地，顺着河堤的斜坡一滑到底。大雨过后，恐怕"滑梯"更滑，我自己肯定登不上去。幸亏有我爹提溜着我，他像提溜一只羊羔子一样，把我提溜得几乎脚不沾地，这才把我弄到河堤的堤面上。

　　来到堤面上，我往河里一看，顿时惊呆了，惊得我禁不住直往后退。河里的水太满了，满得溜边溜沿，像是随时都会从堤面上漫溢出来。河面太宽了，宽得雾蒙蒙的，几乎看不到对岸。河里的水太浑黄了，浑得跟天空的颜色一样，几乎分不清哪里是河面，哪里是天空。河水是流动的，乍一看，不见波浪翻滚，也听不见涛声，河水流得似乎并不快。但是，有一棵玉米秆子从上游漂下来了，当玉米秆子从我眼前经过时，我看见玉米秆子快得像一支箭一样，嗖地一下子就射了过去，眨眼就不见了。乖乖，原来水的流速很快呀！水流带风，风是有吸力的，我似乎感到风力正在把我往河里吸。同时，我仿佛听见河水在对我说，来吧，来吧，河里是很好玩的。我突然想起娘说的关于水鬼的话，我要是被吸进河里，变成水鬼，那可就完蛋了。我觉得自己的头有些发晕，不敢再往河里看。

爹没有拿绳子拴我，他把秫秸箔折叠成双层，铺在满是泥泞的堤面上，用手一指，让我坐在箔上。我在箔上坐下，一动都不敢动。爹虽说没用绳子拴我，但恐惧像一根无形的绳子，跟把我拴上了差不多。不敢往河里看，我就转过脸去，往河堤外面看。河堤是一个制高点，哪怕是坐在河堤上，我也能看到遍地的庄稼，看到远处矮趴趴的村庄。河堤下面离我最近的地方，种的是一片高粱。高粱以往在我眼里是很高的，站在高粱棵子里，我得把脸仰起来，才能看到高粱穗子。我来到河堤上就不一样了，高粱在我的脚下，一下子变成"低粱"。我坐在箔上一伸脚，似乎就能踢到高粱穗子。高粱已接近成熟，穗头的顶尖部分已开始发红。如果说每一粒高粱米都是一只斑鸠眼的话，那么斑鸠已经睁开了眼，并露出红红的眼圈儿。高粱的叶片纵横交错，透过高粱叶子的缝隙往下看，可以看到高粱根部有明显的积水，那些积水把高粱的根都淹没了。紧挨着高粱地的是一块玉米地，每棵玉米上都结有一穗或两穗玉米棒子。玉米穗口的红缨子开始打蔫，棒子却越来越粗。棒子外面绿色的包衣似乎随时都会开裂，露出里面白玉一样的玉米粒。

随着水面啪的一声响，还有堵鱼人的一阵叫嚷，我不得不转过脸来，看着河面。我看到大网已投进河中，叔叔们正在往楔在河两岸的两根木桩子上固定网纲。网纲是一根比较粗的绳索，穿在大网后背的边沿。固定网纲时，需要把网纲绷紧，连同大网的后背一起高出水面若干尺。就在网纲尚未绷直时，一条大鱼游了过来，大鱼可能碰到了网纲，遇到了阻力，噌地一下跳将起来，跃出了水面。倘若网纲早一点拉出水面绷高，也许就把这条大鱼堵住了。叔叔们虽对逃掉的白色大鱼叫骂了一阵，同时也有些兴奋，因为他们看到了希望。这条跃出水面的大鱼表明，淮河里的鱼群的确游过来了，他们布下大网，定会有所收获。对于大网的用途，在大人们的反复讲述中，我略知一二。大网的用途有两个，第一个是在静水中捞鱼，第二个是在活水中堵鱼。静水中捞鱼的办法，是拉着大网在河道中前行，行一段把大网抬出水面，像用笊篱在锅里捞饺子一样把鱼捞上来。在活水中堵鱼的办法，就像今天这样，把大网拦在水中，利用湍急的水流和大鱼们的游动，让鱼儿自投罗网。堵鱼的人不能群龙无首，其中得有一个带头人，也就是为大网号脉的人。号脉的人在大网的后背那里拴一根细绳子，然后一直把细绳子攥在手里，感知着大网通过绳子传导给他的脉冲。一旦感到大网有剧烈的抖动，估计可能有大鱼撞在网里了，号脉人发一声喊，那些拉网的人迅速把大网拉起，使大网脱离水面。如果网到鱼的话，就用一只安了长柄的、大口径的、带着长长网兜的舀子，把鱼舀出来。给大网号脉的人是谁呢？不是当队长的堂叔，而是我爹。大概因为我爹的年纪大一些，心细一些，又比较敏感，大伙就推举他为大网号脉，并负责发号施令。因为我和我爹的年龄差距比较大，在我眼里，我爹已经是一个老头儿。真没想到，老头儿还有这一手，我有些替我爹骄傲。

我爹大喊一声快拉！拉网的人迅即行动起来，把大网往上拉。有的是双手拽着绳子，身子向下打着坠，倒退着往前拉。有的是把绳子背在背上，弓着身子，像纤夫拉纤一样向前拉。大网的前沿，是用水车的铁链子做成的网坠脚，相当沉重；加上是逆着水流往前拉，要把整张大网拉起来十分费力。但要想逮住鱼，就不能怕费力气。在众人齐心合力之下，水啦啦的大网被拉起来了。我不知不觉从箔上站了起来，双手攥紧，眼睛瞪大，向网里看去。我希望能看到被网住的大鱼，大鱼越大越好，大得像老天爷一样才好呢！然而让人失望的是，网里没有大鱼，只有几条身材苗条的白条，白条们在网里蹿了几下，闪过几道银光，尾巴一翘，就从网眼里钻了出去。

当我又在箔上坐下来时，我似乎已经适应了河边的环境，头不怎么晕了，敢朝河里看了。我看见水边有一棵结了浆果的野草稞子，红色的浆果上趴着一只长身子的绿色蚂蚱，在水流的冲击下，野草稞子在发抖，那只蚂蚱也像是在簌簌发抖。我看见不远处的岸边立着一只长腿的白鹤，白鹤的眼睛往水里专注地瞅着，像是随时准备出击捉鱼。白鹤没有捉到鱼，展开双翅飞走了。白鹤飞走的时候，两条长腿仍向下垂着，像是准备随时着陆的样子。我听见了蛙鸣，蛙鸣断断续续。我没看见青蛙在哪里，它们也许在水边，也许在湿漉漉的庄稼地里。蛙的鸣叫与平常不大一样，显得有些苍凉，类似远古的呼唤。越过绷紧的网纲往北看，大约一里开外的地方，有一座拱起的石桥，河水涌到石桥那里突然收窄，发出喧哗之声。河水激越地穿过了桥洞子，再次全面铺开，无声地向远方流去。

　　长时间看逝水，总是容易让人走神儿，思绪总是容易让流水带远。迷蒙之中，我眼前仿佛出现了以前的景象。在没下大雨没发大水的时候，东河里的水只有小半槽。河里的水清澈无比，我和二姐在河边放羊，或在地里拾麦穗，如果渴了，我们就到河边用手捧水喝。在我们喝水的时候，可以看见水中五彩斑斓的小花鱼儿纷纷向我们游来。我们用手一捞，小鱼儿飞快散开。我们刚停止行动，小鱼儿复又拢来。河里还生有不少河蚌，河蚌个头挺大的，大得像大人捧在一起的两只手一样。因此，我们那里不把河蚌叫河蚌，而是叫捧蛤。秋天天气已经凉了，我大姐还下到东河里摸捧蛤。她缩在水里摸，让我扛着一只竹篮子，在河半坡帮着拾。每摸到一个捧蛤，她就抛到河坡的草地上，我负责把捧蛤拾到竹篮子里。不到半天的工夫，大姐就能摸到大半竹篮子的捧蛤。每只捧蛤都沉甸甸的，捧在壳子里的蛤蜊肉都满满的。但我们都不吃蛤蜊肉，嫌它的肉太腥了。我们把捧蛤扛回家，我大姐取来一只秤砣，把一只一只捧蛤放在石头墩子砸开，唤来我们家的几只扁嘴子，让它们吃蛤蜊肉。扁嘴子争先恐后，把铲子一样的扁嘴探进砸开的捧蛤壳子里，连铲带吐噜，很快就把蛤蜊的鲜肉吞到肚子里去了，吞得一点儿都不剩。吃了蛤蜊肉的扁嘴子下蛋勤快些，每只扁嘴子每天夜里都会下出一个白莹莹的鸭蛋。而且，鸭蛋腌过之后，蛋黄是红色的，油汪汪的，好吃极了。

我的走神儿没能继续走下去，一个叔叔突然拍起了自己的大胯，打断了我的回忆。叔叔光着身子，两只手把两边的大胯拍得咣咣的。他一边拍，还一边冲北边的桥上喊："哎，哎——往这边看！"众人往桥上看去，只见桥上正走着一个小妇女，小妇女怀里抱着一把红纸伞。不知那个小妇女往叔叔这边看了没有，却见小妇女把红纸伞撑开了，遮住了自己的头脸。小妇女这个撑伞的动作，让堵鱼的汉子们笑了起来，好像比逮到一条大鱼还快乐。

大网又起了两次，还是没逮到鱼。有的人有些沉不住气，开始骂鱼，把鱼骂成鳖孙，说鳖孙们不知躲到哪里去了。

骂到鳖，鳖就来了。这时我看见大网背后的水面上浮现出一只老鳖，老鳖的个头还不小，差不多有一只铁鏊子那么大。老鳖在我们那里不是什么稀罕东西。去年夏天的一天下午，我和二姐在河坡上放羊时，就看见草丛的荫影里卧着一只老鳖。二姐刚要上去把鳖盖子踩住，老鳖迅速仄起身子，打着车轱辘，顺着河坡就滚到水里去了。二姐说，这是老鳖在进行瞅蛋的工作，老鳖下了蛋，埋在一处松软的土坷窝里，自己每天卧在不远处瞅它的蛋，直瞅到蛋里孵出小鳖羔子为止。按照二姐的说法，我们果然在附近的一个土坷窝里挖出了一窝圆圆的、白生生的鳖蛋。听大人说过，把鳖蛋放在坛子里和鸭蛋一块儿腌，煮熟后吃了可以补肚子。于是，我和二姐把一窝鳖蛋悉数挖了出来，带回家去了。老鳖们长相一样，都是鬼头鬼脑的，我认不准这只老鳖是不是就是我和二姐所看见的那只老鳖。据说老鳖比较保守，从不远游，一辈子只待在一个地方。这只老鳖既不深潜，也不随波逐流，就那么不即不离地在大网后面游来游去。老鳖似乎对堵鱼的人有些意见，仿佛在说：你们这帮 × 人，好端端的一条河，叉上一道大网干什么！

那个刚才拍大胯的叔叔，对老鳖挑衅似的做派大概有些看不过，他骂了一句粗话，抄起那只舀子，兜头把老鳖从水里抄了出来。把老鳖整上来后，他把舀子一扣，连同舀子一起，把老鳖倒扣在堤岸上。老鳖顿时成了舀中之鳖，再也没什么咒语可念，只得老实下来。

天黑下来了。天黑得很快，没有渐渐之说，说黑就黑了。天还是阴天，没有月光，也没有星光，只有锅底一样的黑。天一黑下来，我的双眼像是被人蒙上了一块黑布，什么都看不见了。在月夜里，我和村里的小孩子常做一种游戏，游戏的名字叫"打瞎叫吹儿"。一个孩子用黑布带子蒙上双眼，别的小孩子都可以打他，打一下就跑。蒙上双眼的孩子可以支乍着双手，捉打他的孩子们。因两眼一抹黑，要捉到乱跑乱跳的孩子是很难的。但一旦捉到其中一个孩子，他就可以取下蒙在眼上的布带，给被捉到的孩子蒙上，开始下一轮打人和捉人。在玩"打瞎叫吹儿"的游戏中，我曾打过别人，也被别人打过。不管打和被打，都很快乐。在夜晚的河堤上，我的双眼虽说没有真的被蒙上黑布，但感觉跟蒙上黑布差不多。我使劲把眼睛瞪大，再瞪大，还是什么都看不见，好像把眼睛瞪得越大，眼睛就越散光。那么，我就把眼睛眯小，再眯小，把眼光聚拢起来，看看能不能看到一点东西。一样的，把眼睛眯起来还是毫无效果。我以为河水的颜色与天空的颜色应当有所区别，河水应该发一点白，或者发一点灰。我伸着脑袋往河里看，原来河里的水也变成了黑的，与天空的颜色一模一样。在这种情况下，我可不敢像做游戏那样乱跑，一步跑不好了，就会踏进河里，被黑水冲走。坐在秫秸箔上，我也伸出了双手。我伸手不是要摸人，是想试试能不能把如墙的黑暗推开一点。我没推到什么物质性的东西，一推一个空，推到的都是空气。看来越是空的东西越难以推开。

我爹过来摸摸我的头，说要是困了就睡吧。

我爹问我："我说不让你来，你非要来，现在你后悔了吧？"

我没说后悔不后悔，在箔上躺下了。躺在箔上，我伸手往箔上摸了一下，沾了一手湿。河里的水汽和河堤上渗出的潮气，已经把高粱秆子编成的箔弄得湿漉漉的。把头贴在箔上，耳朵离地面近了，我似乎听见了河水流动的呼呼声。流水带风，而且带的是长风。我觉出来了，风从我的脖子那里掠过，一直掠到我的肚子上、腿上、脚上，还有指甲盖儿上。我上身只穿了一件白粗布汗褂子，下面没穿任何东西。我不由得打了一个寒噤，觉得天气有些凉了。

爹把他的汗褂子脱下来，盖在我的肚子上和光腿上。

瞌睡总是和黑暗联系在一起，在天黑得不透气的情况下，那些堵鱼的人也会犯困。为避免因打瞌睡错过堵鱼的机会，他们只得强打精神，要求我爹给他们讲故事。我爹当过二十多年兵，去过北京、南京、上海、杭州等大地方，肚子里装的故事是很多的。我爹讲的故事有些遥远，他讲故事的声音好像也有些遥远，一点儿都引不起我的兴趣。河水流走了不少，鱼却没逮到一条。我的眼皮开始发涩，真的要合上了。

在我似睡未睡之际，迷蒙中我看见有星星从天空落下来，一颗，两颗，三颗……奇怪呀，月黑加阴天，天上一颗星星都没有，怎么会有星星落下来呢？天落流星的时候我也看见过，那些流星都是在天空中划过一道白线，咻溜一下子就落得不见了踪影。这些星星怎么悬在空中不下来呢？看见有星星在漆黑的夜空中闪烁，我眼睛一明，又来了精神，赶跑了睡意。我欣喜地向爹报告："星星，星星！"

爹说："那不是星星，是萤火虫。"

我是第一次听说萤火虫，也是第一次看见萤火虫，感到有些稀罕。

"什么是萤火虫？"我问爹。

"萤火虫是一种会飞的虫子，样子跟蜜蜂差不多。只不过，蜜蜂不会发光，萤火虫会发光。萤火虫喜欢在夜间出来活动，天越黑，越能显出它身上萤火的光明。"

"萤火虫会蜇人吗？"

"萤火虫不蜇人。"

"那，它身上的火烧手吗？"

"不烧手。"

我想逮一个萤火虫玩。

那不太容易，还没等你伸手逮它呢，它就把身上的萤火熄灭了，你就看不见它了。

晴天时，我在我们家的院子里数过星星，星星越数越多，怎么也数不过来。萤火虫跟星星差不多，也是越数越多，好像比星星还难数。萤火虫的萤火是明明灭灭，灭灭明明。你看见它是明的，它忽儿就灭了。你以为它灭了，它忽儿就明了。萤火虫好像在玩捉迷藏的游戏，让人很难捉到它的迷藏。萤火虫的火没有火苗，它发出的光也没有光芒，就那么淡淡的，荧荧的，有时像橘黄，有时像柿红，有着梦幻般的色彩。把萤火虫看了一会儿，我就进入了自己的梦乡。

我爹他们在半夜的喊叫声把我惊醒了，他们大概堵到了鱼，有人喊大家伙，有人喊乖娘子，有人喊还有一条呢，干死它，干死它！我没有爬起来去看看我爹他们逮到的鱼到底有多大。因为一醒过来，我又看到了在夜空中飞舞的萤火虫。萤火虫似乎对人类堵鱼的事不感兴趣，人类的大呼小叫对它们的生活也构不成什么干扰，它们该怎么飞，还怎么飞。我也是，相比之下，我对看萤火虫好像比看鱼更有兴趣。有的萤火虫飞得很低，几乎碰到了我的眼皮。有的萤火虫飞得比较高，高得有些飘渺。多层次的萤火构成了一个童话般的世界，我自己也仿佛成了童话世界中的一员。

那天夜里，我不记得被惊醒了多少次。反正每次醒来，我都看到了萤火虫。有时萤火虫飞着飞着，还会落下来，停在一个地方。它们有的停在高粱穗子上，有的停在蓖麻秸子上。让人难忘的是，有一只萤火虫，竟然停在了我爹的背上，把我爹的脊背照出了一片黄晕。我告诉爹："萤火虫爬到你脊梁上去了！"

我爹说："不要管它。"

天亮了，我才看到我爹他们堵到的鱼。那些各色大鱼被集中放在河堤外面的一个水洼子里，金一块，银一块，钢一块，铁一块，加起来恐怕有好几百斤吧。

那是我唯一一次跟爹去看堵鱼，也是唯一一次在河堤上过夜。

我爹去世后，我开始把爹称为父亲。

父亲 1960 年去世，至今已去世 60 年了。

不知为何，每次来到父亲坟前，我都会想起那天夜里看到的萤火。

2020 年 2 月 19 日至 26 日于北京和平里

原载《人民文学》2020 年第 7 期

疼在骨子里

大风，降温，树叶落了一地。银杏树的叶子，头天下午还是满树明黄，安然自得。后半夜北风一刮，树叶子坚持不住，纷纷落在地上。有一条街，街两旁栽的都是银杏树，被称为银杏街。早起晨练的人们从街上走过，忽觉天上空了，地上满了，街面上，还有街道两侧的人行道上，都铺满了黄色的树叶和白色的银杏果，像是黄金铺地，白金点缀，显得甚是辉煌、富丽。

在这样的日子，北京的刘奶奶，准备去澳大利亚、新西兰旅游。刘奶奶离古稀之年不远了，她有了一种紧迫感，要趁着自己的胳膊腿儿还算活泛，手头也算宽裕，抓紧时间到世界各地走一走，看一看。不然的话，等老得迈不开腿了，走不动路了，想当"驴友"就当不成了，后悔都来不及。她是跟着一个叫"乐游乐活"的旅行公司组织的旅游团出游的，一个团二三十人，大都是老年人。团里约定出发的时间，是这天的下午三点，到首都国际机场第3号航站楼集合。天冷了，一群大雁往南飞。他们也南飞，但他们不是大雁，而是一群"驴友"。不过，大雁是往暖和的地方飞，他们也是从天冷的地方往天暖的地方飞。刘奶奶被告知，虽说北京到了冬季，但地处南半球的澳大利亚正值盛夏，天热得很，到那里一定要做好过夏天的准备。在一个星期前，她就开始打点行装，单衣、游泳衣、遮阳帽、太阳镜、防晒霜、风油精等，把一只大号拉杆旅行箱里装得满满的。万事俱备，只等吃过午饭后启程。

上午九点多，儿媳给刘奶奶打来电话，说孙子在上体育课抢篮球时戳到了手指，嚷疼，老师让家长把孩子接回家去，看看是怎么回事。儿子和儿媳都在上班，一时脱不开身，只好请奶奶去一趟学校，先把孙子接到奶奶家，观察一下情况。刘奶奶一听就有些紧张，孙子是她一手带大的，孙子连着她的心，平日里，她最怕孙子有意外的闪失。她说没问题，马上去把孙子接回来。要是不行的话，她带孙子去医院检查一下。

刘奶奶的家离学校不太远，也就是几百米的样子，刘奶奶很快就把孙子接回了家。这天是星期五，刘奶奶把孙子鼓鼓囊囊的双肩书包挎在自己肩上，也背了回来。外面天冷，孙子已经穿上了那种轻便保暖的羽绒服。屋里来了暖气，比较暖和。进屋后，刘奶奶帮孙子脱羽绒服，可能碰到了孙子的手指，孙子又感到了疼，说别碰手指头！

爷爷也在家里，闻声从自己的卧室兼工作室里出来了，说："好小子，让爷爷看看你的手。"

孙子刚学会走路时，爷爷就自编了一首儿歌教给孙子。儿歌的内容是：手拉手，往前走，安全第一要记住。看见汽车赶快躲，别让汽车碰到我。他只要带孙子出门，必定是大手拉小手，把孙子的手拉得紧紧的。孙子的小手肉嘟嘟的，暖暖的，柔柔的，他很喜欢拉孙子的手。一拉到孙子的手，祖孙之间似乎就沟通了血脉，找到了老生命和新生命的紧密联系，让爷爷爱不释手。有时孙子愿意自己跑着玩，急于摆脱爷爷的拉扯。此时爷爷会把儿歌重唱一遍，仍以安全的名义，紧紧拉着孙子的手不放松。孙子的手指受伤后，就不让爷爷再碰他的手。孙子被戳到的是左手的小拇指，见爷爷向他走来，他本能地自我保护似的，不但不让爷爷动他的手，还把左手藏到身后，似乎连看都不让爷爷看了。爷爷向孙子承诺，他保证不动孙子的手，只是用眼睛观察一下而已。平日里，爷爷如果就某件事情对孙子下保证，孙子是要跟爷爷拉钩儿的，拉钩儿上吊，一百年不许变。拉钩儿需要孙子的小拇指和爷爷的小拇指勾在一起，拉钩儿才能实现，可他今天戳到的恰恰是小拇指，勾儿使不上劲，拉钩儿万万不可。怎么办呢？爷爷还有办法，爷爷的办法是把自己的双手都背到身后，再次对孙子做出只动眼不动手的保证。孙子把爷爷看了看，像是回想了一下爷爷以前的一贯表现，才把左手伸给爷爷看。

　　爷爷弯下腰，戴着老花镜，把孙子的手看清楚了，孙子的五根手指完好如初，还是那么好看。小拇指不红，也不肿，只是向外微微有些张开，跟无名指靠得不是那么拢。爷爷的判断是：没事儿，一点事儿都没有，睡一觉就好了。

　　孙子最反对爷爷动不动就让他睡觉，一睡觉就得闭上眼睛，就看不到什么东西了，而他明亮好奇的眼睛，好像一直愿意保持观看的状态。他说："我不睡觉！"

　　爷爷说："我并不是让你现在就睡觉，我的意思是说，等你晚上睡一觉，明天就好了。"为了安慰孙子，爷爷打开了电视，允许孙子看一会儿动画片。

　　这时刘奶奶说："孙子的手指不会骨折吧！"

　　爷爷一听就说："不会，骨折的可能性不大。小孩子皮实，不是那么容易骨折的。"爷爷这么说，他是觉得奶奶把事情估计得过于严重了，简直有些耸人听闻。他自己可不敢往骨折的方面想，骨折是什么，骨折就是骨头断了，那可是太可怕了。他那么喜爱他的孙子，心疼他的孙子，怎么能接受那样尖锐而沉重的现实呢！说来爷爷是脆弱的，心和感情都是脆弱的，他从一听到这个消息开始，就极力躲避着骨折这个念头，好像他只要把这个念头躲开了，骨折的事就不会发生在孙子身上。爷爷这样自避，颇有一些自欺的意思，通过欺骗自己，让别人也跟着他的思路走。

　　奶奶不愿跟着爷爷的思路走，她觉得，还是带孙子去医院看看好一些。

平日里，爷爷反对动不动就去医院，他认为人去医院都是找病的，是引病上身，没病也能折腾出病来。他自己能不去医院就不去，也不赞成家里人往医院跑得太多。要是把孙子送到医院去看，人家这检查那检查，不知有多麻烦呢！爷爷说，孙子没有再说疼，可见问题不大，等等再说吧。爷爷又说，他们的儿子小时候也喜欢打篮球，手指不止一次戳到过，抹点儿扶他林软膏就行了。说到这里，爷爷马上去装药品的抽屉里找扶他林，还真把扶他林找到了。趁孙子看动画片看得十分专注，有些忘我，征得孙子同意后，他轻轻地在孙子的小手指上抹了一层扶他林药膏。

过了一会儿，奶奶再看孙子的手时，吃惊地发现，孙子小拇指中间的关节处微微肿了起来。奶奶急了，说不行，一刻也不能停了，得马上带孙子去医院检查。孙子的手指要是没有骨折，通过检查排除一下，她就放心了。不然的话，她放不下心来，出国旅游就没有心情了。奶奶还说，儿媳让她把孙子接回来，若不带孙子去医院检查，她没法儿跟儿媳交代。孙子的手指万一骨折了，如果不及时为孙子治疗，岂不成了他们老两口的罪过。

听奶奶说得如此严重，而且不无道理，爷爷不好再有任何不同意的表示，只好对孙子说："好了，不看电视了，咱们听奶奶的，去医院。"

去医院看病，须持医保卡。奶奶给儿媳打电话，让儿媳把孙子的医保卡送过来。儿媳回家，没找到医保卡，说上次看完病后去了奶奶家，可能落在奶奶家了。刘奶奶在家里找了一遍，也没有找到。没有医保卡，看病无非是自费。自费就自费，孙子的身体要紧。

孙子的眼睛舍不得离开电视上的动画片，说他的手指头不疼了，他不想去医院。

爷爷说："不去医院不行啊！等你去医院检查完回来，爷爷让你接着看。"爷爷伸手把电视关掉了。

出门前，爷爷在给孙子穿羽绒服时，孙子只把右手伸进袖筒里，却不愿把左手往左边的袖筒里伸，因为他刚要把左手往袖筒里伸时，不小心把手指碰了一下，手指又疼了起来。外面天冷，只穿半边衣服是不行的，会冻感冒的。爷爷把袖筒撑开，坚持让孙子把左手往袖筒里伸。这时孙子叫了一声"爷爷"，孙子的叫法和声音与以前都不大一样，一下子留在爷爷留声机一样的心上，恐怕当爷爷的一辈子都不会忘记。孙子叫爷爷的声音拉得有些长，里面有哀求的意思，似乎还有一些哀怨，仿佛在说：爷爷呀，您不能这样！好吧，爷爷做出了让步，让孙子一只胳膊披着衣服出了门。倘若孙子还小，爷爷会把孙子抱起来往前走。可孙子已上小学二年级，年近七旬的爷爷抱不动孙子了。爷爷早就意识到，他总有一天会抱不动孙子，孙子也不再让他抱，所以在孙子还小的时候，他抱孙子抱得很多。好多事情就是这样，提前意识到了，不等于它就不会来到，好比秋来时树要落叶，冬来时寒风来袭，该来的还是不可避免地要来。下楼等电梯的时候，爷爷见孙子打了一个寒噤，还是小心翼翼地帮孙子把羽绒服穿好了，并拉上了拉锁。

由奶奶开车，爷爷奶奶一块儿带孙子去医院。附近有两三家医院，去哪一家医院呢？爷爷的选择是，去煤炭总医院。他对这家医院有好感。那年春天的一个下午，奶奶从幼儿园里接回孙子，带孙子在社区的小花园里玩。玩了一会儿，该上楼回家了，孙子却不愿意回家。奶奶捉住孙子的手，要把孙子拉回家。孙子使劲往后一挣，坏了，孙子的胳膊大概被抻着了，疼得蹲在地上，再也动弹不得。奶奶给爷爷打电话，说孙子的胳膊可能脱臼了，让爷爷赶紧下楼。爷爷跑着下楼一看，见孙子往胸口拐着胳膊，右胳膊像被固定住了一样，谁都不让动，一动就嚷疼。一些居民围过来，说赶快去医院吧。有人建议去安贞医院，因为他们居住的小区离安贞医院最近。那次奶奶没有开车，他们是打出租车去的。祖孙三人上了出租车，安贞医院在西边，司机却把车向东边开去。奶奶说错了错了，这样越开离安贞医院越远。司机说一点儿都不错，因为安贞桥路口车不许左拐，必须先向右，绕一个弯子，才能把车开到安贞医院门口。没办法，上了人家的车，只能听人家的。赶上上下班高峰，路上有些堵车，车开得很慢，可把奶奶急坏了。总算来到了安贞医院门口，爷爷付了车费，抱起孙子，直奔急诊室。挂号之后，值班的护士简单问了问情况，让他们直接去骨科。他们循着标牌的指示来到楼上的骨科，见骨科的三个门诊室都关了门，大夫已经下班了。

奶奶火急火燎，在楼道里拦住一个过路的、仍穿着白大褂的女大夫说："我孙子的胳膊脱臼了，骨科大夫下班了，这可怎么办？"

女大夫看了一眼爷爷抱着的孙子，说："孩子的胳膊是不是脱臼了，需要拍片子检查一下才能确认。"

爷爷问："去哪里拍片子？"

女大夫说："拍片子的也下班了。"

"拍片子的什么时候上班？"

"明天早上。"

天哪，这可使不得！按爷爷的理解，胳膊上的骨头脱离了臼窝，等于处在一种不正常的状态。骨头一不正常，连带着筋肉活动、血液循环都不正常。这样的不正常状态，要等到明天再治疗，非出大问题不可！孙子的胳膊一刻也不能耽误。

爷爷说："走，咱们去煤炭总医院。"

爷爷有一个朋友，在煤炭总医院当院长，在这样的紧急时刻，他只能求助于院长。他们又拦了一辆出租车。

在车上，爷爷就给院长打电话："我孙子的胳膊可能脱臼了，现在去你们医院看一下。"院长先说，看管孩子可不容易，一定要小心再小心。院长又说，他此时不在北京，在上海参加一个学术交流活动。他会马上打电话给院里的一位骨科专家，请专家给孩子看一下。爷爷一再对朋友表示感谢。他们来到医院骨科的候诊厅刚等了一会儿，那位专家就走了过来，他把孙子叫成小朋友，让他看看小朋友怎么了。就在候诊厅里，专家的两只手把孙子拐着的胳膊轻轻往上一托，专家还没说话，孙子就说不疼了，遂把胳膊放了下来，顿时活动自如。事情就是这么神奇，也就是几秒钟的时间，专家就把孙子的胳膊治好了。

爷爷感叹道："这么快，真是手到病除！"

爷爷又问专家："孩子的胳膊是脱臼了吗？"

专家说："没有，只是半脱臼。好了，没事了。以后拉小朋友的时候手要轻一些。"

有了上次去煤炭总医院为孙子诊治的经验，爷爷希望，这次去该医院，孙子的手指也能尽快得到诊治。

到煤炭总医院挂号时，负责挂号的人员告诉他们，煤炭总医院没有儿童骨科门诊，建议他们带孩子去儿童医院或儿童医学研究所去诊治。

爷爷说："那就给我们挂成人骨科的号吧，我孙子以前在这里看过骨科的。"

挂号的人说："那不行！"

事情没有商量的余地，爷爷想起了他的朋友，他要是给朋友打一个电话，朋友再给骨科专家打一个电话，也许很快就能解决问题。然而，可惜呀，他的朋友退休了，不在这里当院长了。爷爷也是有一定社会地位的人，他懂得，人在其位，才能说其话，人不在其位了，再让人家说话，有可能使朋友为难，那就不好了。

爷爷对奶奶说："那咱们就去儿研所吧。"

辗转来到儿研所，奶奶去停车场停车，爷爷带孙子去挂号。看上去停车场是不小，可场上停满了车，不知奶奶能否找到停车的地方。停车场周边栽的是一些杨树，未落尽的杨树叶子在寒风中抖索。爷爷扯上孙子的右手来到挂号大厅一看，头顿时有些蒙。大厅里挤得满满的，都是排队等待挂号的大人和孩子，每挪动一步都不容易。这哪里像是医院，简直像是一个盛大的庙会啊！爷爷观察了一下，见这家医院采用的是电子挂号方式，可以在机器上挂号。可是，要实现在机器上挂号，手中必须持有医保卡，如果没有医保卡，铁面无私的机器就不会认你。那么，没有医保卡怎么挂号看病呢？特别是许多从外地来北京看病的孩子，他们本来就没有北京的医保卡，难道就不能看病吗？医院规定，须办一张临时性的就医卡，也叫缴费卡，持卡才能看病。爷爷注意到了，在办临时就医卡的窗口外面，队伍排得长长的，估计排上一两个钟头，卡都不一定能办下来。这可不行，要是不计时间地等下去，就会耽误奶奶下午出国旅游的行程。爷爷决定，回家再说。爷爷带孙子出了医院，打电话找到刚停好车的奶奶说明了情况，一同回家去了。

回家简单吃了一点午饭，爷爷接着要带孙子去中日友好医院看手指。爷爷记起朋友跟他说过，朋友虽说不在医院当院长了，但朋友的儿子也是学医的，是留学日本的医学博士，现在中日友好医院国际部当主任，有什么事可以找儿子帮忙。没办法，有病乱投医，有病也乱托人。

奶奶离去机场集合的时间越来越近，孙子受伤的手指却没得到确诊，她放心不下，说算了，她这次不去旅游了。

爷爷不同意奶奶放弃这次出国旅游，两个多月前就定好出国的时间，费用早就交给人家了，怎么能临时放弃呢！

爷爷说："有我在家，孙子的事一切由我负责，你只管放心走你的。再说了，你在家也帮不上多少忙。好了，祝老伴儿一切顺利，旅途愉快！"

爷爷带孙子出门时，特意让孙子跟奶奶说了再见。

爷爷带孙子去中日医院时，坐的是公交车。在车上，爷爷给朋友的儿子王主任发了短信，自我介绍之后，说孙子打篮球时戳了手指，要去医院检查一下。

王主任回信说："来吧，我有别的紧急事脱不开身，不能接待你们。你带孩子去拍片室拍一张片子，把孩子受伤的情况弄清楚再说。"

这时爷爷的儿子在班上给爷爷来了一个电话，他也知道自己的儿子戳了手指，说问题不大，休息一两天就好了。他说他自己打篮球时多次戳到手指，从没有去医院看过，通过身体的自我修复，很快就好了。他让爷爷把孙子送到他们家，他请假提前下班回家看着孩子。

爷爷说："还是去医院检查一下吧，检查求的是放心，通过检查，证明孩子的手指的确无大碍，大家就都放心了。"

下车来到中日医院，爷爷为孙子挂了急诊号，扯着孙子，在规模宏大的院部里穿过好几座大楼，才找到了拍片室。可是，在拍片室门外当班的女医生拒绝为孙子拍片子，拒绝的理由与煤炭总医院是一样的，也是说该医院没有儿童骨科。爷爷只好搬出王主任，说是王主任让他们来的。

女医生问："哪个王主任？"

爷爷说出了王主任的名字。女医生像是想了一下，做出了让步，说拍一下片子也不是不可以，但只能止于拍片子这一步，拍完了片子，可没有医生给你们看片子。

爷爷说："走一步说一步吧！"

女医生说："我跟你说过了，只有这一步，没有下一步！"

拍完了片子，要等半个钟头才能取片子。在等片子期间，爷爷带孙子在院子里草坪上玩了一会儿。太阳已经偏西，阳光照在地上有些发黄。孙子仍是无忧无虑的样子，他的左手不能动，就用右手拣起一根树枝，在地上画来画去，刨来刨去。这时，爷爷对孙子的手指所持的还是乐观的态度，在他的想象里，等拿到片子，一看没事儿，他就领着孙子，高高兴兴地回家去了。

还不到半个钟头，爷爷就把片子拿到了。片子装在一只特制的牛皮口袋里，面积相当于对开报纸的一面。爷爷把片子从口袋里拿出来，举在眼前看了看。整张胶片是黑灰色的，上面显示孙子五根手指的指骨有些发白。指骨细细的，失去了原本的圆润、温热和美丽，让爷爷感到有些陌生，甚至有些不舒服。除此之外，爷爷没看出孙子小拇指的指骨有什么明显的挫折。爷爷把片子拿给那位女医生，说片子出来了，请女医生帮助看一看。女医生摇头，说她看不了。

爷爷问："是不是可以请别的大夫给看一看？"

女医生拉下了脸子说："你这人是怎么回事，我不是提前给你说过了吗，我们医院没有儿童骨科，没人给你看片子！"

爷爷只得再给王主任发短信，继续求助于王主任，问王主任能不能抽空帮助看一看片子。王主任让爷爷把片子的号码发给他，他在网上把片子调出来看一下。王主任调看片子的结果让爷爷顿感心惊，心寒，像是一下子跌进了万丈深渊。王主任在短信上说：孩子的小手指明显骨折，已经错位，抓紧时间治疗。爷爷最担心、最害怕孙子的手指骨折，怕什么，有什么，担惊受怕的事还是出现了。爷爷看了看身旁的孙子，孙子对片子似乎并不关心，对自己的手指也不是很在意，他的右手又拣起一个小石子，在地上画起画来。

爷爷对孙子说："坏了，医生说你的小拇指骨折了！"

孙子这才把小拇指看了看说："我不想骨折，我讨厌骨折！"

爷爷说："我也不想让你骨折呀，你不知道爷爷有多心疼啊！"

爷爷给王主任回短信说："就在中日医院治疗，可以吗？"

王主任给出的建议是去积水潭医院，那儿专门设有儿童骨科门诊，全市骨折的儿童都是去那里治疗。中日医院治疗儿童骨折不是很专业，留下遗憾就不好了。

听从王主任的建议，爷爷带孙子马上打出租车往积水潭医院赶。到了快要下班的时间，加上当天是周五，路上的车流密度明显加大，车尾的红灯拉成了红色的长河。等他们赶到积水潭医院时，太阳已经落下，月亮开始显现。骨折都是急诊，急诊都是自费，到这家医院进行骨折急诊，必须往缴费卡里充足够的钱。医院里的儿童骨科诊室有两个，爷爷和孙子在其中一个诊室外面等了一会儿，大夫就叫了孙子的号。诊室里两个大夫都是男的，一位大夫是中年人，看样子大约有四十多岁。另一位大夫是个年轻人，坐在中年大夫对面，像是一个实习生。爷爷把带来的片子递给主治的中年大夫。诊桌一头置有一把木椅，爷爷在木椅上坐下了，把孙子搂在怀里。看到表情严肃的大夫，孙子大概有些害怕，紧紧靠在爷爷身上。中年大夫把胶片卡在电脑的平板上一照，说是小指中间骨折错位，需要做复位和固定处理。大夫让孙子把左手伸给他看。孙子像是意识到了疼痛，左手往一边躲着，不给大夫看。

大夫说："你不让我看，我就没办法给你治。"

爷爷也对孙子说："你让大夫看看就好了，好了咱们就可以回家。你不让大夫看，咱就没法回家。"

孙子不听劝，不说话，还是不愿意把手伸给大夫看。

爷爷对大夫说："要不这样吧，我抱紧他，这位年轻大夫帮助拉住他的右胳膊，您只管拉过他的左手给他看吧！"

说着，爷爷就把孙子抱紧了，爷爷的双腿还夹住了孙子的双腿。同时，年轻大夫从桌前转过来，拉住了孙子的右胳膊。可是，当大夫动手拉孙子左手的手腕时，孙子使劲挣扎起来，嚷着："不！不！"

爷爷觉出来了，孙子在挣扎时，力气挺大的，几乎从他的怀抱里挣脱出来。爷爷懂得一点，大夫所谓的看看，是把骨折的地方捏一捏，医学的术语叫正骨。而正骨的过程是很疼的。疼，是生命的本能反应，也是身体的自我保护机制。人人都会疼，都怕疼。大人怕疼，小孩子身体敏感，更怕疼。所以，当大夫捉住孙子的手腕子时，孙子的挣扎更加强烈。

大夫把孙子松开了，说："不行，你管不住他，让他的爸爸妈妈过来吧！"

爷爷说："他的爸爸妈妈都在上班，赶不过来。孙子的事由我负责。"

大夫不无嘲讽地说："那你就负责吧！"

门外有人候诊，时间宝贵，大夫叫了下一个患者的号。应声进来的是一个身穿校服的男中学生，中学生像是手腕骨折，他进来时小臂下面已垫了托板，并用布带把小臂吊在脖子里。既然中学生已经进来了，爷爷只好带着孙子让出了就诊的位置。

爷爷没有带孙子走出诊室，诊室里靠南墙还放有一把椅子，爷爷坐到那把椅子上去了。爷爷对孙子说："你看，你不好好配合大夫的治疗，人家后来的就跑到你前面去了。你记住爷爷的话，你的手指今天一定要治，不治咱就不能走，哪怕在这里待上一夜，也得把手指治好才能走。"

爷爷又说："你的手指要是不及时治好，落下了残疾，以后就再也不能打篮球了。"

那个男中学生与大夫配合得不错，当大夫捏他的手腕为他正骨时，他疼得浑身发抖，脸色苍白，但他咬紧牙关，没有大喊大叫。

爷爷对孙子说："你看这个大哥哥多坚强，多勇敢，你要向他学习！"

这时，孙子说了一句话，把爷爷感动坏了。

孙子说："爷爷，你出去吧，别在这里看着我了。"

爷爷问："为什么？"

"你看着我的手指头疼，你该心疼了。"

"哎呀我的宝贝儿孙子，你太懂事了，太知道为爷爷着想了，感动得爷爷都快要哭了。好，爷爷不看你了，等你治好了手，爷爷再进来带你走。"

爷爷出去躲在门口一侧，真的没有再看孙子，连偷偷看一眼都没敢看。直到听见孙子疼得大声哭喊，他急忙进诊室一看，大夫已经把孙子的手指捏过了。

大夫说："去拍片子吧，拿到片子再过来检查一下。"

爷爷蹲下身子把孙子搂了一下，问孙子："手指头还疼吗？"

孙子的眼角还挂着泪滴，说："不疼了。"

拍片子的工作室有两个，每个工作室的门外都装有滚动的电子荧屏，荧屏上出现谁的名字，谁才能进去拍片子。爷爷万万没有想到，在门外等候拍片子和取片子的人那么多。在候诊厅不大的空间里，挤满了骨折的孩子和他们的家长。那些孩子，有的是腿骨骨折，有的是胳膊骨折，有的是脖子里的颈骨骨折，还有的像爷爷的孙子一样是手指头骨折。比起那些孩子的大骨头骨折，爷爷的孙子只是小拇指骨折，算是轻的。人的身体靠骨头支撑，四肢五体走到哪里，骨头就延伸到哪里。好像只要哪里有骨头，骨头就有折断的可能。大街上人来人往，似乎每个少年儿童都活蹦乱跳，健全无比，很少看到有骨折的情况。到了积水潭医院的儿童骨折门诊，爷爷才发现，竟然有那么多少年儿童在遭受骨折的折磨。人作为一个生命体，同时也是一个受难体，从出生开始，从小到大，再到老，一辈子都在受苦受难啊！

厅里有两排连椅，十来个座位，座位上早就坐满了人。爷爷和孙子只好站在人堆里，仰脸注视着电子屏上血液一样的红字。这时儿子给爷爷发来一条微信，说他们已经在家做好了晚饭，看完了手，就回家吃饭吧。爷爷理解儿子和儿媳的心情，当他们得知他们的儿子手指发生了骨折，不知有多心疼呢，多焦急呢！

爷爷回复说："正排队等候拍片子，拍完片子半小时之后才能取，取了片子还要交大夫检查，回家的时间不能确定。有我带着孙子，你们尽管放心。"

爷爷把儿子的微信内容说给孙子听，孙子说："爷爷，我饿了！"

爷爷看了一下手表，晚上七点半都过了，孙子是该饿了。

爷爷说："爷爷知道你饿了，但这会儿咱们不能离开这里，要是电子屏上出现了你的名字，你不能进去拍片子，机会就错过了，还得重新排队。你坚持一会儿，等拍完了片子，爷爷就带你去买吃的。"

孙子说："那好吧。"

轮到孙子拍片子时，大夫只允许孙子一个人进去，不让爷爷进去。爷爷只能在门外等。拍片子倒很快，一两分钟就拍完了，孙子就出来了。医院门前有一家小超市，爷爷带着孙子来到超市里，按照孙子的挑选，买了两样小食品和一瓶饮料，马上转回候诊厅，等候取片子。孙子左手的小手指虽说骨折了，还不影响拿东西，吃东西。在孙子吃东西的时候，爷爷很希望孙子能够坐下来吃。爷爷自己可以不坐，他站到地老天荒都没关系，只想让孙子能够坐下来。座位还是坐满了人。爷爷看到有一位当爷爷的，带孙女来看手指，孙女坐一个座位，爷爷也坐一个座位。他的孙女是右手的中指骨折，整个右手都不能拿东西了。别看小姑娘的右手不能拿东西，她的左手却拿了一个手机，正在看动画游戏。孙子很喜欢看动画游戏，见小姑娘在看，他便凑过去，伸着脑袋跟人家一起看。这时孙子的爷爷生出一点私心，希望小姑娘的爷爷把座位让出来，给他的孙子坐。这样的私心不便说出来，说出来显得对孙子过于娇宠，只能看那位爷爷有没有爱幼之心。还好，那位爷爷把座位让出来了，说让小朋友坐吧。孙子毫不客气，眼睛不离手机地就在小姑娘身边的座位上坐下来。爷爷对他说，快说谢谢爷爷！孙子说谢谢爷爷！两位爷爷交谈了几句，知道小姑娘也是在上小学二年级，手指也是在学校受的伤。小姑娘的爷爷有些发愁，说他孙女的右手骨折了，就没法儿写作业了，这可怎么办呢？

这里取片子不用再去窗口排队了，是在机器上刷条码自助取。孙子的爷爷着急，时间还不到，他就一次又一次到机器上刷码。等他第三次在机器上刷码时，孙子的片子才出来了。他拿上片子，领上孙子，马上去让大夫检查。爷爷心想，这样的检查不过是走一个程序，大夫要通过片子，看一下正骨的效果如何，等大夫确认正骨的效果不错，他就可以带孙子回家了。然而，让人更加痛心疾首的事情发生了，大夫检查过片子后，说骨折处对位不理想，还要再捏一次。天哪，还要再捏一次！爷爷吃惊，孙子也"啊"了一声，惊得瞪大了眼睛。孙子的手指已经疼过一次了，如果再捏一次，意味着孙子还要吃二遍疼，受二茬罪，这是多么让人难以承受啊！可没办法，医学是无情的，大夫的口气是冷峻的，大夫决定还要捏一次，谁都不敢不同意。

爷爷只好对孙子说："让大夫再给你捏一次吧！爷爷还是在外边等你，好吗？"

孙子点点头。

躲在门外的爷爷再次听到了孙子被捏手指时的哭喊，爷爷的心像是在滴血，这哪里是捏孙子的手指，分明是捏爷爷的心啊！爷爷心疼得想死的心都有啊！

一切都是上一次的重复，再次捏完手指后，还要再拍片子，再检查，还得花费一个多钟头。爷爷带孙子去候诊厅等候拍片子和取片子，孙子一到厅里，就去找那个看手机的小姑娘。没找到小姑娘，孙子问爷爷："那个小姐姐呢？"

爷爷说："人家可能已经走了。"

爷爷环顾四周，发现带孩子来治疗骨折的，大多是上岁数的爷爷奶奶，或是姥爷姥姥，比较年轻的爸爸妈妈很少。这大概是因为，孩子的爸爸妈妈大都忙于工作，忙于生计，没时间陪孩子去医院。而隔辈儿的老人，大都从工作岗位上退了下来，有时间、也愿意把孙辈带在身边。爷爷早就听过一个说法，说是隔辈儿亲。对于这个由来已久的说法，大家似乎都认同，但没有深究过，没有认真地问一个为什么。这会儿爷爷把自己的孙子看了又看，有时间思考一下这个问题。他思考的结果是，自己之所以对孙子亲，一个主要的原因，是因为自己老了，几乎看到了生命的尽头。而在生命尽头的地平线上，跃起一个或数个新的生命，像接力一样在向前奔跑。那一个或数个新生命是谁呢？正是与他隔辈儿的孙辈。看到了孙辈，等于看到了生命的延续，也几乎等于看到了小时候的自己。说到底，人们亲近孙辈，是留恋自己，也是亲近自己，是潜意识里想让后来人代替自己活下去啊，永远生生不息啊！也不能说爸爸妈妈对自己的孩子不亲，孩子是他们的亲生骨肉，他们对孩子当然亲。只是他们当时还年轻，生命意识还不是很强，加上他们的子女与他们的年龄差距不是很大，不习惯接受他们的亲热。只有到了老一辈，并有了隔辈儿人，他们才时不我待地对隔辈儿的孙辈亲近起来。

时间到了晚上九点多，爷爷终于又拿到了第二次所拍的片子，立即带着孙子去诊室检查。那个中年大夫下班了，换了另一位中年男大夫值班。那个年轻的实习生还在那里。爷爷相信，大夫不会第三次捏他孙子的手指了吧，事情有再一再二，没有再三再四啊！大夫把积水潭医院所拍的两张片子对比了一下，对实习生说："你看看，第二次捏伤者的手指有必要吗？我看没有必要。"

实习生看了爷爷一眼，没有说话。在场的爷爷听得心里一沉，一下子记在心里。这位大夫说第二次捏手指没有必要，那么，前一位大夫为什么要第二次捏孙子的手指呢？难道他一点儿都不顾忌小孩子手指的疼痛吗，难道他一点都不能体会一个当爷爷的心情吗！是不是因为第一张片子是在另一家医院拍的，钱没有花在这家医院，大夫为了给本医院创收，就找借口要多捏一次手指，多拍一张片子？要是这样的话，那个大夫就太不讲人道了。

这个大夫说："好了，没事了，您带孩子去地下室做一个支具戴上，十天后来复查一下。"

"支具？支具是什么？"

大夫说："支具也叫护具，是类似手套一样的东西，作用是把孩子骨折的手指固定住，保护好，使骨头尽快长在一起。"

每一个骨折患者都必须戴支具，做支具很贵，在地下室里等候量尺寸、做支具的儿童和家长也很多。爷爷看到，做支具的材料像是合成的塑料，塑料刚包到孙子的手指时还热热的，软软的，过了不一会儿，塑料就变硬了。孙子一根小拇指骨折，支具却把中指、无名指和小拇指都捆绑在了一起，目的是让小拇指向中指和无名指靠拢，发挥中指和无名指的标杆作用，使小拇指长得像中指和无名指一样直。戴上支具后，爷爷马上打出租车把孙子送回家。冬日清冷的月光洒在地上，爷爷把孙子送到家时，差不多到了半夜时分。

儿媳连连喊着孙子的小名，孙子欢快地喊着"妈妈，妈妈"，一下子扑到妈妈怀里。

妈妈说："我看你还挺高兴的嘛！"

爷爷把大夫交代的注意事项简单对儿子、儿媳转述几句后，就踏着如霜的月光，步行回到了自己的家。老伴儿在出国旅游过程中，家里只有爷爷一个人。爷爷身心交瘁，倒头便睡。

第二天早上，爷爷精力有所恢复，才在日记本上记了几句：2018 年 11 月 16 日，我度过了铭心刻骨的噩梦般的一天……

2020 年 1 月 2 日至 1 月 19 日于北京和平里

原载《芙蓉》2020 年第 4 期

泡　澡

　　过了小寒，是大寒。过了小年，离大年就不远了。在大年到来之前，老李想去洗个澡。除旧岁时，除了要对屋子进行一番全面的扫除，个人的身体也要清洗一下。不然的话，把狗年的灰尘带到猪年就不好了。

　　老李家的卫生间安有电热水器，热水器的容积还不小，他洗澡完全可以在家里洗。在夏天天热的时候，他都是在家里洗。但电和电费是联系在一起的，水和水费也互相挂钩，为了省钱，在家里他总是洗得匆匆忙忙，只简单淋一下就完了。到了冬天，他就不愿意在家里洗了。他家的卫生间里没安取暖用的浴霸，他也舍不得通过长时间的淋热水来提高卫生间的温度，卫生间里显得有些冷。他洗澡洗不好，再把自己冻感冒，那就不划算了。老李年轻时当过矿工，每天升井后，都要在热辣辣的大池子里泡一泡。他的皮肤似乎留有泡澡的记忆，一直怀念那种泡澡的感觉。在烫皮烫肉的水池里泡出一头汗来，那才叫痛快，那才是真正的洗澡。淋浴只是淋一下，湿了眉毛，湿不了汗毛，那叫什么洗澡呢，洗与不洗也差不多吧。那么，在自家的卫生间里安装一只浴缸不就得了，把门一关，一人一缸，想怎么泡，就怎么泡，想泡多长时间，就泡多长时间，泡得手指头发芽儿都没人管。可是，不行呀，普通居民的家庭里，安装浴缸的总是少而又少。一来是，卫生间空间狭小，安个吸水马桶，"卫生"一下还凑合，哪里有安装浴缸的地方呢！二来是，浴缸大张口，得放多少热水才能达到它胃口的要求啊，恐怕半立方水都不够吧！所以呢，在家里安浴缸的事老李连想都不敢想。皮肤痒得实在太厉害了，再不泡澡实在对不起自己了，他只好到外面的公共澡堂泡一泡。现在关于泡的说法比较多，除了泡脚，还有泡吧等。去他大爷的这泡那泡吧，都不把人往好里泡，老李对泡澡以外的泡都不感兴趣，都持拒绝的态度。

泡的名堂多了，难免对泡澡构成了挤压。老李注意到，以前到街道的澡堂里泡个澡是很方便的，现在泡澡越来越不容易。大约在十几年前，老李所住的居民小区外面就开有一家澡堂。澡堂的门面临街，他下了楼，穿过小区的消防通道，往右一拐，不到一百米，就进了热气腾腾的澡堂。他觉得太好了，这跟在自己家里安浴缸有什么区别呢，没什么区别嘛！他想，这个澡堂子要是长期开下去就好了，他的后半辈子就可以在这个澡堂子里泡澡，一直泡到老。他这样想，是他隐隐地有些担心，担心这个澡堂子说不定哪一天会关张。人喜欢什么东西，往往有担心伴随，喜欢花儿，担心花儿谢；喜欢鸟儿，担心鸟儿飞。喜欢这个澡堂子呢，就担心它不能永远存在。铁打的街道，流水的门面，澡堂子永远存在的可能性不大。花儿总是要谢，鸟儿总是要飞，担心什么就有什么，这个澡堂只开了两三年，就关门了。问起来关门的原因，是房子的租金提高了，水费翻倍了，去洗澡的人也越来越少了。人家开澡堂是为了赚钱，如果赚不到钱，还赔钱，澡堂何必继续开下去呢！

这家澡堂关门了，老李骑着自行车，转了好几条大街小巷，又找到了一个澡堂。这个澡堂离他家稍远一些，要横过安定门外大街，还要穿过一条小街，往西走一两公里才能到。澡堂门口打出的招牌是花海洗浴中心，却是一家旅馆开办的澡堂，以经营旅馆业为主，经营洗浴业为辅。凡是在旅馆入住的旅客，可以免费到洗浴中心洗浴。不在旅馆住宿的北京本地区居民想去洗澡也可以，花个三四十块钱，买张门票就是了。老李去花海洗浴中心泡过几次澡，就摸到了其中的一些底细，原来里面不仅可以泡澡、洗澡，还可以蒸桑拿，蒸石火浴。这还不算，在洗浴中心洗完了澡，换上中心提供的软衣服，可以到休息大厅小憩，看电视，点饮料喝，让服务生捏脚，也就是足疗。当然了，喝饮料和接受足疗都是要付费的。老李到花海洗浴中心，只泡澡洗澡就够了，顶多附带着蒸一下桑拿和石火浴，别的需要另外付费的项目一概不要。就连搓澡，他都是自己搓，从来不让所谓的搓澡师给他搓。他的胳膊够长，手指头也不少，身体各处都够得到，何必让别人给他搓呢！搓澡的价格也不低，与泡一次澡的门票价格几乎持平。有那搓澡的钱，还不如再去泡一次澡呢！还有，搓澡师问，往身上搓盐吗？搓牛奶吗？稍有犹豫，稍有松口，大把的钱就被搓澡师"搓"走了。他坚持不搓澡，搓澡师就无法"搓"走他的钱。不过，他有时也有些心虚，觉得自己在"花海"的消费是不是太低了，贡献不够大，人家是不是不太欢迎他。老李平衡自己心理的办法，是在洗淋浴时尽量节约用水。他可以在大池子里尽情地泡，汗可以尽情地出，但在淋浴时，水能少用就少用。老李看见有人在洗淋浴时，把水龙头开至最大，任淋水如大雨一样通过喷头往下流。在他们往身上涂抹浴液时，仍不关掉水龙头，好像不把水流够，就不够本儿似的。老李不干这样的事儿，他知道北京是缺水的城市，水是很宝贵的，让水白白流掉，太可惜了！

　　老李在这家洗浴中心泡澡泡得时间也不是很长，也就是两三年时间。秋天的一天，北风渐凉，老李打算去泡一个热水澡。在整个夏天，他一般来说不去泡澡，夏天天热，动不动就是一身汗，完全可以达到泡澡的出汗效果，去澡堂泡澡可以免去。到了秋天，秋风一吹，汗毛眼子开始闭合，出汗的机会就少了。据说人出汗是必要的，汗毛眼子要排泄，出汗就是汗毛眼子的排泄方式。汗毛眼子倘若老不出汗，老不排泄，就会憋得受不了。老李骑车来到花海洗浴中心，一看，整座三层楼外面搭起了用铁管子组成的脚手架，并用蓝色塑料布遮上围挡，像是改造或装修的架势。老李一问，旅馆和洗浴中心果然是在装修，装修已经进行一个多月了。老李顿感失望，身上也有些痒痒。他问施工人员，洗浴中心什么时候才能重新开业？人家爱搭不理，让他自己看围挡上贴的告示。他把打印的白纸黑字的告示找到了，告示上没说什么时候重新开业，只说因装修给顾客带来了不便，敬请谅解。老李估计了一下，当时离春节还有三四个月，春节前装修应该能完成吧。到了过小年的那一天，老李又骑车到洗浴中心去了。他远远看见整座楼撤去了围挡，拆掉了脚手架，装修得焕然一新。老李心中一喜：终于又可以泡澡了，一定要泡个痛快淋漓！然而，让老李再次感到失望的是，前台的女服务员告诉他，今后这里只开办旅馆，洗浴中心撤销了。这叫什么事呢？撤销洗澡中心为啥不早说呢？老李失望得有些生气，差点骂了"他 × 的"。

偌大的北京城，难道找不到泡澡的地方了吗？难道泡澡的时代从此结束了吗？难道人们不需要再出汗了吗？老李不信这个邪。老李是退休之人，他有充裕的时间，可以到处寻找哪里有泡澡的地方。他骑着他的一辆旧自行车，转到东，转到西，转到南，转到北。他骑得慢慢的，一路骑，一路看街边门面上的字号或招牌，看到有"水"或者"洗"的字眼，他都要停下看一看是不是洗澡的地方。他看到带"水"字的店面倒是不少，多是卖水果、水产品和纯净水的商店。他看到带"洗"字的店铺也不少，但不是洗衣服、洗鞋，就是洗车。他把附近的大街小巷转了个遍，没发现一处可供泡澡的地方。再往远处找，他就不骑自行车了，改乘公交车。他的年龄超过了65周岁，进入老年人的行列，居委会为他办了老年卡，在市里乘坐任何一辆公交车都可以免费。以前，他对众多的老头儿老太太坐公交车有些看不惯，觉得不少人有占便宜的心理，怀有不坐白不坐的意思。想想看，公交车的空间和座位是有限的，老年人坐得多了，就挤占了上班族年轻人的资源，年轻人还得为老年人让座，显然很不合适。现在，老李为了找到能泡澡的地方，他也要坐公交车了。不过，为了避免和忙于工作的人争资源，他绝不在上下班的高峰时间段去坐公交车，而是打时间差，估计上班的人都到了自己的工作岗位了，他才从从容容地刷老年卡坐公交车。为了找泡澡的地方，老李有一次还闹了一个笑话。他透过车窗往外看，总算发现了一处门口上方标有"扮靓靓"洗澡美容的地方。他定睛再看，准确无误，上面的确有"洗澡"的字样。能洗澡就能泡澡，好嘞，总算又找到一处可以泡澡的地方喽！他赶紧下车，往回走了差不多一站地，才找到了那个叫"扮靓靓"的门面房。老李到房子里一问，顿时觉得很不好意思，意识到自己真的老了，跟不上飞速发展的形势了。怎么了？原来这里是给四条腿的宠物洗澡美容的地方，两条腿的人就免了。说白了，狗呀猫呀，可以到这里洗澡、美容，人就不要进来了。老李想起来了，最近流行的一个字叫"萌"，"靓靓"和"萌"是联系在一起的。"晒萌"也好，"卖萌"也好，"萌萌哒"也好，一般指的是娃，是少女，是宠物。一个大老头子，跟"靓靓"和"萌"还有什么关系呢！老李逃也似的离开了。坐在回家的公交车上，老李也有想不明白的地方，有动物洗澡的地方，却不让人进去洗澡！

老李最终找到可以泡澡之处，是在北五环外一个叫皇都水城的宏大场所。据说那里的水是从很深的地下抽出来的温泉，温泉无须再加热，直接充到池子里，即可以泡澡，洗澡。在那里泡澡，与以前在别处泡澡有所不同，在别处泡澡，那是单纯的泡，水里没有什么动静。在水城泡澡呢，在水里可以接受水按摩。水按摩分两种，一种是通过池底自下而上涌出的水流冲击身体，二是通过安在水池边的高压水龙头把压出的水扯成扇面，锤打一样按摩人们的后背、腰椎和颈椎。除了泡澡、水按摩和洗浴，水城里还有游泳池，人们可以穿上泳衣，戴上泳帽，到游泳池里游泳。如果游泳游累了，可以到水城的餐厅里吃一顿自助餐，补充身体的能量。当然了，水城既然以"皇都"冠名，消费水平要高一些，进去一次，最低消费是138元。消费高就高吧，谁让他那么喜欢水呢，谁让他那么热衷于泡澡呢！他的退休工资每月有六千多元，妻子已经离世，花不着他的钱了。他唯一的女儿也参加了工作，自己挣钱够自己花，从不跟他要钱。他有那么多钱不花，留着干什么呢！他已年近古稀，近年来身体又不太好，过一年，少一年；泡一次，少一次，说不定哪一天，他想泡都泡不动了。趁现在还有享受泡澡的能力，能多泡一次就多泡一次吧！

　　他才去水城泡了两次澡，人家就不让他进了，把他挡在了"城门"外。这又是为什么呢？原来有一位年近八旬的老人去水城泡澡，泡完从水池里出来时，脚下一滑，蹲坐在地上，蹲得髋骨骨折，顿时动弹不得。水城的服务员马上向老人要了他家人的电话，告知了他的家人，并打电话叫了救护车，把老人送到医院去了。不料老人的家人把水城告上了法庭，说都是因为水城的地板太滑了，才导致顾客滑倒，造成骨折。原告要求被告承担因老人骨折所发生的一切医疗费用，并对由此可能引发的一切后果负责。法院经过审理，驳回了原告的诉求。水城虽然赢了官司，但他们得到教训，从此在门口贴出上了并不温馨的"温馨提示"：凡来本水城的洗浴者，如果年龄超过了65周岁，须有家人陪同，否则谢绝入内。敬请谅解！他把提示上的岁数看了一遍又一遍，不想承认也不行，他的岁数不但超过了65周岁，而且已经超过了67周岁。对于水城方面做出这样的规定，老李觉得可以理解，它不是对老年人的限制，更不是对老年人的歧视，而是对老年人的爱护。问题是，他好不容易才又找到了一个可以泡澡的地方，现在又泡汤了。他想冒充不超过65周岁的人是不行的，前年大病了一场，他的头发差不多全白了。树老叶子黄，人老头发白。仅从他的头发看，恐怕人家以为他70岁都超过了。还有，新的规定实行后，再买门票是要出示身份证的，他出生的年月日都在身份证上标得明明白白，不可能瞒天过海。

老李还是有些不甘心，他到服务台问值班经理："你们所说的家人陪同，家人主要指的什么人呢？"

"当然是您的儿子。"

"我要是没有儿子呢？"

"女婿也可以。"

"我要是连女婿也没有呢？"

"朋友也可以，只要年龄不超过 65 周岁就行。"

"对不起，我要是连朋友也没有呢？"

值班女经理把老李看了一眼，目光里似乎有些不可理喻，仿佛在说，怎么连个朋友都没有呢！

女经理说："对不起，那我们就没办法了。"

老李泡澡不成，只能原路快快而回。是的，老李没有儿子。他父亲生了他这么一个儿子，名曰单传。到了他这一辈，单传也没有传下去。如果传宗是传接力棒的话，接力棒在他手中给弄丢了。他和妻子先有了一个女儿，本打算再要一个儿子的，可计划生育的政策来了，一对夫妇只许要一个孩子。为了不违反政策，也因为老李在职务上面临提拔，要在计划生育方面有好的表现，就把生第二个孩子的打算放弃了。年轻时没儿子，他并不觉得有什么缺憾，一个男人所能做的事情他都能做。老李早就听说过一句俗话，叫养儿防老。以前他对这句话并不认同，甚至有些笑话：养儿能防什么老，难道养了儿子自己就不老了吗！现在他才知道，他以前对这句话的认识并不全面。人世间的许多事情就是这样，不到谁跟前，不到谁身上，就不会有深切的体会。摆在眼前的事实是，如果他有一个儿子，如果他让儿子陪他泡个澡，可以说是天经地义的、轻而易举的事。都是因为他没有儿子，老了连个澡都泡不成了，这是不是有点儿悲哀呢！

老李没有儿子，有个女婿也好呀。也是俗话说的，一个女婿半个儿。如果他有一个女婿，如果他让女婿陪他去泡一个澡，女婿想必也不会拒绝。然而遗憾的是，他的女儿都三十多岁了，至今都没有结婚，没有为他引来一个女婿。女儿并不是不想找对象，并不是不想结婚，只是态度不够积极，甚至有些冷淡。有热心人给女儿介绍对象，在他和妻子的催促下，女儿也去跟人家见面了。但见过一个又一个，不是女儿看不上人家，就是人家看不上女儿，反正一个都没有谈成。妻子生前天天为女儿发愁，愁得半夜睡不着觉，以致身体突然出了毛病，60岁刚出头就撒手而去。女儿是好女儿，只是女儿吃得有些胖，也显得比较老实。大概因为没有结婚，女儿的眼神还很单纯，像一个没长大的孩子。女儿的工作也不错，在一家国有银行的储蓄所当营业员，每月的收入比他的退休工资还高。这么好的一个女儿，怎么就嫁不出去呢？那么多男孩子，难道一个有眼光的男孩子都没有吗！

老李回家熬好了小米粥，烧好了豆腐小油菜，女儿李悦下班回来了。女儿是一路听着音乐回来的，两个耳朵眼儿里都塞着耳机。进门后，女儿摘下了一侧的耳机，喊了一声"爸"。女儿摘下的耳机垂在下巴那里，像一粒黑色的纽扣儿。

趁女儿脱下皮鞋换拖鞋的工夫，老李说："我今天去皇都水城泡澡，白跑了一趟。"

"为什么？"

"水城有了新规定，凡是 65 周岁以上的老人去泡澡，必须有家人陪同。"

"这是什么规定，简直就是霸王条款，你可以打电话举报他们！"女儿换上拖鞋后，没在客厅停留，边说边向自己的卧室走去。他们家的房子是两室一厅，老李住东边的大卧室，女儿住西边的小卧室。女儿一走进自己的卧室，顺手就把房门关上了。他们家的房门是用新型复合材料压制而成的所谓"美心"门，封闭和隔音效果都不错。

当爸爸的还有许多话想对女儿说。女儿去年过春节去了日本，他想问问女儿，今年过春节还有没有出国旅游的计划。他还想以说笑话的口气，问女儿什么时候给他找个女婿呀！可女儿不给他时间，不容他多说，就对他关上了门。女儿每天都是如此，进家就关上自己的房门。他的房门对女儿是敞开的，而女儿的房门对他是关闭的。水城澡堂的门对他关闭，是因为他超过了 65 周岁。女儿的门对他关闭，他不知这是为什么。他的父母都去世了，有两个姐姐，一个姐姐在外地，另一个姐姐也去世了。在北京，女儿是他唯一的亲人。可是，他觉得女儿跟他一点儿都不亲。虽说他和女儿住在同一个家里，女儿不与他交谈，这哪里还有家的气氛呢！哪里还有家的感觉呢！

这天，他还是追着到女儿的卧室门口去了，隔着房门对女儿说："悦悦，爸爸今天熬的是你最爱喝的小米粥，还有口味清淡的豆腐烧小油菜，你吃一点儿吧！"

"我跟您说过了，我现在不吃晚饭。您是嫌我吃得还不够胖吗！"

"小米粥里主要是水分，没什么脂肪，喝了不会发胖的。"

"得了吧，我喝凉水都会长肉！"女儿没有开门，父女俩就那么隔着房门对话。

老李没有马上走开，在门外又站了一会儿。他没有再说话，样子有些可怜巴巴。好像他多站一会儿，女儿受到感动，就会为他打开门似的。女儿说的是不吃晚饭，但老李知道，女儿自己躲在屋里吃零食，喝可乐之类的碳酸饮料。吃零食和喝饮料，其实更容易发胖。除了晚饭，早饭和午饭，女儿也极少和他一起吃。早上，女儿起床后，都是不吃早饭就上班去了，在路边随便吃一点。中午，单位供应免费午餐，女儿在储蓄所里吃。到了双休日，女儿总该和他一起吃饭了吧？可不管他想方设法做了什么好吃的，喊女儿出来吃饭时，女儿的样子都有些无奈似的，吃得一点儿都不香，吃一点儿两点儿就放下了筷子。有时女儿要老李不要管她，只管做自己的吃自己的就行了，饭对她来说一点儿都不重要，吃不吃都无所谓。老李不会的，不管女儿吃不吃，他做饭时都要下着女儿的米，做着女儿的菜。女儿不吃，他宁可在第二天、第三天吃剩的。让老李不能理解的是，他给女儿做好了饭，女儿不吃，有一次，女儿却用手机在网上叫了外卖。当外卖小哥提着一兜用塑料盒装着的饭菜叫开门时，着实让老李有些吃惊，问这是什么。外卖小哥把门牌号码又对照了一下，说这不是他们家点的麻辣烫、小龙虾和叉烧包吗。这时女儿从卧室里出来了，说是她叫的外卖，遂把一兜子东西接了过来。她问老李要不要尝一尝，老李说他才不吃什么外卖呢，外卖难道比他做的东西更好吃吗！老李还说，晚报的记者调查过了，说不少外卖都是在小作坊里加工出来的，很不卫生。女儿却说，偶尔吃一次，享受一下社会性服务嘛，没事儿。女儿把外卖提到自己卧室里吃去了。

老李在女儿的卧室门外站了一会儿，看不到任何女儿为他开门的希望，只得一个人回到客厅。端起了粥碗，他突然想起了妻子，心里一阵酸楚，差点落下泪来。他把粥碗又放下了。

春节前不能泡一个澡，老李还是不死心。泡澡的强烈愿望几乎成了他的一个心病，不泡一个澡，心病就难以治好。又好比泡澡是过年的一个前提条件，没有这个条件，整个年都没法儿过。也是有病笃乱投医的意思，他竟把目光投向了邮政局的投递员小张。小张负责为他所居住的居民小区投递报纸、杂志、包裹、汇款单、挂号信等各种各样的邮件，差不多已经三四年了，他对小张已经很熟悉了。报纸每天都要出，邮递员每天都要投递，邮递员的职业差不多跟报纸捆绑到了一起。天可以打雷，可以下雨，送报纸的事可以说雷打不动，下雨也不动。小张每天要送两次报，上午送一次，下午送一次；上午送的是晨报和日报，下午送的晚报。老李订有一份《北京晚报》，每天都要把晚报看一看，如同每天都要吃晚饭，已经形成了习惯。他不订别的报纸，只订一份晚报。他退休前在一家报社当总编室主任，他不订那份行业报，只订晚报。退休至今，他连续订晚报已经多年了。他所住的是一座高层居民楼的第三单元，单元楼门口一侧设有一座像一面墙一样的投递邮件专用邮柜，邮柜被分成很多个格盒，每户一个格盒，在格盒的绿色铁皮门上，有用黄漆喷成的房间号码。老李每天下楼取晚报，用钥匙打开属于他们家专用的格盒就行了。也有晚报晚到的时候，老李打开格盒一看，里面还是空的。在这种情况下，老李暂不上楼，宁可站在楼下等一会儿。他是在等晚报，同时也是在等邮递员小张。他有时等得时间长一些，有时等得时间短一些，但不管等的时间长短，小张必定会出现在他的面前。他已经知道了小张姓张，当小张骑着绿色的电动邮车来到他跟前，他会说，小张，今天又晚了。小张会说，不好意思，今天要送的快递太多了，送晚报就耽误了一会儿。老李挥挥手，没关系，晚报晚报，晚一会儿没关系。小张停下车，把老李的一份晚报先递给老李。老李拿到晚报，并不急着上楼，趁小张打开邮柜的门往一个个格盒子里投放晚报时，会跟小张交谈几句。交谈的次数多了，老李对小张的情况有了一些了解，得知小张不是北京人，是河北邯郸人，在北京打工，当合同工。据小张说，在他们邮局当邮递员的没有一个北京人，都是从全国各地来的外地人。这些年，订报纸的、订杂志的、寄信的、汇款的，越来越少，寄快递的却越来越多。每件快递都要送到收件人家里，都要由收件人签字，都得楼上楼下跑，比以前麻烦多了，也累多了。别看邮递员的工作量增加了，工资一点儿都没增加，大家都很有意见。老李说这些情况他还真不知道，看来他们当邮递员也挺不容易的。老李还问过小张结婚了没有。小张表示还没有，并让老李给介绍一个。老李说，蒙我呢吧，这么帅的小伙儿，找对象还不容易。小张脸上红了一下，笑了，说真的，真的。

晚报通常是下午两点之后才开始投送，这天下午还不到两点，老李就到楼下等着去了。他等到将近三点，朝小区的大门口望一眼，又望一眼，这才把小张望到了。他装作刚从楼上下来，问小张："你今年过春节还回老家吗？"

小张说："不回了，今年春节在北京过。"

"在北京过节挺好的，我每年春节都不外出，赶那个热闹干什么！"

"我倒是想回家呢，邮局的人手不够，领导不让走，我也没办法。"

"那，最近这个双休日，你休息吗？"

"只有星期六休息一天，星期日又要接着上班，整个春节长假期间都休息不成了。"

"那太好了！"

小张看着老李说："那有什么好的，一点儿都不好。"

"我的意思是，趁你星期六休息，咱俩去皇都水城泡一个热水澡怎么样？辞旧岁，洗旧尘，洗了澡正好可以迎接新春。"

"我不去，我们邮局地下室的职工宿舍里有淋浴，我洗一下淋浴就可以了。"

"哎，小张，我希望你不要推辞。你一年到头工作很辛苦，算我代表楼上订报的客户请你的客，慰劳你一下。洗澡的费用我来出，一分钱你都不用花。"

小张摇头，说："那我也不去。又是皇都，又是水城，我一听就有些害怕。那些地方不是我们打工的人能去的。"

老李走得离小张近了一些，并压低声音对小张说："不瞒你说，水城最近有了新规定，老年人超过了65周岁，去洗澡必须有家人陪同。我今年都超过了67周岁，人家就不让我进了。我邀你去一块儿去洗澡，其实是等于让你陪同我，明白了吧！"

"您可以让您的儿子陪您去嘛！"

"我不是没有儿子嘛，要是有儿子还说什么。"

"没有儿子，总有女儿吧。可以让您的女婿陪您去嘛！"

"这个小张，你怎么一点儿都不明白呢，我女儿还没结婚，哪来的女婿呢！我要是有女婿，还开口求你干什么！叔叔是人民大学新闻系毕业的，退休前是报社的总编室主任，正处级干部。叔叔以前可从没有这样求过人，现在老成了无奈，天不嫌老地嫌老，己不嫌老人嫌老，不求人有什么办法呢！"

小张像是想了一下，说："那好吧。今天是星期四，后天我陪您去。"

"我就知道你一定会同意，那就谢谢你啦！"说着向小张伸出了手，意思是把小张的手握一下。

小张大概没想到李叔叔会跟他握手，报纸、杂志还在怀里抱着，他在慌忙中一伸手，报纸、杂志就撒落在地上。老李要帮他拣，小张说："您甭管了，我自己来。"

星期六的那天早上，天上下起了雪。天气预报显示的是小雪，天空下的却是中雪或大雪。大朵的雪花子开得漫天满地，眨眼之间，汽车白了，绿篱白了，小花园里的雕像白了，哪儿哪儿都白了。春节临近，小区里已挂起了不少大红灯笼，连红灯笼上半部也落了不少雪，看去一半红，一半白，白的像花托，红的像花蕾。下雪天，泡温泉，那是再好不过了。出发前，老李给小张打了一个电话，说下雪了，雪下得很好，下雪天最适合泡温泉澡。他打电话的意思，是打探小张的口气，担心小张因下雪会打退堂鼓。小张在电话里说，他很快就到李叔家的楼下了。老李说好的，他马上下楼。

在往温泉的汤池里下时，小张扶住了老李的一只胳膊，说："您慢点儿！"

老李不想让小张扶他，他觉得自己完全可以照顾好自己。他说："你不用管我，我自己可以。"

汤池外边有几级台阶，台阶上铺有防滑的红色化纤地毯。小张没有松开老李，坚持把老李扶上了台阶，送进了汤池。

有生以来，老李不知自己泡过多少次澡了，但被人搀扶着还是第一次。当小张扶着他的胳膊时，他明显感到了小张的力量，并借到了小张的力量。好像在小张扶他之前，他并没觉得自己老，小张一扶他，他心里一软，脚下一软，觉得自己真的老了。是的，以前他的脚是抓地的，近些年好像不怎么抓地了，走起路来有时会发飘，失去了平衡似的。以前他的脚是有根的，而且根扎得很深，每走一步都扎扎实实。这些年脚下似乎没有了根，有些悬空的感觉，似乎随时都会跌倒。司马迁说过，人固有一死。在固有一死之前，先是有一老。看来人不服老是不行啊！

不管如何，他总算又下到汤池里去了，又泡上了热水澡。他的下半身刚进入水中，觉得皮肤一烫，顿时舒服得有些哆嗦。舒服，舒服，太舒服了！他舒服得真想喊出来，见在池子里泡澡的人比较多，就没有喊。在汤池里适应了一会儿，他就把整个身子慢慢缩进水里，一直淹到脖子那里。他对小张说好了，泡一会儿吧，自己靠着池壁，微微闭上了眼睛。是他拥抱了水，更是水拥抱了他，他和水的拥抱是互相的。只是相比之下，他的怀抱有些小，抱不了那么多水，而水的怀抱比较大，一下子就把他抱进怀里。水对他的拥抱是全方位的，全身无处不抱到。水对他的爱抚是渗透性的，似乎连每个汗毛眼子都渗透到了。他想到了，人最初是从水中生出来的，人和水有着天然的亲情，人一辈子都离不开水啊！他想到了享受二字，人耽于享受美味、美色、美景等，岂不知，对水的享受，也是一种莫大的享受啊！他还想到了，不管享受什么，都需要能力，一旦失去能力，就享受不成了。趁现在他还保持着享受水的能力，就抓紧时间享受吧！

年轻人对泡澡总是缺乏耐心，小张只泡了一会儿，就到对面高举着的水龙头下面接受高压喷水按摩去了。外面雪还在下，隔着自上而下的落地玻璃窗可以看到，水城外面已变成一片银白色的世界。

这时在老李旁边泡澡的一个老爷子问老李："陪您来的小伙子是您的儿子吧？"

不知为何，老李没说实话，没否认小张是他儿子，他含糊其词地"嗯"了一声，说："舒服。"

"您儿子不错，对您挺孝敬的。"

老李没有对老爷子说明，小张并不是他儿子。在这种场合，把话说得太明白，没有必要。他要是说了小张不是他儿子，老爷子会问他问个没完没了，那样会影响他专心泡澡。

一个当爷爷的，把孙子带到水城洗澡来了。小家伙五六岁的样子，白白胖胖，像是西方油画中的女童，很是喜人。小家伙从饮水机那里取来了两个水杯，一会儿把其中一个水杯里舀满了水，往另一个水杯里倒腾，一会儿把两只空水杯都放在水面上当船，看哪只"船"漂得更远。看见人家的孙子，老李难免联想到自己。他要是有一个儿子的话，说不定也会有一个孙子，他的孙子说不定也这么大了。可惜呀，因为没有儿子，他这一辈子都不会有孙子，永远都不会有孙子了。

中午，带着水城的手牌去餐厅吃自助餐时，老李与小张聊了几句。

他问小张："你说你还没有结婚，是真的吗？"

小张笑了一下说："我跟您说着玩呢，我不但结了婚，连儿子都有了。"

"我说嘛，你这小子，原来是蒙我呀！"上次小张说他还没结婚，并让老李帮他介绍对象，老李一听就记住了，随后产生了一个隐秘的想法。这会儿听小张这么一说，他就把隐秘的想法取消了，心想，亏得他心快嘴不快，没把隐秘的想法说出来，倘若把想法说出来，岂不是闹了一个笑话！

但小张接下来说的话，却使老李隐秘的想法再次浮现出来。小张说，虽说他结婚了，但跟没结婚也差不多。他老婆去南方打工后，他就找不到自己的老婆了，老婆的手机换了号，他跟老婆就联系不上了。老婆不光自己跑了，还把儿子也带走了，弄得不知去向，无影无踪。因他和老婆结婚时没办登记手续，没有法律证明，可不是跟没结婚差不多吗！

老李听得惊得长长地"啊"了一声，说："你们可真是挺逗的，不办结婚登记手续，怎么可以结婚呢，在北京绝对不会出现这样的事。"

小张说："农村人嫌麻烦，也没什么法律观念，没登记就结婚的人有的是。"

"你这种情况，完全可以再找一个嘛，不存在重婚的问题。"

小张的看法是难，越来越难。

小张在吃自助餐时，取来的食品很多，水煮虾、铁棍山药、韭菜炒血豆腐、炖羊排、饺子等，盛了满满一大盘。

他对老李说："您想吃什么，我去给您盛。"

老李说："你不用管我，自己放开肚子，吃饱吃好就行了。"

他又对小张说："刚才在澡池里泡澡的时候，一个老头儿问我，你是不是我儿子？"

"您怎么说的？"

"我没搭理他。你不知道，凡是提起儿子话题的，都是他们自己有儿子，都是为了显摆自己的儿子，不显摆生怕别人不知道似的。"

"有儿子有什么稀罕的，我们家弟兄三个，上面还有一个姐姐，下面还有一个妹妹，都把我爸我妈愁死了。"

也是嘴边的话，小张问老李："您的女儿为什么不结婚呢？是不是她的眼光特别高呀？"

老李的隐秘想法后面隐藏的正是他女儿。他还没说到他女儿呢，小张先提到了。

他问："你见过我女儿吗？"

"见过的。您忘了，那次我去给您送一件快递，您不在家，是您女儿替您签收的。"

老李这才回答小张的问题："也不是她的眼光有多高，高和低都是相对而言。我的看法，她主要是没找到合适的，一旦有合适的，她并不反对结婚。"

"我听说，北京的不少女孩子选择当单身贵族……"

还没等小张说完，老李就打断了他的话，说："什么单身贵族，我最不爱听这样的话。还有什么丁克家庭，我也不爱听。这都是西方个人主义的价值观，被个别鹦鹉学舌的人贩卖到我们中国来了，对我们的传统文化造成了冲击。"

小张摇头："您说的这些我不懂。"

老李问小张："你一个月能挣多少钱？"

这个小张懂，他说："五千多块。"

"还可以，反正比在农村种地强多了。"

下午坐公交车往回返时，老李对小张说："下车后，你跟我去我们家吧。我弄两个菜，咱爷俩喝两杯。人家都说你是我儿子，这个儿子不能让你白当不是！"

小张说："不行不行，那可不行。我中午吃了那么多，晚上一口东西都吃不下。"

"陪人陪到底。上午你陪我泡了澡，晚上再陪叔叔喝两杯嘛！再说快过年了嘛！"

小张还是说："不行，晚上回去晚了，我怕班长批评我。"

老李说："要不这样吧，咱们把时间定在大年初三的晚上吧。这个时间你就不要再推辞了，再推辞叔叔就不高兴了。大过年的，你不能回到父母身边团圆，我们这些北京的老同志，总得尽一点地主之谊吧。不然的话，你们的父母该挑我们的理了，说我们对你们这些从外地来的孩子一点儿都不关心。"

小张说："谢谢李叔叔！到时候再说吧。"

老李拿出了北京人的派头，说："听话，不要再说，就这么定了，一言为定。"

回到家，老李把让小张陪他泡澡的事对女儿李悦说了。

女儿说："那挺好的。"

老李又说："别人还以为小张是我儿子呢！"

女儿说："那就让小张给您当干儿子呗，以后您泡澡就不用发愁了。但是有一条，您要付给人家小张一定的小费。"

"什么小费，一说小费，就把人家看小了。"

"小费就是报酬，不过说法不同而已。"

"这个我知道，小张洗澡的门票由我买。"

"只买门票是不够的，您又不是不知道，现在请一个打扫卫生的小时工，每小时还要付给人家一百块钱呢！干儿子的说法是笑话，其实您和小张的关系是雇佣和被雇佣的关系，您雇人家陪您泡澡，人家就是您的雇工，您就得给雇工发工资。"

"你放心，我历来尊重劳动人民，不会亏待小张，一定会给他一些补偿。我跟小张说好了，到春节的初三晚上，我请他到我们家喝酒。"

"放着简单不简单，麻烦！"

小张没有爽约，到了初三晚上，他果然到老李家里去了。小张是懂礼的，懂得过年串门不能空手。他没有给老李提过年的点心匣子，也没有给老李买酒，送上门的是一束鲜花。鲜花里有多种色彩的玫瑰，有百合花，还有一种说不分明的像星星草一样的红色小花。冬天里的鲜花，那是相当鲜艳夺目，香气袭人。

小张怀抱鲜花，对打开房门的老李说："拜年啦李叔，小张给您拜年啦！"

老李看见鲜花，眼前一明，脸上顿时乐开了花。他接过鲜花，说："谢谢！你这个小张，真够潮的。"

老李自己舍不得花钱买花，但他女儿可不吝啬，动不动就买一枝玫瑰回来，插在自己卧室里的小花瓶里。女儿说过，没人给她献花，她就自己给自己献花。她还把自我献花的行为说成是自恰。

小张一下子送过来这么多花儿，女儿一定喜欢，他冲着女儿的卧室喊："李悦，李悦，你出来看一下，小张送来了好多鲜花！"

李悦开门从卧室里出来了，看见鲜花，脸上果然露出一些悦色。

小张说："给李姐拜年！"

李悦说："你不要叫我李姐，谁大谁小还不知道呢，你叫我的名字就可以了。"

老李对李悦说："把这些花儿给你吧，插到你的花瓶子里去吧！"

李悦说："我的花瓶那么小，哪里插得下这么多的花儿。您只管把花儿放在客厅里吧，花枝下面有泡沫塑料，塑料的泡泡里含有水分，还有营养液，三天两天不会发蔫儿。"说罢，又回到自己卧室里去了。

喝酒时，老李坚持把李悦从卧室里喊了出来，说："小张是一个客人，客人来了，家里每个人都是主人，主人陪客人坐一会儿，是应尽的礼数儿。"

李悦说："我不会喝酒，到客厅里干坐着干什么！"

老李说："不喝酒没关系，我们喝酒，你可以喝你的可乐。"

李悦勉强答应了老李的要求。

老李把事情搞得有些隆重，显然是事先打好了腹稿，他举起酒杯，上来就说了对小张的三个感谢：一是感谢小张天天为他送报，使他从来不缺精神食粮；二是感谢小张在年前陪他泡了澡，洗去了旧岁的尘埃；三是感谢小张来他们家做客，为他们增加了过年的气氛！

"好，让我们共同干杯！"说着率先站了起来。他又解释说，"我女儿从来不喝酒，她用可乐代替。"说罢，就把一杯酒干掉了。

小张说："谢谢叔叔，这都是我应该做的。"他也把杯中的酒喝干了。

老李夸小张还行，喝酒很实在。

李悦没有把可乐倒进杯子里，她象征性地把可乐瓶子也向上举了一下，喝了一小口。李悦的样子看上去在微笑，她的微笑并不一定是觉得爸爸可笑，而是因为她一直在看手机，她大概在手机里看到了搞笑的节目，就禁不住笑了。李悦的眼睛、眉毛、鼻子、嘴巴都在笑，似乎连耳朵也在笑。她的笑是无声的，像花朵无声地开放一样。李悦的微笑是很好看的，像是从内心自然而然生发出来的，充满真意。

对李悦抱着手机不撒手，老李有些看不过，他说："你能不能把手机放下一会儿，老看那些垃圾信息干什么！"

李悦的头没有抬，她说："垃圾是分类的。"

"不管分多少类，它也是垃圾，垃圾变不成美食，更变不成美酒。"

李悦听见爸爸说话的口气有些重，这才抬起头来看了爸爸一眼，说："不会喝酒的人总是让人扫兴，对不起，我就不陪你们了，你们慢慢喝吧，希望你们喝好。"说罢起身，边看手机边回到自己的卧室去了。

当爸爸的摇头："我这个女儿呀，什么时候才能变得成熟起来呢！"

小张说："没事儿。没事的时候我也喜欢看着手机。"说着，小张从衣服口袋里把手机掏出来看了一眼说，"才一会儿没看，就来了这么多信息。"

酒对喝酒的人来说是有作用的，喝酒与不喝酒，收到的效果不大一样。小张喝得兴奋起来，也慷慨起来，对老李做出了承诺："李叔，哎，哎，您听我说，您以后泡澡的事就交给我了，怎么样？不就泡个澡吗，小菜一碟！您什么时候想泡，我随叫随到！我的名字叫张北祥，北是河北的北，也是北京的北，您记住了吗？"

老李把张北祥念了一下，说："记住了。"

"您不要老是叫我小张，小张，我也是有大名的。有一个地方叫大名府，就离我们老家很近。您什么时候想去大名府看看，我给您安排。"

老李再次跟小张碰杯，说："好，效果不错，有好酒就要跟你这样有敬老之心的年轻人喝。"

小张兑现了他在酒桌上所作的承诺，此后，老李想泡澡了，只要给小张打一个电话，小张就陪他去泡澡。小张有时白天上班没时间，就在晚上下班之后陪老李去泡澡。有一次在水城吃自助餐时，小张还买了酒，请老李喝。

老李一再在女儿李悦面前夸奖小张，说小张真是个好孩子，没想到他老了的时候，还能遇见一个小张。直到这时，他内心那个隐秘的想法还没对李悦说出来，还在继续做铺垫的工作。他的想法是，李悦跟小张谈一谈是可以的，小张做他的女婿，也没什么不可以。小张倘若真的成了他的上门女婿，就不仅仅是解决了泡澡的问题，更主要的是把女儿的终身大事给解决了，对妻子的在天之灵也算是有个交代。

春天到来时，趁女儿又给自己买了一枝花，老李问女儿："你觉得张北祥这个人怎么样？"

"谁是张北祥？"

"就是小张呀，就是那个邮政局的邮递员呀！"

"您一说张北祥，把我说蒙了，我还以为是哪个电影明星呢！"

老李问："对小张的印象如何？"

"挺好的呀！"

"看来咱父女俩的看法是一样的。"

"你看着好就好呗！"

逮着机会，老李对小张说："我女儿对我说，她对你印象挺好的。"

"真的？"

"当然真的，我什么时候蒙过你。"老李左右看看，压低了声音，对小张说，"我看你可以跟李悦谈一谈。"

"那我可不敢。"

"你这孩子，那有什么不敢的！一个男子汉，在追求女孩子方面应该主动一些，勇敢一些，磨磨叽叽像什么话！随后我把李悦的手机号码发给你，你先给她发短信，自我介绍一下，然后再给她打电话。"

"李悦不会骂我吧！"小张还是把李悦的电话存了下来。

和往年夏季一样，在当年的整个夏季，老李都不再去泡热水澡。在家里吃口热饭就是一身汗，通过吃饭出汗，完全可以代替泡澡。加上北京过几天就是"桑拿天"，他足不出户，把门一关，就可以"拿"一把。他听见别的居民对"桑拿天"叫苦不迭，一再嚷"热死了，热死了！"他从来不说热，心说，免费洗"桑拿"，不是挺好的吗！

女儿卧室里安了空调，一到夏天，她就整夜整夜地开着空调，吹得连卧室的门似乎都变成了凉的。而他，从不在自己的卧室里安装空调。他说他怕冷不怕热，一吹空调就浑身不舒服。他还对女儿说，最好不要整夜吹空调，空调里制造出来的都是化学风，不是自然风，吹多了对身体不好。女儿不听他那一套，该怎样还是怎样。

转眼到了中秋节，云彩白了，树叶黄了，天气渐渐凉了起来。天气一凉，老李又该去泡澡了。碰巧了，这年的国庆节和中秋节连在了一起，假就放得长一些，可以连续休息七天。中秋节这天，天下起了小雨，不光是云遮月，还有雨遮月，月亮是看不到了。老李打着雨伞，提前下楼去等小张。单位发了月饼，他要送给小张两块，祝小张中秋快乐。同时，他要跟小张约定一个去泡澡的时间。趁和小张一块儿泡澡，他还会顺便问一问，小张跟他女儿联系得怎样了，有没有什么进展。

送报的来了，却不是小张，换成了另外一个小伙子。老李问了一下小伙子，得知小张休假回老家去了。秋雨打在伞面上，老李在楼下又站了一会儿，才拿着晚报和未送出的月饼回家去了。

回到家，老李对女儿说："小张休假回老家去了。"

"还说呢，没经过我的允许，您怎么能把我的电话随便告诉别人呢！"

"怎么啦？"

"您说怎么啦？这关系到尊重不尊重人权的问题。"

老李的预感不是很好，他说："没那么严重吧！"

"双节"过后，老李给小张打电话，问小张："什么时候回北京上班？"

小张说："我爸爸生病了，我在医院里陪护着，短时间内可能回不去。"

老李说:"这个事情重要,好好照顾你爸爸吧。"

又过了一段时间,急于去水城泡澡的老李再给小张打电话,小张的电话就成了空号。

2020 年 1 月 24 日至 2 月 10 日于北京和平里

原载《长城》2020 年第 4 期

初恋续篇

　　一个人的初恋，不是初始那一阶段的事，是一辈子的事。或者说，是一辈子都难以忘怀的事。一个人的一辈子如果没有初恋，那是相当遗憾的。有人说每个人都有自己的初恋，第一次恋爱不就是初恋吗！我不认同这样的说法，我觉得二者应该有所区别。从年龄段上说，初恋应该是发生在少男少女情窦似开未开的年龄。从心理上说，初恋探出的多是感性的触角，还谈不上什么理性，离成熟还差得远。从情感上说，初恋是纯洁的，羞涩的，带有童话般的梦幻色彩。它对身体是超越的，更与性无涉。从社会学的意义上说，初恋不会想到结婚、成家，还没有任何功利性目的。

凡事有体验，才会有认识。上述认识，就来自我的亲身体验。在我读初中二年级到三年级的时候，就有过一次初恋的经历。我的初恋有着非常高的质量，称得上刻骨铭心。说出来不怕朋友们笑话，我至今仍不敢轻易跟朋友们讲那段经历。几十年来，我跟要好的朋友讲过两三次。每次讲起来，我都激动得不行，满脸通红，心口大跳，连心尖子都是疼的。讲过之后，我半天都不说话，半天都不会平复。倘若用文字写下来，会好一些，因为说话所用的气与写文章所用的气是不一样的。写文章的前提是必须静下来，只有静下来，才能进入内心世界。它使用的气主要是静气。文章当然也要表达感情，因为有了思想的参与、理性的控制，就会显得平和一些，至少不会激动到几近失态的程度。

关于初恋，在三十多年前，我已经专门写过一篇中篇小说，小说的题目叫《心疼初恋》。在别的短篇小说和长篇小说里，我似乎也零零星星提到过初恋的事。我不怕别人说我重复，人的初恋只有一次，宝贵得不能再宝贵，多说一句两句不算多。人渐入老境，初恋的事从此不再提了，也不是不可以。但有一些后续的故事，也让人难忘，想想也很有意思，不记下来似有些可惜。比如：初中毕业后，我曾给初恋对象马莲写过一封信，马莲也给我回过一封信。马莲给我的那封回信，就值得回味，值得写一写。

从镇上的中学毕业后回乡当农民，那是一段让我深感苦闷的日子。我的苦闷不是一重，是多重。前途无望是一重，生活单调是一重，农活儿繁重是一重，精神空虚又是一重。重重复重重，哪一重苦闷我都难以翻越。后来我想到，倘若没有那场初恋，我所有的苦闷也许不算什么，都稀松平常。而初恋像是给了我启蒙，我自己把自己给惹了，以至对情感生活念念不忘，不断向往，变得不安分起来。我们村和我一样回到农村务农的所谓"回乡知青"还有三四个，人家似乎没那么多事儿，做到了随遇而安。不像我那样忧郁，那样带样儿。我想我也许是自作多情，过于自恋，自恋到作态的程度，让人讨厌！可我当时意识不到这些，就是管不住自己。

　　说来我的运气还算可以，这个时候，我被招到公社的文艺宣传队去了，每天和一帮男女青年唱歌、跳舞，移植革命样板戏，物质生活和精神生活总算得到了改善。然而正如一支歌里所唱的，好花不常开，好景不常在。如果说宣传队也算一份"好景"的话，宣传队只维持了半年多，我就从"好景"里跌落下来，再次掉进不好的景况里。在宣传队期间，我希望宣传队能长期存在下去，宣传一辈子才好呢！虽然也明白宣传队是临时的，长期存在的可能性不大，但心里还是那样祈愿。人世间的祈愿，大都伴随着害怕。我的祈愿，当然是害怕宣传队解散。有一次，宣传队下乡演出，需要经过马莲所在的村庄。我们宣传队没有任何交通和运输工具，不但没有自行车，连一辆架子车都没有，不管到哪里演出，只能是步行。我们的演出，还是需要一些服装和道具的，比如李玉和所戴的大盖帽和手持的信号灯等。那服装和道具怎么办呢？我们的办法，是把那些演出必需的用品装进两口木箱子里，抬着木箱子前往。一听说这次演出要从马莲的村庄走过，我心里一突，就突突下去，再也不能平静。从学校毕业后，已经一年多了，我再也没有见过她。在学校时，我每天都能看见她。不见她时，仿佛百病缠身，只要看她一眼，就百病消除。事情就是这般残酷，"毕业"二字仿佛代表着一切都毕了，把我们生生拆开，拆成东一个，西一个，再也得不着见面的机会。我还是每天都想看见马莲，连做梦都想看见她，可我就是看不见她。其实我所在的村庄和她所在的村庄相距并不遥远，也就是七八里路的样子，用不了一个小时就可以走到。可我们却像是隔着一道天河，就是捞不着见面。据传说，分隔在天河两岸的牛郎织女每年的七月七还可以见一次面呢，我们连牛郎织女都不如。路过马莲所在的村庄，我并不指望能见到马莲。人居如蚁，村庄如窝，我们只是从人家的窝边过一过，怎么就能看见你想看见的人呢！再说了，马莲并不知道我们路过他们的村庄，她又不会在村口等我们，我怎么会看见她呢！尽管我对见到马莲不抱什么希望，但并不影响我的激动。由于对马莲的喜爱，连带着我对她所在的村庄也喜欢起来。我甚至觉得，生有马莲的那个村庄的名字，是全中国最好听的名字，一听到那个名字，我会马上想到马莲，好像村庄的名字与马莲的名字密不可分，又好像村庄就是马莲本身。所以说，能从马莲的村庄过一下也是好的。我听说过爱屋及乌这个成语，以前对这个成语并不是很理解，觉得跟风马牛差不多，有些可笑。自从有了对马莲、对马莲的村庄，以及对马莲所在村庄庄名的喜爱，我才加深了对爱屋及乌这个成语的理解。我想，第一个发明这个成语的人，一定是个有情人，一定对爱情有着深切的生命体验，上下几千年，纵横九万里，他道出的是人们的心声啊！

盛服装和装道具的箱子，在我们那里被说成戏箱。和我一同抬着一只戏箱的是一名女队员，她姓张，是比我高一年级的中学同学。当我们宣传队的队伍走到马莲所在村庄的村头时，队长让我们停下来休息一会儿。我们在上中学的时候，学校里也成立过宣传队，张同学、马莲和我，都是宣传队的成员。张同学也知道，马莲就是这个村里的人。趁在村头的打麦场休息的工夫，张同学提出，她去村里看一下马莲。张同学的这个想法真好，让人感动。当初还在学校时，我和马莲的初恋被同学们传得沸沸扬扬，非常广泛，张同学肯定是知道的。张同学提出去看马莲，是说出了我想说而不敢说的话，做出了我想做而不敢做的行动。或者说，这位张同学知道我想去看马莲而不敢，就代替我实现一下我的心愿。后来我想到，这位张同学的心地真是善良极了，微妙极了，微妙到不可言传。关于我和张同学的故事，我曾写过一篇短篇小说《托媒》，发在上海的《收获》杂志上，朋友们如有兴趣，可找来看一看，就知道我所说的微妙是怎么一回事了。我当然愿意让张同学去看望马莲，她去看一下马莲，就会带回马莲的信息，缓解一下我对马莲的千般思想，万般挂念。同时让马莲知道，我现在是公社文艺宣传队的成员之一。要知道，全公社的男女青年成千上万，宣传队不是百里挑一，而是千里挑一，能参加宣传队不是一件容易的事，起码要有一些文艺灵气和文艺才能才行。公社中学一下子毕业了1966届、1967届、1968届三个班级将近二百位同学，能参加公社宣传队的不就是我和张同学吗！而能参加宣传队的男生，不就只有我一个！我不敢说我多么出类拔萃，它至少表明，我不是一根木得敲不响的棒槌，而像一支一吹就响的笛子。马莲得到我的这些信息，有利于我今后与她取得联系。就算不再联系，也可以满足一下我的虚荣心。

张同学转回来了，不错，她真的见到了马莲。张同学告诉我，马莲正在织布机上练习织布，马莲穿梭引线，已经织得像模像样。张同学说着笑了一下，并颇有深意地看了我一眼。我没有说话，也微笑了一下，心说：马莲真的变成一个织女了。遍地的麦子长起来了，春风吹得麦苗一路翻白，像开了满地的白花一样。那次下乡演出之后，还没等麦子发黄，我们的宣传队就解散了。

一回到家里，我又得跟社员们一样天天下地干活儿，挣工分。生产队里不需要耍嘴皮子的宣传，只需要耍扁担和锄杆子的劳动。我的任何宣传才能在黄土地里都是无效的，只有把汗珠子在地上摔碎，才能挣到工分。说实在话，我对工分从没有看重过，不愿意换算一个工分到头来只值二分钱的价值，对于"工分儿工分儿，社员的命根儿"的说法也不认同。但是，好比不管我对活着的看法如何，我还是要活下去，不管我对工分的看法如何，工分我还是要挣的。我的年龄已到了十八岁，从未成年人、半成年人，一年一年长成了一个成年人。成年人有成年人的规矩，有成年人的责任，作为一个农村的成年人，不下地干活儿干什么呢！不去挣工分，有什么可挣呢！在炎炎夏日，我和社员们一起顶着毒辣的日头去锄地，锄了芝麻锄谷子，锄了豆子锄玉米。一顶破帽壳子只能遮住我的脸，却遮不住我的手臂。很快，我的手臂被晒黑，又被晒白。黑时像一根烧馍的火棍，白时是晒脱了一层白皮。天下起了大雨，我们不能躲雨，不能收工，继续在地里趁着雨水栽红薯。炸雷在头顶打得一声接一声，如注的雨水几乎封住了我的眼，封住了我的嘴，封住了我的耳，我用手掌抹拉着脸上的雨水，心里叫着老天爷呀，坚持把红薯秧子一棵一棵往泥土里栽。冬天，下起了大雪，不管雪下得铺了天，还是盖了地，我们还是不能闲着，队长照样给社员们派活儿。我受到指派，或是到麦秸垛里头为牲口铡草，或是到饲养室的大粪坑里往外刨粪，或是用抬筐从村里往麦子地里一趟一趟抬雪。社员们干什么，我也只能干什么。可是，我的心还在抵抗着，一点儿都不甘心。不甘心什么呢？不甘心就这样当一辈子农民。那么，不当农民当什么呢？茫茫四顾，我自己也不知道，除了茫然还是茫然。

回想起来，那段时间我当农民当得还可以，没有偷过懒，耍过滑，不管干什么活儿都很舍得下力气。我自己明白，我干活儿并不是心甘情愿，像是在赌气，既和别人赌气，也和自己赌气。赌气之后是委屈，我每天都有一种想哭的感觉。天之大，人之多，有谁能理解我的心情呢？有谁能安慰我一下呢？

我想到的当然是马莲，每天想到的都是马莲，睁眼闭眼都是马莲。一想到马莲，我心里就充满了柔软，同时也充满了希望，充满了坚强。我想，要是马莲在我身边，让我干什么都可以，别说让我当一辈子农民了，让我当牛做马都是可以的，甚至让我去死，我都在所不辞！死，是每个人都必须遇到的字眼儿，死往往与勇气相联系。一个人如果连死都不怕，他还有什么可怕的呢！正是死这个字眼儿，使我心血潮涌，勇气陡增，我决定给马莲写一封信。在学校时，我没有给马莲写过信。别说信了，我连一张字条都没给她写过。我们上学是干什么的，识字是干什么的，不就是为了交流吗，不就是为了能写信吗！这么长时间，我怎么就没想起给马莲写一封信呢，我真傻啊，我真是一个大傻帽儿啊！一个人总不能傻一辈子吧，我不能再傻下去了。

之所以想起给马莲写信，除了被无望的岁月逼得有些无奈，还有一个原因，是我在公社宣传队的生活经验启发了我。无论宣传什么，都离不开感情的参与，宣传队是一个抒发感情的地方。加之宣传队的队员们都是一些青年男女，饮食男女，每人都是一包汁水饱满的感情。大家把感情抒发来，抒发去，就有些真假不分，现实和戏剧不分，你我不分，把宣传队变成了情场，出了一些男女之事。在《朝阳沟》里演拴保的是一位复员退伍军人，演银环的是一位从县城中学回乡的知青，他们把拴保和银环演来演去，两个人就演到一块儿去了，拴保把银环"拴"住了，银环也把拴保"环"上了。当宣传队的队长发现他们的行为假戏真做，超出了戏剧范围，就果断地把"拴保"开除出了宣传队。"银环"失去了"拴保"，精神受到打击，出了一些问题，每天倚着宣传队排演场的门框犯愣。没有了"拴保"，宣传队再演出时，只能给"银环"安排一些独唱，比如银环下山什么的。"银环"唱得很动感情，"我往哪里去呀？我往哪里走？好难舍好难忘的朝阳沟"。一唱就唱得满眼泪水。我有一个朋友，他是从县城毕业回乡的 1966 届的高中生。他去我们宣传队驻地看我，顺便看了我们的排练。他看排练是假，看女队员才是真。他一看，就看上了一个女队员，那个女队员就是那位下乡时演出时跟我一块儿抬戏箱的张同学。我的那个朋友真是勇气非凡，表现出的是"花开堪折直须折"的高度自信，他一看上张同学，就托我给他介绍，并直接给张同学写信。他给张同学写的信，张同学拿给我看过。我那是平生第一次看到一个男的给一个女的写求爱信，而且男女双方都是我熟悉的人。这信看得我脸热心跳，好像我也是其中的一个当事人。那封信写得真是太好了，真是太太太美好了！那封信是用语言写成的，却美好到没有语言可以评论，可以形容。在此之前，我从没有看见过如此美好的书信，不知道信还可以这样写，还可以写得如此动人。我是读过一些小说，但那些小说都不如那封信写得好，可以说，那一封信抵得上好几部小说。光我自己这么说还不行，还得有别的证明，以证明那封信确实写得好。证明来自手抄。不知怎么搞的，那封信竟然传到镇上的中学去了，被中学生们抄来抄去，变成了手抄本。那封信变成了手抄本，足以证明信的魅力所在。咱们这么说吧，主要是朋友写给张同学的那封信激励了我，我要向我的朋友学习，给马莲写一封信试试。

在我给马莲写信的时候，镇上的中学重新开始招生，复课。学校不仅招初中生，还第一次办起了高中班，招了高中生。学校招生的时候，我和张同学正在公社宣传队里搞宣传，错过了报名上高中的机会。而马莲抓住了机会，回到母校当上了一名高中生。其实我也很想上高中，能继续求学是一个方面，更重要的方面，能和马莲同班学习，重续旧梦，那是多么激动人心的事情啊！直到现在，我有时做梦，还梦见和马莲一起读高中，或读大学，像是回到了初恋时代，月亮还是那个月亮，星星还是那颗星星，一切还是那么朦朦胧胧，又真真切切；情意绵绵，又羞羞怯怯；若即若离，又难舍难分。每次做这样的梦，我都希望能长梦不醒。但，如同任何黑夜都会迎来白天，任何梦也都会做到梦醒，我屡屡梦见马莲也是一样，它带给我的只能是梦醒时分的失落。就算是失落，我还是愿意做这样的梦。只有这样的梦，才能让我重温旧梦。不然的话，我到哪里才能看得见马莲的影子呢！我以前从没有给人写过信，给马莲写信，是我来到人世上所写的第一封信，而且是一封倾诉衷肠的信，是一封求爱的信。或许是因为厚积薄发，情之所至，或许是我的天赋中有一种亲近文字的能力，我写信写得并不费劲，并没有绞尽脑汁，撕了写，写了又撕。在夜晚的煤油灯下，我一口气就把信写好了，写了三页稿纸还多。在信中，我并没有赞美马莲，没有赞美她的长相、她的身材，也没有赞美她的姿态，而是上来就说：马莲哪马莲，你可能不知道，你可是把我害苦了啊！我用类似诉苦的办法，向马莲诉说我对她的深切思念。我说，我的思念可能是单向的，我可能配不上这种思念，但思念由不得我。或许正是因为思念是单方面的，思念得不到回应，得不到缓解，以至于思念像走进了无边无际的漫漫长夜，越走越黑，连一点儿看到光明的希望都没有。我把自己贬得很低，从家境、地位、能力、前途，包括长相等，在各方面都把自己贬得很低，差点说出最难听的话。但是我说，不管一个人的条件多么不好，都按捺不住一颗勃勃跳动的爱美之心，都挡不住他对美好事物的仰望和向往。或许正是因为他的个人条件不好，他对美好人生的向往就更加强烈。在信中，我特别回忆了在学校毕业前夕的那一段糟糕心情，坦诚地、不顾羞耻地向马莲写明，因担心毕业后人各东西，再也见不到马莲，以至于身体出了毛病，差点丢了小命。我以前只承认身体，不愿意承认什么精神，认为精神是玄虚的，看不见，摸不着，不切合实际。更不愿意相信，人的精神不好会影响到身体，对身体造成伤害。事实证明我错了，在那段时间，我的身体明显垮了下来。我先是日渐消瘦，瘦得眼睛陷下去，颧骨高起来，我都不敢对着镜子看自己，觉得自己是那样丑陋。接着，我动不动就头晕，一晕起来就两眼发黑，天旋地转，站立不稳。这时我需要扶住一棵树，或靠在墙壁上，停一会儿，头晕才有所缓解。说来有些后怕，有一天晚上，在学校的男生宿舍，我竟晕得栽到床下去了，也不知在床下昏迷了多长时间，直到第二天早上才醒过来。醒来后摸摸脸，脸肿得像小盆儿一样。原来右眼的眼角磕破了，一侧脸上都是凝固的血疙疤。倘若我那天早上醒不过来，也许我早就完了，早就化成了泥土。我对马莲说，幸亏我还活着，才有机会给你写这封信，不然的话，你就永远收不到我的信，不知道一个痴心妄想的人对你所抱的一颗痴心。在信的最后，我请求马莲原谅我打扰了她的学习生活，我还说，我不敢奢望能收到你的回信，你能收到这封信，看完这封信，我的心就算没有白费，我这一辈子就算没有白活。

我记得很清楚，在信的抬头，我不是用汉字写的马莲的名字，而是用俄语的字母拼写的马莲的名字。在信的落款处，我同样是用俄语写的我的名字。我这样做，是不想让不懂俄语的人认出我的名字，让马莲一个人认出我的名字就行了。我们曾共同学习过两年多俄语，在校学习期间，俄语老师给我们布置作业，曾要求我们用俄语给苏联的小朋友写信。马莲一看见俄语，会唤起我们的四年同窗之谊。同时不可否认的是，我这样做有显摆的意思。我学俄语学得不错，在全班最后一次考试时，我的俄语得分是全班第一。

信写好后，我看了一遍又一遍，自以为写得还不错。虽说比不上那位朋友给张同学写的信那样富有文采，但也差不了多少，至少从信里所包含的情感度来说，我的信里的情感似乎更真切一些，也更饱满一些。读着写给马莲的信，还没怎么着呢，我先把自己给感动了，好像信不是写给马莲的，而是写给我自己的。用文字写成的信就是这么神奇，在没写这封信之前，我对自己并不了解，也不理解，不知道自己是不是一个具有情感能力的人。通过这封信，我像是第一次对自己有了比较深入的了解和理解，原来我还行，不仅有一定的情感能力，还有能力把情感抓住，落实在信纸上，变成一种看得见、摸得着的倾诉。我不能想象马莲读到我这封信会有怎样的反应，会不会被感动。有一点我可以肯定，马莲不会反对我给她写信，读了我的信，她也不会反感。每个人都希望别人给他写信，因为每个人都看不清自己，好比自己的眼睛看不见自己的鼻子。每个人都想知道，自己在别人眼里是什么样。通过别人写给你的信，你才会知道别人对你的印象如何。特别是一些女孩子，她们往往不相信自己，更希望和更在意看到别人对她们的看法。别人一句好话，可以使她们心花怒放。别人一句不好的话，也有可能让她们灰心丧气。我相信，马莲也想看到我对她的看法，或许，她在一直等我给她写信！我们在学校期间的眉目传情，凭借的媒介只能是空间里的空气，空气虚无缥缈，没有什么真凭实据。而一旦写成了信，一旦在白纸上写成了黑字，差不多就成了文章，与"千古事"相距也不远了吧。

　　我没有把信投进公社邮电所的邮箱，挂在墙外的邮箱锈迹斑斑，上面还拉了不少白色的鸟粪，我对邮箱有些信不过。如果把信投进邮箱，我担心如石沉大海，马莲收不到。再说了，信如果通过邮电所邮寄，须在信封上贴八分钱的邮票。可我口袋空空，连一分钱都没有，是真正的一文不名。我有一个远门子姑姑，也在镇上读高中，跟马莲是一个班级。我决定，托那个姑姑把信转交给马莲。我用陈年的年画，翻过来，叠成一个信封，把信装进信封里。我把信封封了口，却没有在信封上写一个字，让姑姑把信交给马莲就行了。我相信姑姑是个老实人，她不会拆开信封，看我写给马莲的信。不过事情也很难说，姑姑也是一个十七八岁的姑娘，她对我写给她同学马莲的信也许也好奇，也想看一看。她想看，很简单，把信封的封口拆开，看完信，再用浆糊粘上就是了。

姑姑上学驻校，每个星期天回家一次。我是趁星期天姑姑回家时把信交给她的，她答应一回到学校就把信交给马莲。星期，是在学校上学时的概念，一回家当了农民，就把星期的概念淡化了，不知星期是何期。自从星期天托姑姑向马莲转交信件后，我把星期的概念重新拾了起来，从星期一、星期二，一直到星期天，拾得一天都不落。这就是在偏远的农村，一个不起眼的青年，对回信的渴望，也是对爱情的渴望。在没给马莲写信之前，我的渴望似乎处在暂时放下的状态，而一给马莲写信，我的渴望仿佛一下子被重提起来。我知道了，原来写信就是表达渴望啊，写信就是创造盼头啊！

终于盼到了星期六，我知道姑姑又该回村来了。按照规律，姑姑是星期六傍晚回村，星期天下午再回到学校。在星期六的傍晚，我来到村后，隔着护村的水坑，远远地就看见姑姑从学校回来了。我禁不住有些心跳，好像看到的不是姑姑，而是马莲本人。我在村里有好多叔叔，也有好多姑姑。对于这个远门子姑姑，平日里我跟她没有任何来往，甚至连话都很少跟她说，但由于要托她给马莲送信，我不得不有求于她。姑姑充当的是我和马莲之间的传书人，我对这个姑姑当然会心存一份感激。护村坑上搭有一根独木桥，姑姑的家就在坑内侧独木桥的桥头，她一走过独木桥，往左一转，就回到了自己的家。我没有迎着姑姑走过去，甚至没让姑姑看见我，而是藏到了一棵石榴树的树后。我是一个有自尊心的人，我的自尊心让我在不知不觉间就有些害羞，有所掩饰。我要求自己不要着急，相信马莲要是给我写有回信的话，姑姑一定会及时转交给我。

在第一个星期天，我没有收到马莲的回信。在第二个星期天，我仍没有收到马莲的回信。直到第三个星期六的傍晚，我才终于收到了马莲的回信。赶巧了，我那天要去大队办点儿事儿，半道上碰见了从学校回家的姑姑。巧，不是等来的，是赶来的，把巧赶来赶去，就把巧赶上了。姑姑也说："巧了，我正好把马莲给你写的回信交给你。"姑姑背着一只黄绿色的书包，书包盖上有用红绒线绣的"为人民服务"的字样，她把书包盖打开，把马莲的回信取出来，交给我。她又说了一次巧了，说："我还打算把信送到你们家里去呢，没想到在这里碰见了你，真是巧了。"巧不巧我心里明白，我说："谢谢姑姑！"

天还没黑，西边涌起的是蔷薇一样绚烂的红霞。一根很细的电线上立着两只燕子，一只燕子飞起来了，绕着另一只燕子飞了一圈，又成双成对地立在一起。一阵风吹来，路边的玉米叶子哗哗作响，像是有很多人在鼓掌。我拐到玉米地头的一条小路上了，要马上看信。马莲使用的信封比较正规。信封从长方形一边的长边开口，封信封口的盖子是三角形。马莲和我的做法一样，也没有在信封上写收信人的名字。我拆信封拆得很小心，想保持信封的完整。可由于马莲把信封粘得很严密，没有一点儿缝隙，加之我心情激动，手指有些发抖，小心着，小心着，还是把信封撕破了一点。玉米地里突然蹿出一只野兔，野兔从玉米地里蹿到对面的豆子地里去了。我吓得一惊，像是我的心蹿了出来。我把心稳了稳，从信封里往外抽信纸。我抽信纸抽得更加小心翼翼，几乎是欲抽又止，欲止又抽，好像害怕信纸会不翼而飞。还好，信纸被我完好地抽了出来。我把折叠在一起的信纸展开看了看，写满了字的信纸一共是两张，不如我给她的信写得长。天眼看就要黑了，我很快把信看了一遍，接着又看了一遍。我和马莲同学认识好几年，我竟然是第一次看见她写的字。她的字写得既工整，又秀气，要比我的字写得好看。看见她的字，我心里涌出一种说不分明的亲切感。但马莲的口气是冷静的，等于委婉地把我给拒绝了。她上来先道了对不起，说给我的回信回晚了。之所以没能及时回信，是觉得有些接不上我的话，一时不知道说什么好。她称赞我的信写得很好，真的很好，她看了两三遍还没看够，说不定以后还会再看。她接着写了可是，给出了转折。她说其实她本人并不像我写得那么好，一切都很平常，没有什么特别的地方，不值得我对她那样，不值得我对她付出那么多感情。她说她目前的任务是学习，她要集中精力把学习搞好，别的与学习无关的事情暂不考虑。希望我能理解她。在信的最后一段，马莲写了几句我万万没有想到的话。她在信中提到了那位张同学，说她听说我正和张同学谈，她觉得张同学挺好的，我跟张同学挺合适的。她祝愿我和张同学能谈出一个好的结果。这话怎么说的，是从何说起呢？是张同学跟她说过什么，暗示过什么，还是她自己的猜测呢？真让人想不明白。

尽管马莲的回信让我稍稍有些失望，我对她的信仍然很珍视。初恋不问结果，这封信对我的初恋算是一个总结吧。

天黑下来了，我回到家里，把信夹进一本书里，那本书是我所喜爱的《红楼梦》。当年夏天，我去煤矿参加工作，在铺盖卷里包了几本书，其中就有《红楼梦》，当然也有夹在书中的马莲写给我的信。《红楼梦》是一场梦，我和马莲的初恋是不是也是一场梦呢！如果说《红楼梦》是大梦的话，把我们的初恋说成是小梦，也不是不可以吧。贾宝玉和林黛玉的爱情，谁能说不是一场初恋呢！

在矿上工作期间，我又不止一次读过马莲的信，见字如面，一读就能想起马莲那面若桃花的样子。可惜的是，那封信后来竟然找不到了。我翻遍了包括《红楼梦》在内的所有的书，再也没有看到那封信。我回忆了一下，有工友向我借书看，工友把书拿走的时候，我可能一时疏忽，忘记把信拿出来。信上分别是用俄语写的我的名字和马莲的名字，工友不认识俄语，当成了无头信，就把信弄丢了。

现在到了电子数字化时代，人们很少再提笔写信，过去的信差不多成了文物。有时我想，要是把马莲的那封信保存到现在该有多好，倘若有机会遇见马莲，向她出示一下那封信，不知能引发她多少感慨呢！

我是不会主动联系马莲了。按通常的说法是，时过境迁之后，谁都不要和初恋对象再见面，谁见面得到的只能是失望和痛苦。我不认同这样的说法，我认为，岁月可以使人变得白发苍苍，但人的气是不变的，只要气不变，美就不变，情就不变。我之所以不跟马莲联系，主要原因是不愿打扰她正常的、平静的生活。

马莲后来的情况，我听别的同学说过一些。她高中毕业后，到县里的帆布厂当了工人，并逐步当上了干部。她当干部的日子没能持续下去，因违反政策，被厂里开除，回到丈夫的老家当农民。既然重新回到了农村，又是被开除回家的，她的日子不会太好过。但日子就是用来过的，什么难过的日子都得过，过得时间长了就习惯了，就有了自己的节奏。我要是跟她联系，有可能会打乱她的生活节奏，那就不好了。

马莲有一个妹妹，在县城的一个中学当老师。我只是托人找到马莲妹妹的电话，跟她联系了一下。我作了自我介绍之后，马莲妹妹说，她知道我，上来就把我叫哥。我们说了几句话，马莲妹妹问我："你以前是不是给我姐写过一封信？"

我说："好像是写过。"

"你给我姐写的信，她现在还保存着呢，你没想到吧？"

这可怎么得了！我有些语塞，一时不知说什么。

2020 年 2 月 28 日至 3 月 8 日于北京怀柔翰高文创园

原载《长江文艺》2020 年第 7 期

素　材

　　麻小雨是县里曲剧团的演员，剧团一解散，麻小雨就失了业。

　　有那么一段时间，古装戏演出受到了严重的打击，人在时势中，目光总是看不远。人们以为，从此以后再也看不到古装戏了，既看不到包公，也看不到秦香莲；既看不到祝英台，也看不到梁山伯，真没办法！不料十年河东转河西，忽如一夜春风来，古装戏又回来了。县曲剧团得风光之先，紧锣密鼓，挑灯夜战，赶紧排出了两台古装大戏。这两台大戏深入民心，扎根很深，不提倒还罢了，一提眼泪汪汪。这是两台什么戏呢？一台是《陈三两爬堂》，另一台是《卷席筒》。乡下人不知道什么叫悲剧，他们把这两台戏说成是苦戏，也有人说成是哭戏。是的，演员在台上哭得惊天地，泣鬼神，听众在台下眼泪也流得一塌糊涂。也许他们压抑得太久了，都想找个机会哭一哭。是哭戏给他们提供了机会，跟着哭戏，他们哭得很舒服，谁都不会笑话谁。他们评价说，听这样的戏，谁不哭谁不是人！他们这样说，不存在骂人的意思，真实的意思是说，只要是个人，都会跟着哭。

在《陈三两爬堂》里，麻小雨饰演的是陈三两。在《卷席筒》里，麻小雨饰演的是苍娃的嫂嫂。陈三两是整台戏里的核心角色，苍娃的嫂嫂也是戏里的女主角。这一说就明白了，麻小雨是曲剧团的台柱子。搭在农村空旷的地方的戏台，都树有台柱子。有了台柱子，才能扯起天蓝布做成的戏篷，才能遮风避雨。夜里需要唱灯戏时，电灯泡儿就拴在台前的台柱子上，把演员顶冠上琉璃珠子照得明晃晃的，乱闪一气。戏台有台柱子，剧团也需要台柱子，没有台柱子，剧团就撑不起来。只不过，戏台的台柱子至少需要四根，剧团的台柱子有一根就够了。饰演烟花妓女陈三两的麻小雨走上台来，只一句"陈三两迈步上宫廷"，就把台下的听众给镇住了。在麻小雨开唱之前，如果台下鸦也叫，雀也鸣，还乱糟糟的，那么麻小雨一声唱，台下鸦也息，雀也停，顿时鸦雀无声。这地方的戏迷习惯给名角起外号，他们给麻小雨起的外号叫"麻瓢泼"。那意思是说，麻小雨唱到高潮处，台下听众的眼泪流得可不止像下小雨，而是像下大雨，大雨下得像瓢泼一样。麻瓢泼因此而得名。这样一来，麻瓢泼几乎成了县曲剧团的代名词，每逢曲剧团到下面的乡镇演出，人们老早就开始奔走相传，说知道不知道，麻瓢泼要来了！还有人说，麻瓢泼一来，就得把雨伞准备好，口袋里多装两块手绢。人们一听就明白了，麻瓢泼一开唱，泪水顿作瓢泼雨，可不是得准备好遮雨的雨伞和擦眼泪的手绢吗！

人在时势中，目光还是看不远。既然时势从河东转到了河西，他们以为麻瓢泼会一直"泼"下去。就算麻瓢泼以后老了，应该还会出现第二个第三个新的麻瓢泼。谁能料得到呢，也就是十几年光景，随着电视机的普及，随着电视连续剧越来越多，随着老一代听戏人老成凋零，随着年轻人欣赏趣味的变化，还有上面对文艺院团政策的调整，麻瓢泼的戏说没人听就没人听了。以前，各乡镇的人想听麻瓢泼的戏，需要提前预约，按顺序排队。倘若预约得晚了，过了春天到夏天，下了小雨下大雨，都轮不上被麻瓢泼"泼"一回。现在，事情调个儿了，曲剧团的王团长主动给乡长或镇长打电话，要送戏上门。王团长知道，有一个离县城较远的镇，每年春天三月三都有庙会，每逢庙会必唱大戏。有时一台戏不够，还要请两台戏，在庙会上大唱对台戏。王团长带领他的剧团和台柱子麻小雨，多次到那个镇上和别的剧团唱过对台戏，有时把从省里来的剧团都唱败了。

这天，王团长给镇长打电话说："县里要求我们送戏下乡，在你们镇三月三庙会期间，我们去你们那里演几场怎么样？"

"送戏，那好呀，欢迎欢迎！请问麻瓢泼来不来？她在我们这里相当有名。"

"这还用说吗，麻瓢泼当然要去。麻瓢泼历来不摆名演员的架子，她一定会满足观众的要求。"

"不好意思，有一句话我也许不该问，送戏下乡你们要钱吗？"

"这个这个，怎么说呢？其实我不说镇长也知道，县里给各个剧团断奶，把我们推向了市场，让我们自收自支，自负盈亏。我一说您就明白了，一个剧团五六十口子，演员们也要吃饭不是，我们不创收怎么办呢？"

"对不起团长，要是收钱的话，你们最好还是不要来了。"

"演出费好商量。您看这样行不行，我们在别的地方演出，他们出的费用是一万，到你们镇上演出，我给您打六折，你们出六千就可以了。怎么样，这可是最优惠的演出费，一场戏下来，每个演职人员连一百块都分不到呢！"

"别说六千块，六百块我们都出不起。镇里要办一个小酒厂，我们也在钻窟窿打洞，到处扎钱呢！"镇长不等团长再说话，就把电话挂断了。

谁都不敢小看钱，钱是什么，钱好比是带有黏性的糖稀，有了糖稀，就可以把爆成米花儿的小米或大米粘在一起，粘成一个漂亮的花米团子，好看又好吃。要是没有糖稀就完了，米花儿只能像是一筐箩散沙，抓起来手心不漏指缝漏，怎么抓都抓不到一块儿。剧团不能给大家发钱，失去了黏合力，就聚拢不起来了。这时，剧团的编制虽没有正式取消，但差不多名存实亡了。不光曲剧团是这样，县里的豫剧团、曲艺团也是如此。人还得吃饭，穿衣，还得生存下去，怎么办呢？他们只好化整为零，自谋生路。

因为麻小雨的才华和名气在那里放着，她的境况不是很差。有人在酒店里聚会喝酒，约她去包间里唱。有人家办喜事，点她去家里唱堂会。她唱了人家给她小费。她一开始不想去，觉得有些低搭，有些跌份儿。但她扳不过钱的手腕儿，钱的手腕儿比较粗，一扳就把她扳倒了。她只好自我安慰，觉得这样也不错。以前，她好比剧团里的一盏明灯，整个剧团的人都跟着她沾光。她这盏"灯"一从剧团里移走，别人就沾不上她的光了。再说，她以前对团里的贡献最大，有时累得话都不想说，气都不想出，可她的工资并不比别人高多少。现在好了，不管挣多挣少都是自己的，可以直接揣进腰包。人挣钱总是没够，挣了一笔，还想再挣一笔，挣了一百，还想挣一千、一万。没人请她唱戏时，她就到茶楼去，挂上名牌和曲牌，等着喝茶的人出手点她的戏。县里的茶楼少，点戏的人出手也不够大气，她就到附近的市里去，在市里的茶楼之间穿梭，碰运气。在茶楼唱戏，如果只会唱曲剧，财源是有限的。因为曲剧里有名的剧目多是苦戏，戏里的主要人物多是苦主，而愿意花钱点戏的那帮款爷，多是为了找点儿乐子，听听搞笑的节目，他们才不会点什么陈三两和苍娃嫂嫂的戏呢！加上那些做生意的款爷，到茶楼多半不是为了自己听戏，而是为了招待那些握有权柄的人，唯当官者的眼色是从，俯耳探听到领导爱听什么，他们就点什么。麻小雨有时一晚上连跑几个茶楼，都没人点她的戏，她连一分钱都挣不到。麻小雨注意到了，一些酒足饭饱之后到茶楼消遣的人，不大爱听传统戏，点的是一些流行歌曲。还有的看上去派头十足的人，偏让女演员唱包公的戏，听了包公的戏才慢慢鼓掌。见情况有变，麻小雨不再抱着自己拿手的曲剧不放，及时做出了调整。好在她多才多艺，触类旁通，不但很快学会了一些流行歌曲，还粗着喉咙，学会了包拯教训陈驸马的豫剧唱段："陈驸马你休要性情急，听包拯我与你旧事重提……"

然而新的问题来了，有一家人死了爹，爹的儿媳请麻小雨代为哭丧，她去还是不去？

如同代购、代驾等，代哭是一个新的行当，也可以说是一个新兴的产业。过去，谁家死了老人，亲人们都是要哭的，儿子哭，女儿哭；儿媳哭，女婿哭；孙子哭，孙女哭，凡是沾亲带故的人，都有责任哭一哭。哭得声音越大，越痛心，参与哭丧的人越多，表明气氛越哀伤，丧礼越有质量，越显得子女有孝心。但不知从什么时候开始，家里死了老人，后代人不再哭了，他们哭不出来了，或者说不会哭了。他们或许认为，哭起来太难听了，太累人了，太影响个人形象了，太不够现代化了，所以就算了，不哭了。让他们笑可以，他们人人都会笑，笑起来从嘴叉子那里咧到耳根都不成问题。长期搞笑，他们笑的能力都被搞得发达了。相比之下，人老是不哭，哭的能力就退化了，丧失了。可是呢，人毕竟死了，人一死如烟消云散，就再也不能复活。为了与死去的人告别一下，气氛还是要制造一些的，形式还是要走一走的。于是乎，代哭的行当就应运而生了。

曲剧团原来有一个跑龙套的，因本人姓龙，人称老龙套。曲剧团散伙后，老龙套利用和演员们相熟的资源，当上了代哭的经纪人，跑起了别种意义上的龙套。他用麻刷子蘸石灰，在有的墙上写上了白色的广告：代哭就找龙先生，龙抬头哭倒三江水，哭得不满意不收费。下面留了联系电话。给老龙套打电话的人，有的找女人代哭，也有的找男人代哭。需要找女人代哭，老龙套就联系女演员，需要找男人代哭呢，老龙套就把生意介绍给男演员。当然了，老龙套"跑龙套"不会白跑，要收取中介费，每做成一单生意，他获得的提成是百分之十。也就是说，如果代哭者得到的报酬是三千元，就得给老龙套抽取三百块钱的中介费。

找麻小雨代那家的儿媳哭公爹，是老龙套为麻小雨介绍的第一个代哭的项目，死者的儿媳愿意出资两千元，要求代哭者的哭不能少于两个小时。麻小雨一听就拒绝了，她有些生气地对老龙套说："你把我当成什么人了！"之所以拒绝，是她觉得自己的地位跌落得太厉害了，太有失一个戏曲工作者的尊严了。还有，人家让她去哭公爹，她的公爹活得好好的，每天跟一帮老头儿老太太在公园里跳舞，她去哭公爹岂不是咒公爹吗！要是让公爹知道了，不知公爹怎么给她脸子看呢！麻小雨不愿挣的钱有人挣。老龙套找到曾饰演苍娃娘的那个女演员，人家去代哭了一回，把钱挣走了。

这年初冬，等到树上的叶子落光之时，麻小雨再次遇到一个需要代哭才能挣到钱的机会。当老龙套以一种机会难得的神秘样子说给麻小雨时，麻小雨这次没有表示生气和拒绝，只是把眉头皱了起来。她把点漆一样的眉头皱紧，松开，再皱紧，再松开，像是陈三两在内心进行思想斗争的样子。是什么来头让麻小雨有些犹豫不决呢？却原来，这次请麻小雨代哭的人，是一位在外地做生意发了财的女老板。女老板在老家当闺女时听过麻瓢泼的戏，流过眼泪。她不让别人代她哭娘，像点戏要点名角儿的戏一样，只点麻瓢泼一个人。

老龙套对女老板说："麻瓢泼是县剧团的大牌，她比较骄傲，能不能请得动她很难说。上次有人出五千块钱请她代哭，就被她拒绝了。"

女老板轻轻笑了一下说："她骄傲，难道她比钱还骄傲吗！我见过的骄傲的人多了去了，最终都骄傲不过钱去。五千不中，我给她翻一倍，二五一万，不信请不动她！"

这个价钱先是把老龙套惊住了，乖乖，一万哪！在剧团发工资的时候，一个人半年的工资加起来，还不到一万呢！女老板嘴一吧嗒就是一万块，这是多么大的气派。麻小雨的犹豫不决也是在这里，她在剧团拼死拼活干了这么多年，一次从来没拿到过一万块。人靠钱生活，正如俗话说的，谁怕钱多了咬手指头呢！

但她对老龙套说："让我再想想，再想想。"

老龙套似乎有些等不及，他说："小雨，我知道你放不下身段儿，身段儿端着不值钱，放下才值钱。你只要放下身段儿，钱说来就来。放着送上门口的大钱你不拣，这不是犯傻吗！你可不能再犯傻了！你要是早点儿有大把的钱，你妈不至于死得那么快！"

听老龙套提起她妈，麻小雨眼里顿时泪花花的。哭自家娘是哭，哭别人的娘也是哭，那就去吧。答应去代哭之前，麻小雨还是讲了一个条件，要求王团长用曲胡为她伴奏，要是没有伴奏，让她干哭，她哭不了。王团长伴奏不能白伴奏，至少应该付给王团长一千块钱的辛苦费。老龙套把麻小雨讲的这个条件转达给女老板。女老板说，王团长的名字她知道，王团长还在她读书的中学当过老师呢！

女老板再次表现出财大人的阔绰，她说："一千算什么，我给他两千，让他一块儿来吧！"

麻小雨是个认真的人，不代哭则已，既然答应了代哭，就要哭出水平来，就要比别人哭得好，不辜负人家对她的高看，对得起人家所出的高价钱。她的嗓子天生就好，加上后天的不断练习，她的嗓子被称为能冲出戏篷直穿云天的好嗓子。有了好嗓子，还得会运用，如果不会运用，再好的嗓子也是白搭。鹅的嗓子就不错，但它只会直着长脖子"啊啊"，不会拐弯儿，叫得一点儿都不好听。麻小雨对嗓子的整理、调动和运用当然没有问题，她唱天天高，唱水水长，能把枯树唱发芽，能把石头唱开花。面对盛殓了死者的棺材，她对嗓子的运用肯定也不会差。麻小雨长期从事戏曲工作，对艺术规律是懂的，《陈三两爬堂》《卷席筒》也好，《清风亭》《三哭殿》也好，戏中人之所以能哭得荡气回肠，感天动地，那是因为有剧本依据的，有故事内容的。倘若没什么依据和内容，凭什么调动感情呢，凭什么哭得能引起听众的共鸣呢！女老板请她去代哭，乍一听是不太好听。若联系起来想一想，她们所唱的哪一场苦戏不是代哭呢！在戏里，她替陈三两哭过，替苍娃的嫂嫂哭过，替住寒窑里十八年的王宝钏哭过，替好多女苦主都哭过。不管她替谁哭，后面都是有苦情戏的情节推动的。要是没有情节的推动和支撑，哪来那一声声哭呢，那哭声怎么能走得远呢！人间唱戏，是把真事演成了戏。女老板请她代哭，是把事情翻了过来，把戏当成了真事。反反正正，正正反反，不管如何，任何哭都是有来由的，都需要有生活打底子，不可能凭空而来。麻小雨产生了一个想法，在正式代哭之前，她要先去女老板所在的张家庄，把女老板娘家的情况了解一下，她起码应该知道，女老板的娘是怎么死的，是好死还是歹死，死的时候多大岁数。麻小雨还想知道，女老板的娘生前对女老板好不好，她们母女的感情深不深。按流行的说法，麻小雨的想法是深入生活的想法，也是想为代哭搜集素材的想法。说行动，就行动。麻小雨从县城坐上到乡下的长途客车，打听着到张家庄去了。说实在的，麻小雨的做法有一些笨。在有的人看来，像麻小雨这么有名的演员，人家请她代哭，她假装哭上几声，应付一下就得了，何必那么认真呢！可麻小雨就是认真，就是愿意下笨功夫。

　　麻小雨虽说生在县城，长在县城，但她的老家在农村，在爷爷奶奶和姥爷姥姥还活着时，她经常到农村去，对农村生活是熟悉的。当上演员后，剧团每年的主要任务是到各个乡镇演出，不管说到哪个乡，哪个镇，麻小雨都知道，不会走错路。来到一个乡的张家庄时，麻小雨没有直接到女老板的家里去，她装作一个路人，拐到住在村外头的一户人家去了。这户人家只有一个白头发的老太太，一个人住一间小屋。麻小雨进屋说是找点水喝，一边慢慢喝水，一边跟老太太找话说，把话说了一会儿，就把死者的死因和死者的家庭情况了解到了。女老板的娘是上吊自杀的，今年76岁。她没有在屋里上吊，是在窗子外头的防护窗上吊死的。她把一根里面裹了细铁丝的塑料绳拴在防护窗的钢筋上，并没有拴得太高，脖子挂在绳套上，两个膝盖往下一跪，双脚点着地，就把人吊死了。她上吊的时候，开着院子的大门。庄上人少，没人去她家串门，她死了一天一夜了，都没人知道。她家养有一只黑狗，黑狗用铁链子拴着。有人听见她家的狗老是叫唤，夜里叫，白天也叫，叫得很难听，跟哭一样，走进院子一看，才发现她早就死得透透的。老太太把死者说成那老婆儿，说那老婆儿住在大儿子家里，大儿子和大儿媳妇都在外地打工，家里只有那老婆儿一个人住。她老去她男人坟前站着，早就不想活了。有一回，她把家里的钥匙交给村干部，让村干部把钥匙交给她的大儿子。村干部猜到那老婆儿要寻死，就打电话把她的大儿子叫了回来。大儿子准备的是奔丧的心情，可回家一看，他娘活得好好的，并没有死。大儿子有些心烦，说他在外边忙得很。大儿子在家里住了几天，并没有守着他娘，而是天天去别人家里打麻将。等她的大儿子一走，她就上吊死了。

麻小雨问老太太："她活得好好的，岁数也不算太大，为啥要上吊呢？"

老太太说："她的三个儿子和三个儿媳妇都对她不好，都嫌她该死了不死，她还活着干啥呢！她家的三个儿媳妇，只有大儿媳还跟她说句话，第二个和第三个儿媳妇，都跟她是死对头，碰面了连句话都不说，一扭脸都过去了。现在各个家里都是女人当家，男人不当家，女人对婆婆不好，男人只能跟着葫芦打蹚蹚，连个响屁都不敢放。"

"儿子儿媳对她不好，听说她不是还有个闺女吗，听说她闺女很有本事，在外地做生意发了财，她闺女怎么不把她接走呢？"

"那老婆儿认老规矩，家有儿子，不跟闺女。听说她闺女也接她去外地看过，她去了不长时间就回来了，死活不在闺女家住。如今她上吊死了，她闺女脸上挂不住，想把后事办得排场一些。这两天庄上的人都在说，那老婆儿的闺女要请麻瓢泼替她哭一场。年年有个三月三，天上掉下个活神仙。要问神仙是哪个？她的名字叫麻瓢泼。你听说过麻瓢泼吗？"

麻小雨摇头，说："没听说过。"

"你连麻瓢泼都没听说过，看来你不是本地人哪！"

麻小雨把话岔开说："我不明白，自家的闺女自家的娘，人不亲血亲，娘死了，又不是好死，当闺女不知有多伤心呢，恐怕哭三天三夜都哭不够，她为啥还要请别人替她哭呢？"

"你问我她为啥不自己哭，我也说不好。世道儿变了呗。过去父母死了，谁家的孩子不是哭得昏天黑地，一个比一个哭得厉害。谁要是不哭，还不把人笑话死，掐着脖子也得哭。现在可好，家里不管死了爹，还是死了娘，说不哭都不哭了，谁哭了显得谁绷不住，反而会遭人笑话。我跟那老婆儿岁数差不多，她不把我当外人，有啥话愿意跟我说。她在窗户外边上吊，并不是要给孩子难看，她是为孩子着想，人老了，病上身了，不想给孩子添麻烦。"

"她得的是什么病呢？"

"要说也不算啥大病，就是能进不能出，解不下来大手，成天憋得难受。她自己说，可能是肠子堵住了。有人劝她去医院看看，她摇头，说她才不去医院呢！她手里没有钱，去医院就得花钱，就得向孩子要钱。她怎么舍得伸手跟孩子要钱呢！不如早点儿死了算了，她一死，孩子就省心了，她的罪也受到头了。"

老太太还说了一个情况，让麻小雨没有想到。老太太说："庄上的老年人自杀，不是什么稀罕事，这些年已经自杀了好几个，有上吊死的，也有喝药死的。"

麻小雨一边听，一边感叹："怎么会是这样，我还以为人人都活不够呢！"她心里想的是找一点儿素材，对能不能找到素材并不敢抱多大希望，未承想，她没费多少事就找到了一些素材。看来麦穗要拾，素材要找，不找素材是不会自动跑到自己篮子里来。

麻小雨向老太太了解到的情况，只能算是外围的素材，要找到可供代哭时使用的素材，她还必须跟死者的闺女——那位女老板聊一聊。麻小雨进村打听着，来到了死者大儿子的家。这家的堂屋里人影幢幢，有男有女，有老有少，有站着的，也有坐着的。他们都穿了孝衣，而且穿的是重孝，几乎从头到脚都用生白布裹了起来。孝布是冷色调，和冬天的色调是一致的，并对冬天的冷起着渲染作用。一口大体积的棺材停放在堂屋当门，棺材闪着漆黑的亮光，与人们所穿的重孝形成了鲜明对比。死者已被放进棺材去了，棺材宽大的一头上方摆放着一盏古式的长明灯，还有一只褪了毛的公鸡。麻小雨进屋时，一屋子人都看着她。

有人问她："你找谁？"

麻小雨赶紧自我介绍说："我是县曲剧团的，我叫麻小雨，是你们家的人让我来的。"

这时一个女的从椅子上站起来问："你是麻瓢泼吗？"

"我本名叫麻小雨，下雨的雨。麻瓢泼是别人给我瞎起的外号。"

"你确定你真的就是麻瓢泼吗？我以前听过你的戏，怎么一点儿都看不出来呢！"

麻小雨有些黯然，说："人老了呗，麻瓢泼的时代一去不复返了！"遂叹了一口气。

"你这样一说话，一叹气，我就听出来了，你果然就是那个大名鼎鼎的麻老师。是我请你来的。"

麻小雨的眼圈红了一下说："老师我不敢当，我年龄比你大，你就叫我麻姐，我就叫你妹子吧！"

"好，快给麻姐拿孝服！"

有人从里屋里拿出一件用白布简单缝制成的白褂子，帮麻小雨罩在棉衣外头。还有人拿出一条从整幅的白布匹子上撕下的长长的头巾，帮麻小雨勒在额头。不管别人给麻小雨戴什么孝，她都不能拒绝。对于当地为死者戴孝的规矩，麻小雨是懂得的。在人家办丧事期间，不管你是什么人，只要登人家的门，都要被视为送葬者，都要戴孝。更何况，她是被人家请来哭丧的，她已经把自己和死者女儿的关系说成是姐妹关系，身穿重孝是理所应当。

穿好了孝，麻小雨对女老板说："妹子，我想给你说句话。"

"有啥话你只管说吧。"

"这儿不方便，咱找个地方说吧。"

"费用不是都谈妥了吗？不必再签合同了吧？"

"不是费用的事。"

"那还有什么事呢？咱们去外面说吧。"

出了院子的大门，往南走不远，是一座小桥，桥头两侧堆着一些玉米秸秆。站在桥上往南看，是大片绿色的麦田，麦田里鼓着一个个黑色的坟包。

女老板在桥头上站下了，对麻小雨说："有啥话你就说吧。"

"我想问问，我代你哭你母亲的时候，你想诉说点儿什么呢？"

女老板"嘿"了一下，说："这个呀，你随便吧，你想说什么就说什么，不想说什么也没什么。有那个气氛，走个形式，就可以了。"

"这不太好吧，我哭得空空洞洞，一点儿内容都没有，对不起你对母亲的一片孝心哪！别看咱姐俩刚见面，还没说几句话，我已经看出来了，你特别聪明，能力特别强。你肯定知道，哭由情生，情由事生，我要是什么事都不知道，恐怕很难哭出感情。你母亲三个儿子，就你这一个闺女，你母亲一定很疼你吧？你们母女的感情一定很深吧？"

"我母亲对我的好是没得说。我父亲重男轻女，只让他的几个儿子上学，不想让我上学。是我母亲受过不识字的难处，坚决支持我上学。要不是我好歹上了个初中毕业，生意也不会做到今天这一步。

"是了是了，咱就对母亲说这个。"

"有一回我上学路上淋了大雨，回到家里发高烧，烧得我头昏脑涨，眼睛都睁不开。俺娘以为我不能活了，泪珠子吧嗒吧嗒地往下掉。是娘的大泪珠子砸在我脸上，把我惊醒了。我这才睁开眼说：娘，我不想死，我还要去上学！娘说：只要娘还活着，娘就不让你死！你看现如今，我倒是还活着，娘说走就走了，我一下成了没娘的孩子。"

"妹子，你说得多好啊！听你这么一说，我这会儿就想哭。"麻小雨说着，眼里果然有了泪光。

妹子的眼睛也湿了，说："说起来还是怨我，我对不起俺娘。我让她跟我在新疆住，她嫌新疆离老家太远，怕临死的时候回不了老家，说啥都不愿意在那里长住。我耳朵根子一软，就把她送了回来。我要是不听她的，坚持让她在新疆住，她活到九十、一百都有可能。她一回来就算掉进了火坑里，就自己要了自己的命。"

"我听说她得了病，没钱去医院看病，就寻了短见。不是真的吧？"

"当然不是真的，你不要听别人瞎说。前年我送她回来，临走的时候，我给她留了五千块钱，她掖在一只破袜子里，一分钱都没舍得花。她死后，她藏的钱不知怎么被我二嫂翻出来了。二嫂正要独吞，不知怎么，被我眼尖的兄弟媳妇看见了，兄弟媳妇就上去跟二嫂争夺，还说二嫂翻到的钱不止那些，一定是二嫂吞下了一些。她们一吵一闹，我大嫂也参与进去了，她也要分一份。正在她们闹得不可开交的时候，我坐飞机回来了，我说，这个钱是我给咱娘的，你们谁都不能要，正好拿出来给咱娘办丧事！她们没分到钱，一个二个气得跟吹猪的一样，别说让她们哭丧了，连棺材都不愿多看一眼。这个事儿你在哭的时候就别说了，这是家丑，家丑扬出去不好。另外，俺娘上吊自杀的事儿最好也别提。老人自杀，对孩子不是打脸也是打脸。嘴是两张皮，谁嘴边都有话，你们不是对娘孝顺吗，那你们的娘为啥上吊呢！麻姐，让你来替我哭，真是难为你了。我也是想见见你，听听咱老家的曲剧。我去新疆二十多年了，一次曲剧也没听过。你哭的时候，不用怎么联系实际，唱你唱过的曲剧也可以。我知道，哭是很累人的。你哭半个钟头，中间休息一会儿，再哭上半个钟头，就算完成了任务。"

"谢谢你妹子，你很会体恤人。"

"一万块钱辛苦费，中介龙先生让我交给他，随后由他及时转给你。那就这样吧，还有许多事等着我安排。我两个哥哥一个弟弟，他们一个比一个没出息。见我一回来，他们比着往后靠，把啥事儿都推给我。我明白他们的意思，把我当银行呗，要我的冤大头呗！有些话我还没来得及跟麻姐说，这些年我在新疆，先是给人家拾棉花，攒下钱办棉花加工厂，接着又包地雇人种棉花，一步一步过得可不容易哩！"

王团长也来了，他穿了一件蓝色褪成灰白色的旧棉大衣，盛了胡琴的木制琴盒斜背在背上。王团长的脸色黄巴巴的，情绪似有些低沉。看见麻小雨，他没跟麻小雨说话，只是对麻小雨苦笑了一下。他的笑有些像哭。王团长曾在一个公社当过文艺宣传队的队长，因他多才多艺，既有组织协调能力，又能当编剧；既能登台唱戏，又能抄起弦子伴奏，后来县里就把他调到曲剧团当了团长。改革开放初期，王团长把曲剧团办得风生水起，创造出了该团有史以来的辉煌业绩。曲剧团如今的衰落，王团长没有把责任都推给社会和听众，认为剧团是败在他的手上，因此陷入自责而不能自拔。

麻小雨知道王团长心情不好，身体好像出了毛病，她之所以拉王团长为她伴奏，是想借机安慰一下王团长，也让王团长挣点儿钱补贴家用。王团长是要面子的人，拉他出来为代哭的人伴奏，他面子上似乎还有些放不下来。都是看着她麻小雨的面子，王团长才来的，这不能不让她对王团长心怀感激。

有名的麻瓢泼为张家闺女代哭的消息传开了，本庄的人到张家去了，一些外庄的人也到张家去了。张家的堂屋里站满了人，院子里站满了人，连大门外的那条南北向的村街上也站了不少人。天气有些阴沉，看样子要下一场雨，或是下一场雪，抑或是下一场雨夹雪。既然听众们都来了，麻瓢泼的代哭就可以开始。屋里场面太小，还不如一般的戏台大。加上屋子里放了一口棺材，地方就更小了。院子里的场面大一些，大过普通的戏台。只是院子里有些冷，不如生了煤火的屋里暖和。妹子让麻姐委屈一下，就在院子里哭吧。

麻小雨是够委屈的，她哭的时候，需要跪在硬地上，冲着棺材哭。

死者的子女们又烧了一通纸，放了一阵炮，也在院子里跪下了。他们把代哭的麻小雨推到最前头，与代哭者拉开了一定的距离。

只有王团长一个人在一只方凳上坐着，他需要把琴筒子放在膝盖上，挺直腰杆，才能把高高的琴杆竖立起来。他的眼皮塌着，转轴试弦之后，开始拉一种曲调的过门。曲调的名字叫"哭阳"。他拉得轻轻的，节奏有些缓慢，有些小心翼翼，像是生怕惊动了什么。代哭的麻小雨虽说还没有出声，仅"哭阳"的过门，已使听众有些凄然。

"看见了娘的灵如雷轰顶，叫一声儿的娘大放悲声；千呼万唤娘不应，恨不能头撞灵柩与娘同行。"这是麻小雨开头所代哭的头四句，以唱代哭，也是她所唱的头四句。人们一听就听出来了，这就是当年那个姓麻的麻瓢泼啊！不得了，娘哎，可不得了啦，那个唱陈三两的麻瓢泼，那个唱王宝钏的麻瓢泼，她她她……她又回来了，她又拿着不带把子的瓢开始泼眼泪，这让人怎么受得了！有人鼻子开始发酸，有人嘴角开始发抖，拿棉袄袖子揾眼泪。麻瓢泼还没流眼泪呢，他们的眼泪已经有些收不住。

哭过开头，麻瓢泼的哭进入叙事阶段。来到张家庄还不到半天时间，除了跟那位老太太说了一会儿话，就是跟死者的女儿聊了几句，她并没有得到多少可供叙事的素材。可是，敏锐如麻小雨，聪慧如麻小雨，有过长期艺术锻炼的麻小雨，把那点儿素材，加上她的想象、发挥，一点一滴、一枝一叶都用上了。她设身处地，把自己化身于死者的女儿，把自己的灵魂注入死者女儿的灵魂，完全以死者女儿的口气进行哭诉。她说她虽然在新疆打拼，没有一天不惦念远在老家的娘亲。她时常在做梦时梦见老娘，梦醒时分早已泪湿枕巾。儿行千里回家时都是先喊娘，不料想这次回家儿的娘却成了亡人。从此后儿就成了没娘的孩子，这怎么不让娘的儿泪水倾盆。接着她以细节的方式，回忆了娘坚决支持她上学的往事，特别诉说了她生病发烧时娘的泪珠子把她惊醒的情景。娘的眼泪重千斤，滴滴留在儿的心；一滴眼泪万重恩，娘的恩情今生今世报不尽。她唱她在外地做生意也不容易。娘啊娘，儿的娘，有些话儿以前没敢对娘讲，讲了怕娘伤心肠。地里的棉花千万朵，哪一朵不是经风经雨又经霜。她对娘也有所埋怨：儿给娘的钱，娘为何不用？娘明明生了病，为啥不去看医生？钱没了，咱可以再挣，娘的命没了，到哪里再寻娘的命啊！

麻小雨这样代死者的女儿哭着诉着，不知不觉间，她联想起自己的母亲。她母亲是食管出了问题，当确诊食管得的是重症时，母亲就拒绝再去医院看病，更拒绝动手术。母亲召集哥哥、她和弟弟开会，要子女们替她搜集安眠药，她要安乐死。子女们谁都不愿表态，谁都不敢承担那个责任，不同意让母亲安乐死，建议母亲还是去医院做手术。母亲真够决绝的，子女们不给她找安眠药，她吃不到药，连饭也不吃了。其实母亲是吃不下干的，但流食还是可以吃的，可母亲说她连流食也吃不下，硬是闭着嘴巴，连牛奶都不喝。也是在那年的寒冬，母亲耗尽全身最后一点热能，永远闭上了眼睛。虽说母亲不是勒脖子自杀的，但母亲的做法跟勒自己的脖子差不多！哭着哭着，她把别人的母亲和自己的母亲混为一体，也把死者的女儿和自己合为一体，这哪里是什么代哭，分明是她在为自己的母亲痛哭。

"我苦命的娘啊，我知道您是苦惯了，也是穷怕了，您不愿意花钱看病，是不想让孩子再受苦受穷，您是心疼您的孩子啊！娘啊娘，孩儿对不起您，您不能扔下孩子不管啊！"

以前在戏台上，不管麻小雨哭得多么悲痛，她的眼泪只限定在眼眶以内，不会让眼泪流下来。按行家的说法，这叫不像不是戏，太像不是艺。而今天，她似乎忘了自己是一个艺人，眼泪冲出眼眶，不可遏止地流了下来。人们给她起的外号叫麻瓢泼，以前她只负责让别人泼眼泪，自己的眼泪并不泼出来，今天她自己的眼泪也泼了出来。

人人都有眼泪，麻瓢泼的哭把所有人的眼泪都引发出来。老汉流出的眼泪，挂在自己的白胡子上。小孩子流出的眼泪，流到了自己的嘴里。有的男人仰着脸往天上看，眼泪倒灌进肚子里。有的女人担心自己哭出声，捂着嘴巴拨开人群跑了出去。连拉弦子的王团长也流泪了，无声的泪水流得鼻凹子两侧明溪溪的。

让人意想不到的一幕出现了，死者的女儿突然以膝代脚，向麻小雨跪行而去。她一下子抱住麻小雨，哭的却是自己的母亲："娘啊娘啊，儿对不起你呀，我不算个人哪！我不该请麻姐替我哭哇，我也有满肚子的泪水倒不尽啊！啊啊啊……啊啊啊……"

2020 年 6 月 16 日至 25 日于怀柔翰高文创园

原载《北京文学》2021 年第 2 期

苦　肉

　　倘若拿"苦肉"造一个句，也许不少人会在"苦肉"后面跟一个"计"字，先组成"苦肉计"的词，再用"苦肉计"造句。这是人们长期以来已经形成的思维习惯，或曰思维定式，仿佛"苦肉"就是给"计"预备的，如果离开了计谋，"苦肉"就派不上用场，肉再苦都是白搭。

　　流传最广的关于苦肉计的故事，恐怕当数《三国演义》里的周瑜打黄盖。为了使曹操相信黄盖对周瑜的背叛，周瑜用笞杖把黄盖打得皮开肉绽、血流不止，使老将黄盖的皮肉确实吃了不少苦。好在苦肉计得逞，蒙蔽了曹操，使曹操接纳了诈降的黄盖，在曹营里埋下了隐患。周瑜和诸葛亮联手攻曹，黄盖里应外合，取得了火烧赤壁的历史性胜利。

其实，甘愿让自己的皮肉受苦者，背后不一定都藏有什么计谋，不一定都有所图，在有些情况下，有的人之所以自我伤害，很可能是出于无奈，或是别的说不分明的原因。某煤矿掘进队有一位叫杨铁新的杨师傅，在井下干活儿时，恼上来用自己的巴掌抽自己的嘴巴子，就很难与计谋挂上钩，让工友们颇为费解。

须先说说掘进是怎么回事。在地面修铁道，前面有一座大山挡道怎么办？火车不是山羊，不能爬山，只能在平地上跑。铁路工人的办法，是用钢钻、雷管和炸药，把石头山开出一个大口径的洞来，把两条平行的铁轨铺进去，让火车呼啸着穿洞而过。在煤矿井下打地洞，与修铁道时打山洞的道理是一样的，只是洞与洞的叫法不同，在地面上所打的山洞叫隧道，在地下所打的地洞叫巷道。井下的巷道分为两种：一种是岩巷，另一种是煤巷。这不难理解，岩巷是在岩层里掏出来的，上下左右都是灰色的石头。煤巷是在煤层里掏出来的，四面都是乌黑的原煤。岩石很硬，开凿岩巷时需要用风钻，或叫风锤。煤层比较软，给煤壁打眼，用麻花型的电钻就可以了。岩巷也叫大巷，大巷下面铺铁轨，铁轨上面跑矿车，用于交通运输。煤巷也叫附巷，一个采煤工作面有两个附巷，上附巷和下附巷，附巷主要用于通风和往外运煤。开岩巷的队伍叫开拓队，掘煤巷的队伍叫掘进队。一个掘进队分三个班，杨铁新师傅是其中一个班的班长。

这天夜间，杨师傅所带领的掘进二班干完了上半场的活儿，把巷道向前推进了一米多。搞掘进虽说不是踢足球，但也分上半场和下半场。每半场开场时，先由打眼工打眼儿，放炮员放炮。等放炮员用火药嗵的一声把煤墙崩塌，塌得稀里哗啦，掘进班的其他工人才能抢进掘进窝头儿，用木头支护巷道，并把齐腰深的碎煤清理出去。在下半场，趁打眼工正在掘进窝头，往煤墙上打眼儿，别的人可以在工具间里稍稍休息一会儿。工具室是巷道边开的一个洞子，类似在战场上藏身的猫耳洞，只是比猫耳洞的容积大一些，进去五六个人不成问题。工具室里没有安装电灯，很黑，黑得像推不开的煤墙。好在他们每人手里都有一盏矿灯，有明亮的矿灯指引，他们不会一头撞到煤墙上。在干活儿时，他们的矿灯都是卡在安全帽的前面。一旦暂时停止干活儿，他们习惯把矿灯从头顶取下来，拿在手里。也许在他们看来，不管脖子转来转去有多么灵活，其灵活度还是比不上手脖子。然而他们一走进工具室，或躺，或坐，或靠，找到了各自的位置，就把手上的灯熄灭了。他们这样做，并不是为了节约电能，每个灯盒里充的电都十分充足，一个班干下来，直到升井交灯，矿灯都会大放光明。之所以把矿灯熄灭，是他们觉得，休息的时候最好还是在黑暗里，周围黑得越密实，他们休息得就越踏实。黑得太密实也有问题，近乎物质性的黑暗像是把他们分割开来，使他们每个人既感到孤独，也感到压抑。为了排遣一下孤独，抵抗一下压抑，有人在黑暗里说话，喊霍图俊的名字："霍图俊，霍图俊！"

霍图俊肯定听见了，但他跟没听见一样，不吭声。

"霍图俊，你耳朵眼儿里塞驴毛了？"

"喊啥喊，你嘴里吃驴粪了！寡人刚睡着，你就把寡人吵醒了！"

"睡着个屁，你肯定又在想你老婆。"

"想我老婆怎么了，很正常，谁都管不着。"

"再讲讲你用钢鞭抽你老婆的事呗！"

"都讲了一百遍了，钢鞭都快变成皮鞭了，你还没听够吗？"

霍图俊把手边的矿灯灯头上的旋钮拧了一下，矿灯顿时射出一道浑圆的光柱。他把光柱往工具室的黑煤一块的顶板上捣了一下，随即又把光柱收了回去，说："你们怎么不让杨班长讲呢，杨班长的老婆天天在矿上的家属房里住着。"

杨班长在门口那里靠煤墙坐着，正低头闭目养神，听见有人说到他，便起身向掘进窝头儿走去，说是去看看打眼儿工把炮眼儿打得怎样了。

对于杨班长老婆的情况，工友们都听说过一些。杨班长的老婆原来是杨班长的嫂子，是他哥哥的老婆。哥哥死后，哥哥的老婆没有离家，没有嫁给外人，就成了他的老婆。杨班长的哥哥是夏天在地里锄地时，被天上突然掉下来的冰雹砸死的。冰雹不代表天，但冰雹砸死了人，对死者的家庭来说，跟天塌了差不多。弟弟见哥哥的两个孩子还小，嫂子哭得瘫倒在地，拉不起来，就担负起了抚养哥哥的两个年幼孩子的责任。

接着，在热心人的说合下，弟弟和嫂子就成了一家人。不料有一天，杨班长的老婆在地里干完活儿回家，竟然看见家里的大床上盘着一条蛇。她惊叫一声，赶紧跑了出去。她想起自己的前夫正是属蛇的，这是前夫回来找她来了。从那以后，她睁眼闭眼都是蛇，做梦梦见蛇的时候更多，精神就出现了不正常，连自家的大床都不敢睡了。在这种无可奈何的情况下，杨班长才把老婆和两个孩子接到矿上来了。世上的丈夫千种万种，老婆也千差万别，像杨班长老婆这样的状态，杨班长瞒都瞒不及，哪里能像霍图俊一样，天天把老婆挂在嘴上呢！

沉闷的炮声响过，硝烟夹杂着煤尘，从掘进的窝头儿里涌了出来。硝烟很浓重，里面有一股扑鼻的臭味。煤尘很稠密，似乎一伸手就能抓一把。硝烟和煤尘都是鼓风机吹出来的。鼓风机前面安装有巨蟒一样的风筒，用合成胶布做成的黑色风筒贴着巷道一侧，一直向掘进窝头儿延伸。"巨蟒"口里喷出来的不是水，是风。风呼呼作响，一直朝掘进窝头儿里喷去。掘进窝头儿也叫工作面、掌子面，但掘进工人觉得，叫成窝头儿更形象一些，也更贴切一些。窝头儿是一种常见的食品，多是用玉米面、高粱面、豆面、红薯片子面等杂面做成。窝头儿的主要特点是，里面有一个用大拇指捏成的窝儿，窝儿里可以盛辣椒糊儿，或酱豆儿，一点儿都不会漏。掘进窝头儿跟食品窝头儿一样，也是窝头儿底部一点气都不透。放过炮之后，如果不往窝头儿里鼓风，硝烟和煤尘就会窝在窝头儿里，排不出去。那样的话，工人就无法进窝头儿干活儿。如果硬要进去，就不能正常呼吸，甚至造成窒息。而"巨蟒"的口中喷出的风，不但可以吹散窝头儿里所团聚的毒气和煤尘，还可以持续不断地为工人的劳动场所输送氧气，使工人干活儿时具备了最起码的呼吸条件。

杨班长转回来了，站在工具室门口招呼："哎，都起来吧，开始干活儿了。"

没人答应，也没一个人起来。

杨班长用矿灯往工具室里照了照，只有他手中的矿灯是打开的，其他人的矿灯都没有打开，眼睛都还关闭着。有的人眼睛本来睁开了，当杨班长的灯光照向那个人时，那个人嫌灯光刺眼似的，又把眼闭上了。还有的人大概是拒绝杨班长的矿灯指向他，拿起胶壳子矿帽儿，扣在了脸上。

霍图俊突然骂了一句："谁放屁了？这么臭！"

杨班长把灯光收回，还是说："都起来吧，早干完，早下班。掘进进尺都是干出来的，不干就完不成进尺。"

杨班长说罢，率先快步向掘进窝头儿走去。不管什么事情，有上半场，就得有下半场。他相信，在下半场的掘进中，只要他这个当班长的先下了场，班里其他人随后也会跟上来。

没有，在工具室里休息的人，没有一个人起来跟杨班长走。工具室是放工具用的，他们都没有把自己变成杨班长手中的工具。他们在看一个人，那个人不起来，他们也不起来。那个人叫郑再明，是从省会郑州来煤矿参加工作的一个知青。郑再明长得高挑，白净，有知识，比较讲究卫生。别人下井都不戴口罩，他却戴了一只白口罩。一班干下来，他的口罩上沾满了煤尘，白口罩变成了黑口罩。下班后，他把口罩洗一洗，烤干，第二天再戴。他说，之所以坚持戴口罩，是因为他要保护自己的肺。如果下井不戴口罩，煤尘就会吸进肺里，并在肺泡子里沉淀下来，整个肺变成了黑肺，导致尘肺病的发生。另外，别人戴安全帽时，都是直接把安全帽扣在头上，郑再明不是，戴安全帽之前，他先戴上一顶旧军帽，把自己的头发包在军帽里。他说，煤尘里有化学成分，会腐蚀人的头发。头发受到腐蚀，会很快变黄、脱落。为了保护自己的头发，他不能让煤尘直接落在自己的头发里。既然郑再明懂得那么多，既然说知识就是力量，既然大家都想多休息一会儿，何必不看郑再明的眼色行事呢！杨铁新不识字，从"力量"的对比上，郑再明的"力量"显然比杨铁新大得多，从这个意义上说，让郑再明当班长，似乎更合适。

杨班长到掘进窝头儿里看过了，放炮员这一茬儿炮崩得不错，深度和宽度都恰到好处。煤墙被崩塌了，倒在地板上，变成一堆松散的煤。这一大堆煤，装满十个载重量为一吨的矿车，恐怕不成问题。新煤的气味很好闻，杨班长总是能从新煤中闻到一股子香气。只是顶板崩得比较高，从顶板上还在哗哗地往下掉煤。面对这种情况，必须及时给顶板托上荆笆，用横梁挤住荆笆，并用支柱支住横梁。如果任凭顶板的煤不断冒落，越冒越高，上面就会形成空洞，再补顶就难了。而这一系列支护劳动，必须有多人合作的集体劳动才能完成，仅靠一个人万万不成。杨班长见班里的人没有跟上来，未免有些着急，赶紧跑回工具室门口，说大家怎么还不动窝儿，顶板上的煤在往下冒，越冒越高，再不赶快支上就晚了，这个班的任务就完不成了！杨班长似乎也知道郑再明在班里的作用，他点了郑再明的名，让郑再明带个头。

郑再明不悦，坐起来质问杨班长："凭什么让我带头？我问你，巷道里硝烟散尽了吗？煤尘落定了吗？"

"硝烟早就散完了，不信你摘下口罩，出来闻闻。"

"不摘口罩我就闻见了，硝烟还在巷道里弥漫着，浓度还很高，仍然威胁着人的健康。"

"过年也放炮，也有炮烟子味，难道因为有炮烟子味儿就不过年了吗？"

"谬论！过年是过年，掘进是掘进，这两者怎么能相提并论呢！你这么干，就是不管工人的死活，跟旧社会在井下监工的封建把头有什么区别呢！"

对于封建把头，岁数比较大的杨班长是知道的。郑再明把他比成封建把头，问题严重了，让杨班长有些不好接受。杨班长怎么办？急火攻头，他就抽开了自己的嘴巴子。他是真抽，右手抽右边的嘴巴子，把嘴巴子抽得啪啪的。抽着抽着，他哼哼唧唧哭了起来："我叫你没本事，我叫你没本事！人家都不听你的，你这班长是咋当的，你真该死啊！"

杨班长的举动，让班里的工人有些吃惊。俗话说，打人不打脸，不光因为人的脸皮比较薄，容易把脸打疼，更主要的是，树要皮，人要脸，人都有自尊，要脸面。打人时若打了人家的脸，不仅伤害了人家的身体，还伤害了人家的名誉和精神。所以，人在打架时，一般都要给对方留些面子，尽量不抽对方的嘴巴子。人对别人是这样，对自己也是如此。好好的一张脸，谁舍得往自己脸上抽呢！然而，掘进二班的杨班长却把巴掌抽在自己脸上了。杨班长的手是粗糙的手、有力的手，也是勤劳的手，他的手以前都是用在煤墙上，用在和进尺的较劲上，现在又用到了自己的脸上。这是何苦呢！杨班长脸上沾的煤比谁都多，他的脸显得有些黑，不然的话，几巴掌抽下去，不知道他的脸有多红呢，说不定留下的还有手指头的印迹呢！郑再明的鼻子哼了一声，说这算什么！他这才起身走出工具室，向掘进窝头儿走去。别人见郑再明起来了，也纷纷起身，到掘进窝头儿里操起家伙，开始干活儿。鼓风机在轰鸣，工人们脑子里回旋的都是杨班长抽自己嘴巴子的响声和哭声。在干活儿时，头顶的灯光交错之间，灯光会经意或不经意地从杨班长身上划过。工友们看到，杨班长一直在埋头干活儿，一句话都不说。在下半场，二班干活儿的效率和效果还算可以，顶板被护住了，没有形成空洞。底板上的煤清理得干干净净，像用扫帚扫过一样。当班的进尺多进了将近半米，超额完成了任务。而且，还差半小时才到下班时间，他们就提前完成了任务。

杨班长对工人们说："你们先走吧，我还要等三班的人来，跟他们交一下班。"

霍图俊对杨班长说："怎么样，弟兄们是不是很服从你的领导，是不是很给你面子？"

杨班长说："是的。"

霍图俊小声对杨班长说："我看你这一招儿挺灵的，下回谁要是再不听你指挥，你就来这一招儿。"

"什么招儿？我什么招儿都没有。"杨班长对霍图俊说，"下了班好好休息，不要在宿舍里做木工活儿了，叮叮当当的，影响别人睡觉。"

这话霍图俊很不爱听，他把头拧了拧，心里说："我想做什么就做，你管不着。看来还得让郑再明治你，让你拿自己的手，抽自己的嘴巴子。"

二班的哥儿几个在澡堂里洗澡，趁杨班长还在井下没出来，他们把杨班长自抽嘴巴子的事当笑话说。有人说，杨铁新就是一个大面瓜，比面瓜还面。有人说，杨铁新连一个硬蛋都不会下，下的都是软皮子蛋。还有人说，杨铁新当班长当得太窝囊，要拳没拳，要脚没脚，要骂没骂，要牙没牙，班长当个什么劲呢！这样说着，他们把郑再明看了一眼又一眼，意思要听听平日里对人对事有不同看法的郑再明看法如何。

郑再明正从一个小塑料瓶里往外挤洗头膏，把淡绿色的洗头膏挤在左手的手心里，然后往头发上搓。别人都是用矿上发的劳保用品肥皂洗头，只有他备有洗头膏。他说，肥皂碱性太大，容易把头发烧坏，他才不用肥皂洗头呢。澡堂里没有淋浴，别人都是直接在大池子里洗头。他们把头发上打了肥皂，搓出一些黑沫子，把头脸埋在水里扒拉一下就完了，很快就把大池子里的水弄黑。郑再明不在大池子里洗头，他备有一只塑料盆，用盆子把水从大池子里打出来，在自己的盆子里洗头。洗完了头，别人正希望他把洗头水倒回大池子里，闻一闻他的洗头膏的香味，他却把洗头水倒池子外头去了。郑再明所留的头发比较长，他把洗好的头发抿向脑后，看上去又黑又滑，像搽了油一样闪着亮光。郑再明的看法是不同些，他说："你们不要小看杨铁新，他可是一个有智慧的人。"

"这话怎么说，叫人叫不动，抽自己的嘴巴子，还像娘们儿一样哼哼唧唧地哭，这算什么智慧呢？"他们都看着郑再明的嘴，听他往下说。

"告诉你们吧，杨铁新那样做，等于收到了一个苦肉计的效果。"

"啥是苦肉计？"霍图俊问。

"连苦肉计都不知道，简直无法跟你们对话。你们读过《三国演义》吗？知道周瑜打黄盖吗？"

霍图俊摇头，别人都摇头。霍图俊说："我们知道你学问大，你给哥们儿讲讲呗。"

郑再明把湿头发抿得更滑些，露出光光的前额，说："苦肉计是三十六计之一，排在第三十四计。这个计是当着别人的面，甘愿让别人打自己，或是自己打自己，让自己的皮肉受苦。别人见他受苦，受得很痛苦，心里一软，一同情他，就会答应他的要求，实现他的愿望。"

霍图俊说："按你这么说，你是不是中了杨铁新的计呢？"

"我中他什么计？我说的是效果等于，你听明白没有。他是个文盲，不可能知道苦肉计是什么，也不可能对我们施行苦肉计。我估计他是恨自己缺乏当班长的能力，无计可施了，才自己抽了自己。他这么干，顶多算是歪打正着。"

霍图俊用手撩了一下水，似乎仍不太明白，他说："我看他抽自己的嘴巴子挺好玩的，你哪天再逗逗他，让他再抽自己一回。"

"去你的吧，少跟我来这一套。想逗你自己去逗，我才不会中你的激将计呢！"

此后，霍图俊之流每天都想看到杨铁新抽自己的嘴巴子。既然郑再明说杨铁新的举动跟苦肉计差不多，那么二班长就把苦肉计施行下去呗。连着几天看不到杨铁新抽自己的嘴巴子，霍图俊就有些着急，急得直拍自己的大腿。拍大腿虽说也有些疼，但比抽嘴巴子差远了，跟苦肉计也沾不上边。看别人抽自己的嘴巴子可以，要是让霍图俊抽自己的嘴巴子，他才舍不得呢！他才没那么傻呢！这天，因为郑再明把一根支柱支歪了，杨班长跟郑再明又闹僵了。郑再明是支柱工，他用利斧把木头支柱的顶端砍去一些，砍出平面；把横梁两头也砍出能与柱头契合的平面，一梁搭二柱，一架棚子就算支好了。杨班长发现一根柱子是歪的，让郑再明重新支一下，把柱子扶正。他打比方说，一根柱子好比一个人，人只有立得正、站得直，身子才能吃上力；如果站歪了，就顶不住压力，一压就倒了。郑再明不愿听杨班长跟他打比方、讲道理，他自己肚子里的道理还用不完呢，哪里还用得着别人跟他讲道理。杨班长把柱子与人作比，也让郑再明有些多心，像是从中听出了话外之音。他说："我认为你的观点不对，你看着歪，我看着不歪。"

杨班长在那根柱子旁边站着，他让郑再明站到他那里看看。

郑再明手里握着斧子，拒绝到杨班长身边去，他说："我看你纯粹是吹毛求疵！"

"你怎么能骂人呢！"杨班长没听过这样的话，他把"疵"听成了"吃"，把"求"和"毛"也没往好的地方想。

"我怎么骂你了，你懂不懂吹毛求疵是什么意思？"

"你还在骂人，你这不是骂人是什么！"杨班长气得嘴唇有些发抖。

又要有好戏看了，看来杨班长又要抽自己的嘴巴子了！霍图俊们都兴奋起来，甚至有些激动。这会儿他们都在掘进窝头儿里干活儿，不是在工具室休息。但他们纷纷把矿灯从头顶取下来，执在手里。从矿灯的独眼里射出的光柱，大都指向了杨班长，他们要看看杨班长怎样抽自己的嘴巴子。霍图俊有些着急，急得差点从喉咙眼儿里伸出手来，在心里喊，抽，抽呀，还愣着干什么，快抽自己的嘴巴子呀！不见杨班长动手，他干脆说了出来："你不是会哭吗，不是会抽自己吗，把你的绝招儿拿出来，郑再明才会返工，把柱子正过来。"

杨班长这才动手了。他动手不是抽自己的嘴巴子，抽的是柱子的屁股，自己把柱子正了过来。杨班长干起活儿来，称得上是身手矫捷，技术过硬。他抄起一把锤子，对准支柱的下部，"砰砰砰"那么几锤子，就把有点儿倾斜的柱子锤成了垂直的柱子。把柱子锤直不算完，杨班长还额外往柱子上跺了两脚。

没看到期待中的苦肉好戏，霍图俊有些泄气，别的人也有些失望。他们只好把矿灯重新戴到头上。

霍图俊犹不甘心，他要自己制造条件，惹出杨班长的恼来，促使杨班长把巴掌落实在杨班长的脸上。

霍图俊是攉煤工，当放炮员把煤崩下来之后，他的任务是和另一个攉煤工一起，用铁锹把煤攉进矿车里。攉煤是班里最简单的工作，没什么技术含量。霍图俊当工人之前，是一个成天在土里刨食的农民。攉煤的工作对霍图俊来说不在话下，比在老家的泥巴坑里往岸上甩塘泥轻多了。可这天该攉煤了，霍图俊却成了一个旁观者，因为他手中没有攉煤的铁锹。杨班长问他的铁锹呢。霍图俊说他也不知道，他昨天下班后把铁锹放在工具室里，今天上班就找不到了。

"那你怎么攉煤？"

"你是班长，你替我想办法。你可以到队里替我再领一把嘛！"

"再领一把可以，那你今天怎么办？"

"你吃，我看，没法儿办，不办！我总不能拿手捧着往车里装煤吧。"

"我不管你怎么干，反正有一条，你们两个今天得把煤攉完，攫不完就不记工。"

不记工，就没有工资，干一班等于白干。霍图俊当然不干，他指着杨班长说："杨铁新，你要是敢不给我记工，我跟你拼命！"

杨铁新对霍图俊的情况知道一些，霍图俊的私心大得很，小农意识强得很，他看见矿上的一根铁丝、一块风筒布、一块木板什么的都想顺。他已经顺了不少木板，在宿舍里做起箱子来。杨铁新还听说，霍图俊还从井下顺了一把斧子和一把铁锹，已经用风筒布包好，用炮线缠好，藏到他宿舍的床底下，等回家探亲时捎回家。杨铁新猜测，霍图俊很可能把自己所用的铁锹藏起来了。杨铁新一生气，对霍图俊说："别人的铁锹都不少，为啥单单你的铁锹没有了呢？这里边是不是有什么猫儿盖屎呢？"

霍图俊听出了杨铁新对他的怀疑，做出恼样子，说："姓杨的，你这是什么意思？你是怀疑我把铁锹藏起来了吗？你这样不相信自己班里的人，良心可是太坏了。像你这样的人，根本就没资格当班长，我看班里随便捞出一个人当班长，都比你强一百倍！"万不该的是，霍图俊竟然还提到了杨班长的老婆，他说，"我可不像有的人，连自己的嫂子都不放过！"

杨铁新哪里受得了这个，如霍图俊所愿，他真的又抽开了自己的嘴巴子。他是真抽，用右手抽右边的嘴巴子，把嘴巴子抽得啪啪响。抽着抽着，他往地上一蹲，捂着脸哭了起来。他这次不是哼哼唧唧地哭，而是哭得呜呜的："我知道我不是当班长的材料，这个班长我是没法当了，你们谁想当谁当！"杨班长还像个娘们儿似的哭起了娘："我的娘唉，托成个人咋就这么难呢！"

霍图俊微笑了，他用矿灯的光柱在煤墙上画了圈儿，又打了钩儿，似有些炫耀，仿佛在说，看咱哥们儿怎么样，又让杨班长抽了自己的嘴巴子吧！

郑再明却对霍图俊有些撇嘴，说："霍图俊，你过了！"

"我怎么过了？"

"咱们在班里干活儿，只说班里的事，你说那么多废话干什么！"

"我说什么废话了？"

"每个人有每个人的脸，每个人也有每个人的隐私，你提别人的隐私干什么！"

"我不知道什么隐私不隐私，我的嘴，我当家，想说什么，就说什么！"

"你不讲底线了，是不是？你敢再说一句试试，小心我抽你的嘴巴子！"

霍图俊一直以为郑再明跟他是一路，没想到郑再明跟他叫上了板，他说："你敢！"

郑再明将巴掌掌起来了，说："敢不敢巴掌说话，你说吧，巴掌等着你呢！我的巴掌有名有姓，它姓铁，名字叫砂。"

霍图俊只得把头拧了拧，没敢再说什么。

第二天，杨铁新班长没有上班。听人说他妻子犯了病，一个人离家出走，不知走到哪里去了。杨铁新估计妻子可能回老家去了，就向矿上请了假，回老家找妻子去了。

一个掘进班，总得有一个人牵头才是。队里觉得郑再明有文化，有见识，干活儿也可以，想让他把二班的班长临时代理一下。郑再明一听，坚决拒绝。读高中时，他的理想是上航天工程大学，将来当飞行员，穿行在浩瀚的蓝天上。未承想他未能上天，却一头钻到地底下来了。他一天都不想在井下多干，正在千方百计调出煤矿。

霍图俊却主动向掘进队的队长请缨，说二班的班长要是没人代的话，他可以代一下试试。

队长笑了，说："你先把你自己的笼嘴子戴好再说。"

霍图俊懂的，只有牛呀马呀驴呀等牲口上套时才戴笼嘴子，队长让他戴笼嘴子，是把他看成了牲口，是骂人不带脏字。霍图俊不满地说："你不让我当，我还不想当呢，我可不会玩什么苦肉计。"

队长说："我听你们班里的人向我反映，说你故意调皮捣蛋，惹杨师傅生气，让杨师傅自己抽自己。可有这事儿？"

霍图俊否认有这事儿，他说："我又没拿他的手，是他拿着自己的手，往自己的脸上抽，跟我一点儿关系都没有。"

队里派一个姓胡的副队长到二班跟班，并代替杨铁新行使班长的指挥权。虽说胡队长只是一个副队长，但工人们在称呼他时，都自作主张地把副字省略了，叫成胡队长。谁要是把胡副队长真的叫成胡副队长，会显得自己不懂事，胡副队长可能也会不高兴。胡队长是掘进队有名的大力士。往掘进窝头儿里运又粗又湿又沉的木头支柱时，一个人一次能扛一根就不错，胡队长呢，他一只胳肢窝里夹一根柱子，下坡上坡，一口气就把两根支柱拖到窝头儿里去了。有一次天顶来了压力，把一根用杨树原木做成的支柱压劈了，劈得柱子肚子里白花花的肠子都冒了出来。这时胡队长顶了上去，他硬是用自己的肩膀扛住了横梁，坚持到别人换上了新的支柱，他这才把横梁放下来，避免了冒顶。

胡队长除了力气大，做事的风格与杨班长也不一样。当胡队长看到霍图俊手里没拿铁锹时，对霍图俊说："你上班不拿铁锹，好比战士上战场不拿枪，你不带枪上战场干什么，是来找死吗？"说着，就骂了霍图俊的妈。

"你怎么能骂人呢？"

"骂你是轻的，我还要揍你呢！"胡队长抬脚朝霍图俊大胯上踢了一脚，"你马上去把铁锹找回来，找不回铁锹就滚蛋，滚得越远越好！"

霍图俊不敢犯犟，赶紧回到井上，把藏在床下的铁锹找了出来。

下班时，胡队长对霍图俊说："今天不能给你记工。"

霍图俊一听就急了，问："为啥？"

"因为你找铁锹耽误了上班时间，没有干满点，不干满点没法儿记工。"

"你这不是欺负人吗！"霍图俊气得浑身发抖，把两个拳头攮了起来。

"怎么，你想打架吗？我最怕的是老实听话，最不怕的是跟我打架。皮痒了你就过来，看看老子能不能打出你的尿来！"

霍图俊当然不敢跟胡队长打架，他怎么办？大概连他自己也没想到，他竟然抽开了自己的嘴巴子，说："我打不过你，我自己打我自己还不行吗！"

胡队长说："少跟我来这一套，没用！"

回过头来，霍图俊觉得还是杨师傅当班长好一些。几天不见杨师傅回矿上班，有一天下班后，霍图俊到杨班长家里去了。杨班长家里锁着门，霍图俊没能见到杨班长。不知杨班长何时才能带着妻子回矿？

2020 年 7 月 16 日至 28 日于怀柔翰高文创园

原载《作家》2021 年第 2 期

煤　神

　　往前数上两三辈，挖煤人原来几乎都是庄稼人，都是从土里刨食，变成从煤里刨食。追溯起来，这样的转变，当初大都是出于无奈。他们或没有土地，或失去了土地，或遭遇了其他无法抗拒的变故，在本乡本土实在活不下去，为了活命，只得逃离出去，成了流民。在游离的路上，他们的头是蓬头，腹是空腹，衣是褴褛，腿是柴腿，走着走着就走不动了，饿死或冻死在半路的事时有发生。流民群体的千般艰难、万般惨状，绝非一幅《流民图》的长卷所能概括。

　　路漫漫，野茫茫，走投无路之际，忽一日，他们走到了一个地下有煤的地方，一个在地面打井、开有煤窑的地方，听说煤窑在招收窑工，进煤窑挖煤就能挣口饭吃，于是，他们就留下来了，开始了靠挖煤生存的日子。土是黄的，从土里长出来的庄稼是绿的。煤是黑的，煤里不长庄稼，黑煤里包含的火苗子是红的。庄稼变成粮食，粮食可以吃。煤据说是植物变成的化石，石头不能吃，但煤可以卖钱，钱可以买粮食。钱不但可以买粮食，还可以买裤子、褂子、帽子、袜子，这子那子都能买。甚至于，男人可以买酒喝，女人可以买花儿戴。换句话说，有了煤就有了一切。

是煤，使他们得以活命，继而有了住所，娶了老婆，生了孩子，使生命得到延续。因此上，他们对煤有些感恩戴德，顶礼膜拜，差不多把煤当成了神明。是的，有人敬玉皇，有人敬土地，有人敬龙王，有人敬财神，他们敬的却是煤。平日里，他们敬煤的表现还不是很明显，无非是看见煤亲切一些，使用煤爱惜一些，差不多把煤当成了他们自己。到了过年的时候，他们敬煤的行为才郑重起来，并有了仪式感。

陈全儿家就是这样。

从爷爷那一辈起，陈家的人开始在这座叫王家山的煤矿挖煤，到了陈全儿这一代，他已经是陈家在这个煤矿上的第三代矿工了。听陈全儿的母亲讲，陈全儿的爷爷名下连一分一厘的土地都没有，只能常年给地主家当长工。有一年旱灾，庄稼颗粒无收，连地主家的人都缩减了口粮，勒紧了裤带。陈全儿的爷爷眼看性命不保，就随着逃荒的人流逃了出来。当地人逃荒，习惯往西边逃，一路向西，再向西。在逃荒路上，也有人心里打鼓，提出质疑。东方是太阳升起的地方，西方是太阳落山的地方，东方为阳，西方为阴，这样逃下去，到头来会不会落个一命归西啊！心里不打鼓还好些，越打鼓越没信心，越泄气。有人把鼓打着打着，就打不动了，果然把命归了西。陈全儿的爷爷还算幸运，他不懂什么阳不阳、阴不阴，也不管什么东不东、西不西，走一步，算一步，活一天，算一天。他走到王家山这个有煤的地方，靠山吃山，靠煤吃煤，就活了下来。他不但越活越壮实，后来还娶到了一个老婆。他娶的老婆是一个寡妇。那个寡妇的男人在逃荒路上饿死了，寡妇带着一个闺女嫁给了陈全儿的爷爷，成了陈全儿的奶奶。二人结婚后，陈全儿的奶奶又生了一个闺女和一个儿子，过成了新的一家人。如果说三代人做同一件事情就算世家的话，把陈全儿家说成是煤炭世家，也不是不可以。

可是，陈全儿家的老根儿既然在农村，后来从老根儿上生发出的枝枝叶叶，差不多还是农村人的样子，生活习惯还是农村人的习惯。别的且不说，就说过年吧，他们家沿用的还是农民的习俗。陈全儿的爷爷去世了，陈全儿的父亲在几年前死于井下的一场透水事故，对于过年习俗的传承，只能靠陈全儿的母亲担负。陈母有些当仁不让的意思，这年刚过了农历的祭灶日，她就开始忙活过年的事宜。她买了门神、春联、福签子、春签子、鞭炮、蜡烛，还有黄纸、柏壳子香等。他们家已从平房搬进了楼房，楼房里的电灯瓦亮瓦亮，不点蜡烛也可以。但陈母认为，蜡烛是过年的标志之一，点上红色的蜡烛，才有过年的气氛、过年的味道。电灯虽亮，但电灯没有火苗，不会忽闪，更散发不出蜡烛独有的香味，再亮的电灯都不能代替蜡烛。再说了，在陈全儿的爷爷和父亲活着的时候，他们家每年过年的时候都点蜡烛，不能因为他们不在了，过年就不点蜡烛了。只有点上蜡烛，他们的魂才能找到回家的门。要是不点蜡烛的话，或许他们的魂连家门都找不到。于是陈母还是跑到矿区附近的农村集市，请回了一对火红的蜡烛。陈母听人说过，现在制作蜡烛的材料与以前有所不同，以前都是用羊油制作，而现在的一些蜡烛是用化学的石蜡制成的。石蜡制成的蜡烛是便宜些，却没有了传统蜡烛的香味。陈母请蜡烛时先放在鼻子前闻一闻，闻出羊油的香味时她才请。人分男女，过年的蜡烛也分公蜡和母蜡。公蜡下面裹有一根艾秆，母蜡下面留有一个圆孔。公蜡的个头大一些，母蜡的个头小一些。一般来说，公蜡在堂屋里点，母蜡在灶屋里点。陈母请回的是一对公蜡。灶屋地方小，不必再点母蜡，有一对公蜡就够了。

转眼到了年三十，陈母把桌子擦了又擦，早早地就把供品摆到了桌子上。供品一共是四样，都放在带青花的瓷盘子里。一样是白蒸馍，一样是炸麻花，一样是苹果，还有一样是猪头。蒸馍是三个，麻花是三窝子，苹果是三个，猪头是一只。蒸馍是自家蒸的，麻花是自家炸的，苹果是买来的，猪头也是买来的。供品是老四样，年复一年都是如此，没什么新奇的。只是猪有千面，这头猪不是那头猪，似乎常看常新。这头猪的耳朵不太大，嘴巴不那么长，脸上的皱纹也不是很多，像是猪的新品种。在过去，一头猪要养一年到两年，才能达到宰杀的标准。猪的品种改良之后，饲养方法改变之后，一头猪不到半年就出栏了。这头猪的脸蛋白里透红，眼睛也笑眯眯的，仿佛对于被摆上供桌的待遇相当满意。更有新意的是，猪头的两个嘴叉子那里，各被插进了一棵菠菜。菠菜厚厚的叶子支棱着，碧鲜碧鲜的。用这样的菠菜叶子对猪头加以装饰，恐怕跟插了两朵花也差不多。

供品都摆好了，还有一样东西没有摆上来。那样东西比较重要，它本身不是供品，是接受供品的。重要的人物都是在适当的时机出场，重要的东西也都是在适当的时机才请出来。那样东西什么时候才请出来呢？要等到陈全儿的爷爷和父亲的魂回家过年的时候才请出来。

夜深一些了，外面人也静了，陈母来到儿子陈全儿的卧室门口，对陈全儿说："全儿，全儿，咱们该去请爸回来过年了。"陈全儿一个人住一间卧室，他卧室的门是关着的。陈母没有敲门，喊陈全儿时，她的声音也轻轻的。

不知道陈全儿听到母亲喊他没有，卧室里没有应声。不少人家还在看电视，也有人通过看电视守夜。陈全儿只看了一会儿电视，就把电视关掉，回到自己的卧室去了。他们家的房子一共是两居室，陈母住一间，陈全儿住一间。每天，不管是白天，还是夜晚，陈母卧室的门都开着，而陈全儿的门都关着。

陈母只得再次喊陈全儿。她没有提高声音，仍然喊得轻轻的。看样子，如果陈全儿不答应，她会一直喊下去。

这次陈全儿答应了，他说他已经躺下了。

"起来吧！外面刚化过雪，天冷，你穿得暖和点儿。"

陈全儿又不说话了。近年来，由于矿上出产的煤销售不出去，造成了大量积压，整个矿场处于停产状态，早早地就为工人放了春节假。放假之后，作为采煤队的放炮员，陈全儿哪儿都没去，一直在家里待着。等春节过后，矿上何时能复工，谁都说不准。同样因为煤卖不出去，这年的春节，矿上不但没有给职工发奖金，连工资都拖欠了两个多月没能发出来。亏得他们家前些年有一些积蓄，打下了一些老底儿，不然的话，这个年恐怕都过不好。母亲一直没有工作，父亲工亡后，这个家的经济来源全靠陈全儿的工资支撑。陈全儿原以为，只要机器还在跑，就离不开煤炭的推动；只要冬天的大地还会寒冷，就离不开煤炭的热能。他没有想到，全国能干的挖煤人竟把煤挖多了，煤如今成了多余的没人要的东西。这种状况让挖煤人的后代陈全儿有些闷闷不乐。

"全儿，大过年的，妈在门口等你呢！"

"今年我不想去了，您自己去吧。"

"那可不行，你爸就你这么一个儿子，他最在意的就是你，你要是不去请他，他是不会回来的。别的人都被人家的后人请回去了，只有你爸爸一个人的魂还泡在深水里，你怎么能忍心呢！你爷爷回来了，你爸爸要是不回来，你爷爷心里也不会痛快。"

母亲的脾气陈全儿是知道的，看着外面是线穗子；里面包的却是钢锭子，外面是绵，里面是刚。特别是在牵涉灵魂的问题上，母亲更是说一不二，寸步不让。今天晚上，他要是不跟母亲一块儿去把父亲的魂请回来，母亲敢在他卧室门外一直站下去，站到天亮都不会走开。母亲生了他，养了他，谁让他是母亲的儿子呢，真没办法！陈全儿还是穿上棉衣，低着头，跟母亲一块儿出去了。

　　王家山煤矿的生活区和生产区是分开的，生活区在北面，生产区在南面。工人们习惯把生活区说成北山，把生产区说成南井。北山的地理位置高一些，南井低一些。从北山到南井，大约一二里路的样子。陈母和陈全儿从北山的家属楼里走出来，沿着一条一路下坡的公路往南井走。陈母在前面走，陈全儿在后面跟。陈母手里提了一只用硬塑料片子编成的提篮，篮子里放了一叠黄纸。陈全儿空着两只手，把手放进棉衣的口袋里。月亮不见了，一点儿都不见了。星星倒是不少，但没有一颗星星的光能照到地面上。这条路上没有安装路灯，夜是黑的，路也是黑的。这是一条从矿上往外拉煤的通道，在煤炭紧俏的时候，拉煤的卡车一辆接一辆，连过年都不停歇。煤车装得太满，难免有煤末子从车上撒下来。每天都有妇女和小孩子在路边扫煤，他们扫走了煤，也扫走了土，回家和成煤泥，正好可以烧火炉。现在煤成了没人要的货，拉煤的卡车就没有了，路上显得有些冷清。附近的村庄传来零零星星的炮声，算是对除夕之夜有所提醒。冷不丁地，还有钻天猴，拖着一条白色的尾巴，奋力向天空钻去。钻天猴的志向大约是要刺破黑暗，刺破天空，但它未能实现自己的志向，只划过一道浅淡的白线，很快就被黑暗吃掉。公路两边是农村的农田，农田里的残雪尚未化尽。陈全儿看见，那些残雪不明不白，有些发灰，像卧着一只只未换新毛的绵羊。一看见雪，陈全儿就想起父亲遭遇透水事故的日子。那天是腊月二十六，再过几天就该过年了，父亲和他的工友们却被突如其来的透水困在了井下。闻讯后，母亲、姐姐和他，都赶到了井口，盼望矿山救护队能把被困的矿工解救上来。当时正赶上天下大雪，大雪下了两天两夜，他们在井口的会议室里等了两天两夜。直到第三天凌晨，父亲和他的工友们才被救护队员们用担架一个一个抬了出来。包括父亲在内，一共是十九个矿工，连一个生还的都没有。父亲出事故时，他还是矿务局技工学校的一名学生。按规定，父辈因工而亡，家里可以有一个子女顶替父辈参加工作。陈全儿的姐姐是卫校毕业，毕业后在家里待业已经一年多了。姐姐很想参加工作，可母亲不同意，母亲坚持让他陈全儿辍学，顶替父亲参加了工作。姐姐为此对母亲很有意见，就到南方的沿海城市打工去了，并在南方嫁了人，来了个一去不回头。矿区人们的说法是，因井下巷道纵横，像迷魂阵一样，人一旦在井下发生了事故，肉体可以被抬出来，离开肉体的魂很难走出来。所以每到过年前夕，也就是除夕之夜，亡者的家人要到井口烧一烧纸，一边烧纸一边对亡灵加以呼唤和引导，请亡者的灵魂回家过年。

陈母和陈全儿来到生产区的大门口，见往日敞开的大铁栅栏门从里面被插上了，一推，哗哗地响，就是推不开。

一个上岁数的门卫听见门响，从门里一侧的传达室里走出来了，问他们有什么事。

陈母说："来烧纸，请孩子他爸回家过年。"

"对不起，年前矿上保卫科下了通知，今年不许工亡矿工家属再到生产区里烧纸了。"

"我们不到井口去烧，只到工业广场去烧。前两年就是在工业广场烧的。"

"今年连工业广场上也不让烧了，因为工业广场上堆满了落地煤，矿领导担心烧纸多了会引起煤炭燃烧。"

"那怎么办，总不能不让把魂丢在井下的人回家过年吧？"

"你们的心情我能理解，可是矿上有规定，我也没办法。刚才已经来了两拨人，要到矿里烧纸，都被我劝走了。其实呢，条条天路通井口，人到心到，心到神到，在哪里烧纸都是一样的。刚才来的那两拨人，都是在前面的十字路口那里烧的。"

陈母没有马上离开，似乎还想跟门卫说点儿什么。刚发生透水事故之后的那两年，工亡矿工的家人们烧纸都是在井口烧。后来矿上安全生产部门的人认为，在井口烧纸是危险的，如果把明火吸进井内，有可能会引起瓦斯爆炸。而工业广场空阔一些，离井口也有一定距离，矿上在工业广场指定一个地方，让烧纸的人集中到那里去烧。现在连工业广场也不让人烧纸了，把烧纸的人越推越远。难道煤不值钱了，连挖煤的人也不值钱了吗？陈全儿不想在大门口多停留，也不想让母亲再跟门卫多说什么，他说："妈，咱走吧！"

母子俩往回走时，遇见一对母女从对面走过来，她们也是准备去工业区内的工业广场烧纸。这对母女陈母和陈全儿都认识，那女孩子的父亲也是在那场透水事故中去世的，女孩子的名字叫杨华文，是陈全儿在矿务局中学读书时的同学。陈母跟女孩子的妈妈打了招呼，女孩子杨华文也叫了一声陈全儿的名字。陈母跟她们说了新的情况，让她们别再到矿里去了，烧纸只能到十字路口那里去烧。除夕的夜越来越深，离大年初一越来越近。那母女俩听从了陈母的劝说，回过头往十字路口那里走。

所谓十字路口，是一条南北马路和一条东西马路的交叉点。南北马路就不用说了，那是一条连接王家山矿生活区、生产区和省际公路的道路。东西马路是后来建的，两头连接的多是一些个体煤老板开建的小煤矿。那些煤老板多是江浙一带的人，他们在当地做生意发了财，得知在西部开煤矿可以赚更多的钱，于是就下注投资到这里开煤矿来了。他们开的煤矿并不大，算是小矿，但经不住小矿多，多得星罗棋布。好比蚂蚁虽小，蚂蚁多了可以杀死一只蝴蝶，个体小煤矿多了，就把国营大矿给打败了。小煤矿用人少，挖煤专拣肥处下手，成本低，煤卖的价格就低。国营大矿用人多，采煤讲究回采率，肥瘦一块吃，成本高，煤卖的价格就高。买方市场就低不就高，这一低一高，大矿哪有不垮的道理！在陈全儿休假期间，有人劝他到小煤矿去干，说工钱一天一结，每天都能拿到现钱，而且工钱还不低。作为国有大矿的工人，到跟资本家差不多的煤老板手下去挖煤，陈全儿有些抹不开面子，就没去。

他们来到十字路口的西南角，见地上有烧过纸后留下的灰烬，有的灰烬周围还用粉笔画了圆圈，表明已经有人在这里烧过纸。路上没有行车，也没有行人，也许正适合行魂。陈母蹲下身子，放下提篮，从提篮里取出黄纸，放在地上，用打火机将纸点燃。当白色的火苗沿着纸的边沿燃起时，陈母开始说话："他爸，该过年了，我和你儿子陈全儿来请你回家过年，你从井里出来，跟我们一块儿回家过年吧！你在井下一待就是大长一年，井下又黑又湿又冷，多遭罪呀！大路朝天，你赶快回家暖和暖和吧！这里离井口有点远，你能听见我说的话吗？"陈母的声音有些发颤。

陈全儿在旁边站着，没有蹲下，也没有开口说话。

陈母对陈全儿说："你也跟你爸说句话吧，你一说他就听见了。"

陈全儿还是没有说话。他的两只脚动了动，嘴没有动。他扭过脸看了一眼杨华文和杨华文的妈妈，她们也在准备烧纸。

陈母点燃的纸很快燃尽了，纸从黄色变成了灰白色，还是折叠的状态，像是一本书的书页。虽然没有风，"书页"却被轻轻地掀动着。陈母继续跟陈全儿的父亲说话："孩子大了，碍口，越来越不爱说话，你千万不要生他的气。"

旁边，杨华文和妈妈烧纸时，母女俩都蹲在了地上。在请杨华文爸爸的魂回家过年时，杨华文的妈妈说得不多，主要是杨华文在说。杨华文说："爸爸，今天就是年三十，明天就是大年初一，家家都在团圆，您跟我们一块儿回家过年吧！爸爸，我弟弟生病了，发高烧，没能来请您，我弟弟让我跟您说一声。您回家看看我弟吧！爸爸，您走后，您不知道我妈有多难！"杨华文说着说着就哭起来了，哭出了声，喊着"爸爸呀，爸爸呀"，再也说不成话。眼看杨华文哭得要倒在地上，杨华文的妈妈拉住杨华文的手，把杨华文往上拉，说："好孩子，咱不哭了，你爸爸都知道了！"杨妈妈的声音里也有了哭音。

这边，陈母在抹眼泪，陈全儿在仰望天空。

回到家里，陈母把一对蜡烛点起来。蜡烛点燃后，陈母把屋里的电灯拉灭了。在没拉灭电灯之前，由于电灯太亮，电灯的光遮住了蜡烛的光。电灯拉灭之后，蜡烛的火光才显现出来。相比之下，电光有些刺眼，烛光是柔和的；电光没有香味，烛光有香味；更主要的是，电光静止不动，而烛光是跳跃的。两支蜡烛白里透红的火苗一闪一闪，像是在跳舞一样。烛光一跳舞，屋里所有的东西似乎都被带动起来，都活跃起来。桌子上的那些供品，不光猪头显得更加活灵活现、眉开眼笑，别的供品仿佛也都有了各自的动态。它们像是共同欢迎着什么，也共同庆祝着什么。

万事俱备，陈母这时才把那件最重要的东西请了出来。那件东西放在一只像是特制的、不大的木箱子里，陈母打开木箱的盖子，请得小心翼翼。那件东西外面包着一块红布，红布的四角在上方交叉着系在一起。陈母的右手抓住系在一起的布纽，刚把那件东西从箱子里请出，左手就赶紧从下面托底，像是一不小心，这件宝贵的东西就会掉在地上摔碎一样。红布里究竟包的是什么呢？是一件易碎的瓷器吗？是一件玉雕吗？还是佛像呢？不是，都不是。陈母把那件东西在桌子上放稳后，把红布解开了，呈现出来的原来是一块煤，是一块原煤。

　　原煤没经过任何雕琢，不是长方体，不是正方体，也不是圆柱体或圆锥体，形态没有一定的规则。

　　这块原煤定是它的主人从大量原煤中挑选出来的，它与普通的原煤不大一样，煤块上分布着数不清的晶面，每一个晶面都像钻石的切面一样反光。烛光映在晶面上，顿时有无数烛光在煤块上闪烁。加之烛光不断闪耀，映在煤块晶面上的无数烛光也在闪耀，使整个煤块有了火炬的效果。

　　这块原煤是陈全儿的爷爷从井下拿回来的，在陈家已经存在了几十年。红布也是最初包煤块子的那块布，红布已经褪色，变得稍稍有些发白。但原煤的本色不变，仍闪耀着乌金般的光泽。

　　陈全儿的爷爷认为，是煤救了他的命，不仅让他获得了新生，还有了陈家的后来人。为了对煤表达感恩，他就把煤当神来敬。不仅他自己敬煤，他的后代们都要敬煤。

敬煤的办法，是在每年的大年三十晚上，当陈家的人和人魂团聚之后，就把原煤请出来，摆到桌面上，从头年的年三十，敬到大年初一，再从正月初一，一直敬到正月十五。过了正月十五，才把原煤重新包好，收起来，等待下一个年三十的到来。以此循环往复。

陈全儿的爷爷奶奶都是在家里去世的，不用去井口请他们，他们在过年时会主动回家。说不定爷爷奶奶的魂已端坐在家里的椅子上，正注视着家里的一切活动。

当陈母把点燃的三炷香插进香炉时，外面的炮声突然繁密起来，有鞭炮，有麻雷子，还有烟花。这表明，新年的钟声已经敲响，新的一年如期来到。陈母对陈全儿说："你去放鞭炮吧。"

陈全儿目前是陈家唯一的男儿，放炮的事必须由他执行，他不能有半点推辞。还好，陈全儿对于放炮的兴趣还保持着，愿意把炮放一放。他拿上母亲早就买好的用红纸包着的一挂鞭炮下楼去了。陈全儿知道，母亲在点燃香火之后，还要烧纸，还要磕头，还要祷告。母亲不想让他听见祷告的内容，就打发他下楼去放炮。陈全儿曾听见过母亲的祷告，母亲祷告的有些内容还涉及了他。母亲祈求神灵保佑她的儿子下井平安，还保佑她的儿子能够早结婚，早生孩子。母亲的祷告，神灵或许可以接受，在陈全儿听来，却似乎有些不大容易接受。矿上的女孩子那么少，他至今连个对象都没有，跟谁去结婚呢？谁给他生孩子呢？再者，整个煤炭行业衰落得那么厉害，王家山煤矿的天赋资源也面临枯竭，今后能不能继续靠煤生存还很难说呢！

陈母因病去世后，经人介绍，陈全儿和杨华文结了婚。因两个人的父亲是在同一场透水事故中遇难的，使得他们有一种同病相怜的感觉。加之他们是矿中的同学，彼此留下的还是少年同窗时的印象。他们的结合，像是把他们拉回了中学时代。在那个时代，他们没有初恋。现在走到一起，他们似乎经历了一场初恋，有些羞涩，还有些相敬如宾。

转眼又到了新一年的除夕晚上，倘若陈母还活着，又该催促陈全儿去十字路口烧纸请陈父回家过年了。现在陈母不在了，没人催促陈全儿去请陈父了。这怎么办？这个问题像是把陈全儿推到了另一种意义上的十字路口，他必须做出选择。前些年，母亲带陈全儿去请陈父时，陈全儿是被动的，不是很情愿。陈全儿所受的教育是无神，认为人一死什么都没有了，不存在什么灵魂。那么母亲带他去请父亲的灵魂，不过是走一个形式，甚至是一种迷信。母亲去世后，一直陷入巨大沉痛之中的陈全儿认识跟以前不大一样。他做梦老是梦见母亲，母亲还是一如既往地关心他，照顾他，百变般给他做好吃的，还给他买酒喝。这是不是因为母亲的魂还留在家里呢？就算母亲没有灵魂，作为一个活着的人，他自己总该有灵魂吧。不然的话，在他睡得死死的时候怎么会做梦呢？他的梦怎么能上天入地无所不能呢？他能在梦中遇见母亲，也许就是她的灵魂吧。如果他不去请父亲回家过年，再在梦里遇见母亲，他可怎么向母亲交代呢！他最好还是按以前的老规矩，最好还是遵从母亲的遗志，去请父亲回来过年。哪怕是走形式，形式该走还是要走。于是，陈全儿对妻子杨华文说："华文，你给我准备一个纸篮子，我去十字路口请父亲回来过年。"

杨华文让陈全儿往茶几上看。

陈全儿往茶几上一看，原来杨华文已提前把纸篮子给他准备好了，篮子是母亲生前用的篮子，黄纸是杨华文新买的。陈全儿说："谢谢老同学！"

杨华文问："用我跟你一块儿去吗？"

杨华文已怀有身孕，身子沉，走路不方便，陈全儿可舍不得让杨华文一块儿跟他去。他说："不用，我自己去就行了。"

他问杨华文："谁去请你爸爸回家过年呢？"

杨华文说："我弟弟去。我弟弟已经大了，懂事了，现在每年都是我弟弟一个人去。"

来到十字路口的西南角，陈全儿蹲在地上把纸点燃了，他说："爸爸，我是陈全儿，该过年了，您从井下出来，跟我一块儿回家过年吧！爸爸，我妈妈去世了，她再也不能来请您了。您放心，我每年都会来请您回家过年的……"陈全儿说着，再也抑制不住悲痛，哭了起来。旁边也有人烧纸，陈全儿怕打扰了别人，用手捂住了嘴。捂得住嘴，捂不住哭声，陈全儿仍哭得呜呜的。

陈全儿回到家，杨华文看他的眼，问："你是不是哭了？"

陈全儿说："没有。"

"你不用瞒我，我看得出来。"

陈全儿还有一件重要的事情要做，他打开箱子，把那块红布包着的煤块请出来，放到了桌子上。

看到煤块，杨华文似乎一点儿都不感到惊奇，她说："我们家也有一块煤，也是过年的时候摆出来。"

2020 年 4 月 9 日至 16 日于怀柔翰高文创园

原载《中国作家》2021 年第 3 期

终于等来了一封信

八月十五定年成，是说到了每年农历的八月十五，当年秋庄稼的收成如何，能收八成，还是能收九成，基本上就定了盘子。这年还不到八月十五，高粱还在孕米，玉米还在吐缨，芝麻还在开花，年成如何尚未确定，方喜明的亲事却定了下来。所谓定亲，是方喜明得到了男方的认可，男方家已经托媒人给女方送了彩礼。彩礼是一个特指，只有在男女青年定亲之时，男孩子家给女孩子送的礼品才称得上彩礼。方喜明得到的彩礼没有现金，只是几块做衣服的布料和一方包布料的红围巾。定亲也是定情，定情不在于礼轻礼重，哪怕是一块手绢，或是一片树叶，都可以成为定情之物。方喜明是重情的人，定情之后，她就把自己的心和那个人的心连在了一起。方喜明对那个人的名字已烂熟于心，连睡梦里都不会叫错。但她在口头上从没有叫过那个人的名字，仿佛一叫就会牵得心上疼一下似的。还有一个说法，把已定亲的对方说成对象。什么对象不对象，对这样的说法方喜明也很不习惯，也说不出口。她还是愿意按传统的说法，把跟她定亲的人说成那个人。因那个人所在的村庄叫张楼，如果嫌只说那个人不是很明确，她顶多在那个人前面加一个定语，说成张楼的那个人。张楼张楼张又张，张楼那个十九岁的人儿啊！

他们两个定亲后不久，张楼的那个人就到一个山区煤矿当工人去了。临去当工人的头一天晚上，那个人和方喜明约了一个会，会面的地点是在一座小桥上。半块月亮在薄云中忽隐忽现，不知是月在走，还是云在走。桥下的流水静静的，若明若暗，倒映着碎银子一样的月光。遍地的庄稼在抓紧最后的时间向上生长，一片苍茫连着一片苍茫。庄稼地里虫鸣十分繁密，有着千翅万翅齐弹奏的绵长悠远的效果。他们两个在桥上站了一会儿，说了几句话。方喜明送给那个人一双她亲手做的鞋，那个人握了一下方喜明的手，两个人的相会就结束了，一个走向桥东，一个走向桥西。

那个人这一走，不知何时才能回还，方喜明心里难免空落落的。那个人在家时，他们见面的机会其实并不多，可他们毕竟同属一个大队，偶尔看见那个人的机会还是有的。比如大队在一个打麦场上召开全体社员大会时，方喜明会在会场上看见那个人。再比如，那个人曾在大队的文艺宣传队里演过节目，跟同在大队宣传队演过节目的大队会计孟庆祥是好朋友，那个人去大队部找孟庆祥说话，方喜明有时也会远远地看见他。还有，今年春天方喜明去镇上赶三月三会，在熙熙攘攘的千年古会上也看见了那个人。她穿过一道巷又一道巷，挤过一条街又一条街，当终于在人群中看到她的那个人时，她心头轰的一热，像达到了最终目的一样，就回家去了。是的，在那些情况下，他们没有接近，更没有说话，只是看一眼而已。而且，她看到了那个人，并不能保证那个人同时也看到了她。能看上一眼就够了，一眼三春暖，能看到那个人一眼，足以让她心满意足，温柔无边。她还能要求什么呢？那个人这一远走，她想看到那个人就不容易了，不光夏天看不到，秋天看不到，冬天看不到，恐怕到明年春天都不一定看得到。那个人还在家的时候，虽说他们两个不在一个村庄，但那个人所做的很多事情方喜明都想象得到，知道他怎样戴着草帽锄地，怎样挥舞着镰刀割麦，怎样在深不见人的棒子地里掰棒子；还知道他怎样爬树摘桑葚，怎样下河摸鱼，怎样在雪夜的煤油灯下看书等。那个人去到一个陌生的地方，方喜明的想象没有了依据，无从想起，就什么都不知道了。这样一来，他们两个不仅从地理和空间上拉开了距离，从心理和想象上似乎也拉开了距离，真让人发愁！方喜明想叹一口气。想到心到，她真的叹了一口气。她叹得轻轻的，颇有些想叹气不敢叹的意思，但她的叹气还是被自己听到了。她吃了一惊，生怕她的叹气被家里人听到，说她有了心事。她叹气时，娘在家，妹妹在家，弟弟也在家。外面下着小雨，娘在纳鞋底子，妹妹在拆一件棉衣，弟弟在写作业，他们各人做各人的事情，似乎并没有听到她的叹气。或许听到了跟没听到一样，对她为什么叹气并不关心。心事都是自己的，从心事的角度讲，每个家里人也都是别人。自己的心事自己承担，跟别人有什么关系呢！

　　这天下午，生产队里给女劳力安排的活儿是翻红薯秧子。下过雨后，太阳一晒，红薯秧子长得格外旺盛，满地绿汪汪的。红薯秧子贴地蔓延，秧子下方会生出一些白色的根须，扎进土里，秧子走到哪里，根须就会扎到哪里。在农人看来，如果红薯秧子上的根须扎得太多，会分散整棵红薯的营养，影响红薯主根根部块茎的发育和生长。而翻红薯秧子的目的，是把那些扎在土里的根须扯断，让红薯秧子和红薯叶子上的全部营养都集中在根部的块茎上，保证红薯长得又大又红。方喜明踏进红薯地里，和女劳力们一起翻红薯秧子。她们不能揽得太宽，每个人一趟只能揽两垄，左边一垄，右边一垄。不管左边还是右边，她们都是用右手翻。她们蹲在一尺多深的红薯秧子丛中，也是蹲在两垄红薯中间的地沟中，一边翻扯红薯秧子，一边向前移动。她们从一棵红薯的根部那里抓到红薯秧子，一抓就是一大把，像抓到姑娘粗壮的头发辫子一样。她们一律把"头发辫子"翻到了后边，恰如姑娘家的头发辫子都拖在身后一样。有的红薯秧子根须扎得少，她们翻起来很轻松。有的红薯秧子根须比较多，根又扎得比较深，抓地抓得比较紧，她们需要使劲儿拉扯，才能把红薯秧子揭起来。当根须被揭断时，会发出一连串裂帛一样好听的声音。在密匝匝的红薯叶子下面，有蝈蝈、蟋蟀等多种昆虫在合唱。它们的合唱虽然有高音，有中音，也有低音，但听起来十分和谐。翻红薯秧子的队伍翻到它们跟前时，合唱队暂时分散，它们的合唱暂时停止。队伍刚刚翻过去，它们便迅速集结，合唱重新开始。红薯叶子的正面是墨绿色，背面有一些发白，红薯秧子一翻过来，绿色就变成了白色，远看如开满了遍地白花。有的红薯秧子的根须由于抓地太紧，根须没有扯断，倒把红薯秧子扯断了。红薯秧子被扯断，白色的汁子冒出来，散发出一股股浓浓的青气。方喜明听娘说过，以前还是各家各户种地时，有人翻红薯秧子是手持一根顶端削尖的木棍，站在地里挑着翻，那样就不必一直蜷缩着蹲在地上，身体会舒展一些。自从土地归集体所有制之后，社员们翻红薯秧子就不再是站着用棍子翻了，都是蹲在地里翻。方喜明从没有站着翻红薯秧子的经历，自从她成为生产队的一个女劳力，第一次和女劳力们一块儿翻红薯秧子时，就是身体重心向下，蹲在地里用手翻。她从不觉得这样翻红薯秧子有什么不好，在她看来，翻红薯秧子是最简单的劳动，只动动手就行了，根本用不着动脑子，比梳头发辫子都要简单。

　　她干活儿时虽然不用动脑子，可她的脑子并没有闲着，一会儿想到东，一会儿想到西；一会儿想到天上，一会儿想到地下。不管她想到哪儿，总是离不开一个人。那个人不是别人，只能是张楼的那个人。那个人不在地面上种庄稼了，跑到那么远的地方，钻到地底下挖煤去了。方喜明在打铁的铁匠炉那里见过煤，知道煤都是黑的，都是从最黑最黑的地底下挖出来的。但她想不出来，地底下到底有多深，究竟有多黑。方喜明下过的最深的地方是她家的红薯窖，见过的最黑的地方是红薯窖下方储藏红薯的地洞。红薯窖还不到一丈深，她觉得已经很深了，比老鼠和黄鼠狼打的洞子都要深。储藏红薯的地洞当然很黑，黑得她感觉好像没有了白眼珠，只剩下黑眼珠，连红薯都变成了黑薯，一摸就能沾一手黑。一个红薯窖尚且这样，那挖煤的煤井，又不知深成什么样，黑成什么样呢！在那样又深又黑的煤井里挖煤，不知那个人害怕不害怕？要是害怕的话，不知那个人会怎样？这时方喜明一抬头，看见天上飞过一只鸟。据说一只鸟一天可以飞很远，她想，这只鸟也许是从那个人挖煤的地方飞过来的，她暂停翻红薯秧子，两只眼睛盯着那只鸟。可惜那只鸟没有降低飞行高度，没有放慢飞行速度，更没有停留，而是一直飞了过去。鸟越变越小，从一个高粱穗子，变成一粒高粱；再从一粒高粱，变成一粒芝麻，后来连芝麻也看不见了。直到这时，方喜明还从没想到过，那个人会不会给她写一封信，那个读过中学的人会不会给她写信说说在煤矿下井的情况。她只想到，她每天想那个人，不知那个人会不会想她。要是她只想那个人，那个人并不想她，那就不好了。

立秋之后，第一个被人们打上标记的日子是七月初七。有戏里唱道：年年有个七月七，天上牛郎会织女。这只是一个故事，一个传说，并不是一个节日。元宵节、端阳节、中秋节，还有春节等，都是节日，人们都不会忘记，家家都要正儿八经地过一过。七月七就不一样了，是不是把它当成节日，会因人而异。把七月七当节日的，会把它说成七夕节、乞巧节，夜晚会仰脸在天河两边找一找牛郎星和织女星。而不少人根本不把七月七当回事，稀里糊涂地就过去了，连向天空看一眼都不看。方喜明怎么样呢？她能记起这天是七月七吗？在以前，日子如流水，一天又一天，她跟大多数人一样，也很少能想起七月七来。就算偶尔能想起来，也是因为娘的提醒。娘的说法是老一套：今天是七月七，喜鹊又该去天河上搭桥了，牛郎和织女又能见面了！听了娘的提醒，方喜明虽说知道了那天是七月初七，也想起了传说中的放牛郎和七仙女的故事，但她觉得那样的故事遥远得很，隔着千层云，也隔着万里风，跟她一点关系都没有。她听了也就过去了，只从耳朵里过，没从心里过，该薅草就去薅草，该拾柴还去拾柴。今年可不一样了，心上有了牵挂的方喜明，无须任何人提醒，一大早就记起了这天是七月七。仿佛她还没有完全睡醒，七月七就醒在了她前头，七月七似乎对她说：方喜明，你已经是有主儿的人了，不能再糊涂下去了！方喜明赶紧说：不用你说，我记着哩！这个日子让方喜明心里突地一跳，就一下接一下跳了下去。她有点儿欢喜，还有点儿发愁；有点儿想笑，还有点儿想哭；觉得这一天有点儿短，还有点儿长，不知怎样才能度过去。

这天下午，女劳力的活儿是钻进高粱地里打高粱叶。高粱的叶子是高粱生长的标记，高粱每向上拔一节，就要长一片叶子。等到高粱长出穗子，整棵高粱秆子上就会伸展出好多片叶子。高粱的叶子又宽又长，秋风一吹，叶子会发黄，但叶裤子还紧紧穿在高粱秆子上，不会自行脱落。打高粱叶子的用意与翻红薯秧子一样，是为了避免营养分散，把最后的养分都集中供应给高粱的穗头。打高粱叶子的女劳力，要逐棵逐棵、自上而下，把高粱秆子上叶片全部打光，打成光杆，打得有些发红的高粱穗头像高擎的火把一样。中间休息的时候，一些家里有小孩子的妇女，从高粱地里走出来，匆匆回家奶孩子去了。方喜明没有回家，她一个人登上高高的河堤，在河堤上整理了一下头发，想到应该以水为镜照一下，就沿着河内侧的堤坡，下到水边去了。这是一条纵贯南北的河流，南边通淮河，北边通黄河。在发大水的时候，淮河的鲤鱼可以通过这条河北上，先进入黄河，再向西逆流，以实现跳龙门的愿望。河水在春天是浑的，在夏天也是浑的，一到秋天就变成了清的。方喜明一直不能明白，秋天到底有着何等神奇的力量，一下子把浑浊的河水变得如此清澈。河水一清到底，能看到水底有些臃肿的草根，嵌在黑泥里的白蛤蜊片，谁扔在水里的半块儿生红薯，还有天上的朵朵云彩……方喜明一到水边，就看到了映在水中的自己的脸。自己的脸长在自己头上，按理说，她对自己的脸应该最熟悉。可不知为什么，她每次看到自己的脸，都觉得有些陌生似的，想看，又不敢多看，好像多看一眼就有些不好意思。在她静静地看自己的时候，一些小鱼游了过来，在她"脸上"游来游去。西边的阳光透过水面，照在小鱼身上，小鱼呈现的是斑斓的色彩。她以手撩水，把小鱼赶跑了，赶到对岸去了。

这条河也是一道分界线，河对岸的河堤就是张楼的河堤。从河堤的外侧往下走，就是张楼生产队的庄稼地。方喜明相信，这条河不是天河，只是一条地河，河不能把她和她的那个人分开。这样想着，她就顺着河向北边望，一眼就望到了那座小桥。那个小桥不是喜鹊搭起来的，而是用石头砌成的，结实得很。那天晚上，她和那个人的约会，就是在那座石桥上，她送给那个人一双鞋，那个人拉了她的手。想到这里，方喜明的心一下子柔软得不行，眼里顿时充满了泪水。

七月七这天，方喜明仍没有想到那个人会不会给她写一封信。人虽然已经长到了十八岁，从一个小姑娘长成了大姑娘，但她没有收到过别人写给她的信，她自己更没有给任何人写过信，脑子里几乎没什么信的概念。直到中秋节那天，方喜明在路上碰见了孟嫂，孟嫂一上来就问她："张东良走后给你来信了吗？"

"没有。"

"这个张东良，他怎么还不给你写信！他走了都有两个多月了吧？"

"两个月零十九天。"

"你看你记得多清，有整又有零。你是不是每天都在想他？"

"谁想他，我才不想他呢！"

孟嫂笑了，说："还说不想人家，你看你的脸红成啥了，恐怕比鸡冠子都红。"

方喜明不由得摸了一下脸说："嫂子最会笑话人了，你再笑话人，人家就生气了！"

"这个喜明，都是定过亲的人了，还这样害羞呢！"

方喜明越发害羞地、长长地叫了一声"嫂子"，说："不是。"

"不是什么，你敢说你不想张东良！"

对于张东良这个名字，她在心里隐着藏着，小心翼翼，从不敢叫出口。可嫂子不管不顾，叫了一声又一声。她想让嫂子叫，又不想让嫂子叫。嫂子叫了，好像是替她叫出来的，她一听心里就是一动。她不想让嫂子叫呢，是觉得嫂子叫得太随便了，也太多了，嫂子一叫，她心里就是一疼。她轻轻跺了一下脚，当真生气似的转过脸去。

"好好好，嫂子不说了，嫂子跟你孟哥说说，让你哥留点儿心，只要看见张东良给你写来了信，让他马上告诉你。"

直到这时，方喜明似乎才醒悟过来，人离开了，互相之间还可以有书信往来。那个人参加工作去了，短时间内不可能回来。可既然他们定了亲，那个人如果没有忘记她，就有可能给她写一封信。她知道，那个人念书多，识字多，写封信不是什么难事。她觉得自己真傻，傻得一点儿气儿都不透，怎么就没想到写信这一层呢！亏得孟嫂提醒她，给了她一个盼头，不然的话，她每天看天天高，看地地远；看云云起，看水水流，一颗跳荡不止的心真不知往哪里放。方喜明还知道，她所在的大队包括五个生产队，也就是五个村，外面的人来了信，公社邮电所的邮递员只把信件送到大队部，由常在大队部值班的大队会计把信件全部接收下来，然后趁各村的干部到大队开会时，大队会计把信件分发给各村的干部，让他们捎给村里的收信人。大队会计不是别人，正是孟嫂的男人孟庆祥。

此后，方喜明到孟嫂家去得多一些，她所在的村庄叫方庄，方庄不是很大，只有几十户人家。在军阀混乱的民国年间，方庄的寨墙被凶恶的土匪队伍打开过，庄子里的男女老少几乎被杀得一个不留。方庄现在的住户都是从周边的村庄迁移过来的，等于为方庄在人口上填补了空白。方庄的人口既然是重组，赵钱孙李，姓氏就比较杂。方喜明一家虽说姓方，却不是方庄的原住民，他们是从东边的方营迁过来的。迁过来的第一代是爷爷和奶奶，到她这一代是第三代。在地里没活儿的时候，方喜明手里拿着针线活儿，一转一转，就转到孟嫂家里去了。头天晚上下了雨，呼雷闪电的，下得还不小。第二天上午，雨还在下着，只是下得已经很小，零一下子，星一下子，下与不下差不多。大雨小雨都是秋雨，雨水带来的寒气一波比一波透衣。方喜明去孟嫂家时，里面穿了一件长袖的单衣，外面还披了一件夹衣。不知怎么养成的穿衣习惯，他们这里的人习惯披衣服。衣服本来有袖子，他们的胳膊却不穿在袖子里，就那么往肩膀上一披。不管是秋天，还是冬天，都有人披衣服。人在干活儿的时候，绝不可以披着衣服，要是披着衣服，就不像干活儿的样子。这样对比起来，披衣服似乎与休闲连在了一起，人显得轻松一些。

孟嫂正在家里吵孩子，吵得雷一声、电一声。见喜明来了，她就不吵了，对喜明笑脸相迎。孟嫂心里明白喜明为何淋着小雨到她家里来，因为她问过张东良给喜明来信没有，喜明就上了心，就惦记上了张东良的信。还因为外面来的信都是先从他男人手上过，她男人离信近一些，她离她男人近一些，喜明就想跟她走得近一些。归根结底，喜明还是为了信，要是张东良给她来了信，她想及时得到信息，收到信。孟嫂能够理解喜明的心情，这些定了亲的女儿家啊，定了亲就有了心思，谁能不想郎呢？但孟嫂不能把喜明的心思说破，一说破，喜明就不好意思再到她家里来了。她们说昨夜的大雨，说喜明手里正在纳的袜底子，说孟嫂的两个不听话的孩子。孟嫂家门口两侧各栽有一棵石榴树，石榴树上的石榴都被摘去了，剩下的都是树叶。夜里的大雨，把树上的叶子打落不少，叶子还在树上时，不见得有多少黄叶子，可一旦被雨水打落在地上时，树下的地上落的大都是黄叶子。黄叶子落在湿地上显得有些漂亮，像细碎的金箔一样。

喜明对孟嫂说："这些发黄的石榴叶子真好看！"

"你孟哥也说好看，他说等地干了，也不要把石榴叶子扫掉。"

只要在孟嫂家，总会说到孟哥。是孟嫂先说到孟哥的，她接着说孟哥就是顺嘴话，她问："孟哥是不是又到大队部里去了？"

"吃过早饭撂下饭碗就去了，说是公社驻咱们大队的干部要在今天上午召开全大队各生产队的干部会议。一下雨就开会，一下雪也开会，开会开会，不知道有啥开头儿。开得你孟哥跟不着窝儿的兔子一样，家里啥事儿都指望不上他！"

只要说到孟哥，不管孟嫂说什么，方喜明都爱听，谁让那个人跟孟哥是好朋友呢！两个人既然是好朋友，脾气应该比较相投，说话能说成一块儿。现在两个好朋友分开了，说不定他们之间也会互相想念。那个人没给她写信，会不会给孟哥写信呢？两个人都是会写信的人，那个人给孟哥写一封信是完全可能的。方喜明不敢问孟嫂，那个人是不是给孟哥写了信，只替孟哥说好话，说："孟哥是有文化的人，有本事的人，大队离不开他呗！"

"成天扒拉算盘珠子，那叫什么本事。要说有本事，依我看，你们家的张东良才是真有本事呢！"

念头绕不过，人就绕不过。由孟哥引出了张东良，孟嫂又把张东良说到了。让方喜明没有想到的是，孟嫂在说到张东良时，还把张东良说成"你们家的"，这可怎么得了！方喜明顿时满脸红透，又不知说什么好了。

在来信不来信的问题上，方喜明还保持着耐心，孟嫂却好像没有了耐心，当方喜明再次来到孟嫂家时，孟嫂一开口就对她说："我天天问你孟哥，张东良为啥还不给喜明来信，你孟哥说他也不知道。"

"来不来信都没啥，他可能没顾上呗！"

"他不给你写信，你可以先给他写一封嘛，你也上过学，不是也识字嘛！"

"我哪里会写什么信，我一共才上过四年学，认识的那几个字，早就不知道忘到哪里去了。"

"你不想给他写信也可以，就拿上小包袱，坐上汽车找他去，当面问问他，走了这么长时间，为啥不给你写封信！"

方喜明摇头，说："那我可不敢。"

"那有什么不敢的，你跟他定过亲了，已经是他的人了，当然可以去找他。"说到这里，孟嫂的样子变得有些神秘，还有些调皮，她压低声音问："喜明，我听别人说，张东良去参加工作走的头天晚上，他跟你在小桥上有个约会，约会的时候，他那个你了吗？"

"那个是哪个？哪个才是那个？"喜明似乎懂得嫂子问话的意思，但又不敢懂，有些懵懵懂懂。她的脸红了又红，说："嫂子，你说的是啥呀？"

"我说的啥，难道你不明白吗？这个喜明，你是真糊涂，还是故意跟嫂子装糊涂？"

方喜明当然不会忘记，那个人在那天晚上握了一下她的手，握得还很有劲，她手上忽地就出了一层汗。她不知道，这个算不算嫂子所说的那个，要是握手也算那个的话，方喜明连这样的那个也不敢说。她说："嫂子，你不知道你妹子是个实心的人吗！"

"心实的人才灵透,我看妹子灵透着呢!妹子不想说,就不说,就当嫂子啥话都没问。"

"我说了也没啥,那天晚上啥都没有。"

"真的呀,张东良真是个大傻瓜!"

孟嫂把话说到这样的程度,方喜明就不敢轻易再到孟嫂家里去了。

说事情来得突然,也不算突然,因为方喜明对有的事情盼望已久,心里早有准备。方喜明等啊盼啊,终于把事情盼来了。

这天傍晚收工后,方喜明正在家里洗红薯,切红薯,准备烧红薯茶,孟嫂的大女儿手里举着一封信向方喜明家跑来。小姑娘一跑进方喜明家的院子,就喊着说:"喜明姑姑,喜明姑姑,有你的信,俺爹俺娘让我赶快给你送来!"

天哪,那个人总算来信了!方喜明一听,马上放下没切完的红薯,从灶屋里迎了出来。她伸手欲接信,又发现自己的手是湿的,就赶紧在围裙上擦手。她把手擦了一遍又一遍,确认自己的手一点儿都不湿了,才从小姑娘手里把信接过来。接信时,她舍不得捏到信封的中间,只捏到信封的一个角,仿佛捏到信封中间会把里面的信捏疼似的。拿到信后,方喜明的心跳得很厉害,一怦又一怦,从心上一直跳到手指头肚子上。不光手指头在跳,信封里面的信好像也在跳。方喜明不烧红薯茶了,解下围裙,从灶屋转到了堂屋。

娘还在灶屋里准备烧火,看到喜明收到了信,她也替女儿高兴。女儿的心思娘知道，女儿动不动就往孟嫂家里去，盼的不就是远方的来信吗！今天总算把信盼来了，不知女儿有多高兴呢！娘跟到堂屋问喜明："是不是张楼的那个人给你来信了？"

喜明不想让娘知道，说："我也不知道。"

"你不知道我知道，不是那个人给你写信又能是谁呢？"

"不知道，就是不知道。"

娘跟女儿说笑话："你这闺女呀，接到信像是被火燎着了一样，就是沉不住气。好了，做晚饭的事儿你不用管了，赶快看你的信去吧。"

过了寒露就是霜降，白天一天比一天短，夜晚一夜比一夜长。到每家开始生火做晚饭的时候，天已经黑下来，灶屋里发出的都是灶膛里红红的火光。来到堂屋里，方喜明本打算点上煤油灯开始看信，但她擦亮火柴后，突然有些走神，眼看火柴燃起的一朵火花要烧到她的手，她还没有找到煤油灯。她把火柴吹灭，不打算在家里看信了，把信装进口袋里，向院子外面走去。她要是在家里看信，家里人不但会看到她看信的样子，说不定还想知道信的内容，信是属于她一个人的，跟她胸腔子里的那颗心差不多。她不想让任何人知道信的内容，连她看信时的样子也不想让人看到。出了院子，她走到自家屋子后面的一个水塘边去了。天黑下来了，能闻见村子里浓浓的炊烟味儿，却看不见炊烟的颜色。方喜明知道，天都是刚黑下来的时候最显黑，过上一会儿，等月光洒下来，星光开始闪烁，天黑得就不会那么结实了。水塘那边就是生产队里的庄稼地，地里的秋庄稼收去了，已经种上了冬小麦。方喜明把信封从口袋里掏出来，对在眼上看。因心里事先有自己的名字，尽管夜色朦胧，她还是在信封上把自己的名字看到了，一点儿都不错，是方喜明三个字。看到自己的名字后，她第一次觉得自己的名字很不错，喜不错，明也不错。她的名字，经那个人的手一写，像添了彩一样，更加不错。名字后面没有什么称呼，只有一个收字。这没关系，连她自己都不知道怎样称呼自己，那个人就更没法儿称呼她。信封是用牛皮纸制成的，下面印着某某矿务局某某煤矿革命委员会的字样。方喜明把信封摸了摸，觉得信封的两头儿都封得很严密，她不知从哪头儿拆才能把信封拆开。她不想撕信封，担心撕信封时会把里面的信纸撕破，那个人是怎样把信封封上的，她最好怎样把信封拆开。谁家的羊叫了两声，还传来了拉风箱的呱嗒声，方喜明从信封的一角，一点一点把信封揭开了。她把一根手指伸进信封里一探，就把里面的信纸探到了。她没有马上把信抽出来，信的内容作为一个悬念，她想把悬念再稍稍保留一会儿。那个人会给她写些什么呢？他会不会写一写他在地底下挖煤的事情呢？他会不会说说他身体的状况呢？他会不会表达一下对她的思念呢？他会不会告诉她到春节时回来过年呢？……

夜下来了，月亮升起来了。别看月亮只有半块，洒下来的月光好像并没有减半，跟整个月亮的亮度是一样的。月光照在水塘边的芦花上，大团的芦花似乎比白天白得还要大。月光照在水塘那边的麦田里，能看到田里新生的麦苗儿分成了行，一行又一行。就着月光，方喜明把那个人写给她的信看到了，她看得有些失望，还有一些想哭。她把信看了一遍又一遍，还是有些失望，有些想哭。信纸只有一张，信的内容只有一句话：我希望能看到一封你的亲笔信。她天天想，日日盼，盼望那个识字多的人能给她来一封信。信终于盼来了，就是这么一封信，就是这么一句话。这能算一封信吗？这是一封什么样的信呢？那个人说是希望，实际上提的是一个要求，要求她给那个人回一封亲笔信。方喜明打了一个寒噤，想到那个人这句话背后的意思是在怀疑她，怀疑她到底识不识字，会不会拿起笔来写一封信。怀疑就不是相信，怀疑的口气总是冷冰冰的，怀疑的文字也是拒人的，能拒人于千里之外。

家里的晚饭做好了，方喜明的弟弟到屋后喊她回家吃饭。

方喜明说："我今天不饿，不想吃了。你们先吃吧，不用等我。"

天上星星不少，每一颗星都像是寒星，望一眼都足以让人身上起鸡皮疙瘩。娘又到屋后喊喜明回家吃饭，娘走得静悄悄的，一直走到水塘边的喜明身边，才说："喜明，回家吃饭吧。"

"我说了不饿，不饿就是不饿！"

"天冷了，霜该下来了，老站在外边，会冻着的。"

"冻不死我！"

"你这闺女今天这是怎么了？张楼的那个人在信里跟你说

什么了？"

"什么都没说！"

"什么都不说，那他给你写信干什么？"

"娘，你别问了，好不好！"

"那孩子该不是变心了吧？"

"变心，这叫什么话！"方喜明抗议似的又叫了一声娘，"你胡说什么，再胡说我就生气了！"

"好了，娘啥都不说了，跟娘一块儿回家吧。你要是不回家，娘就在这里陪你站着。"

"烦人不烦人哪！"喜明这才跟娘一块儿回家去了。

要不要给那个人回信呢？信是一定要回的。那个人要求她写亲笔信，等于在对她进行一场考试，不管考试能不能及格，她都不能放弃，都要接受考试。方喜明会纺线，会织布，会绣花子，描云子，但她从没有写过信，也从没有想到过这一辈子还要写信。写信不能当饭吃，也不能当衣穿，干吗要写信呢！信不信的，和她这个识字很少的人有什么关系呢？现在她才知道了，人生在世，不光是干完家里的活儿，干地里的活儿；不光是吃饭，穿衣，还要做点儿别的。比如说，人在一起，就要说说话，不说话就说不过去。人不在一起呢，就要互相通通信，不通信就不合常理。在没收到那个人的信时，她每天都有些着急，好像整个人都是为等一封信活着，收不到信，活得就不踏实。现在终于把信盼到了，起码证明那个人没有忘记她。有来，就要有回。不回信，就算输理。输理的事她万万不能做。写信对方喜明来说是很难，但纵有千难万难，她千方百计也要克服困难，把信写出来。

方喜明去镇上卖了几斤红薯片子，换回三角零七分钱，她把钱包在一块被叫作驴皮布的粗布手巾里，到邮电所里买了信纸、信封，还有八分钱一张的小小邮票。方喜明听人说过，写信不能用铅笔，最好是用钢笔。她弟弟还上小学，用的就是铅笔。要是能用铅笔写信的话，她借用一下弟弟的铅笔就可以了。用铅笔写字的方便之处在于，如果把字写错了，可以用橡皮擦掉重写。也许正是因为铅笔写的字可以擦掉，时间长了字迹也容易淡化，人们才不用铅笔写信。而钢笔太贵了，方喜明不知道要卖多少斤粮食，才能买得起一支钢笔。村里有钢笔的人是有的，孟庆祥孟哥的上衣口袋里就成天别着一支钢笔。方喜明知道，村里有的人家收到了信，大都是请孟哥给念一念，然后再请孟哥给代写一封回信。她不会请孟哥替她写信，只打算借孟哥的钢笔用一用。

在给那个人写回信的时候，方喜明也不想让家里人看见。这天半夜里，她等家里的人都睡着了，才悄悄爬起来，到堂屋的屋当门，点上煤油灯，开始趴在桌边写信。信纸在桌上铺好了，钢笔也拿起来了，她却不知道写什么。她看看笔尖，笔尖也看看她，彼此似乎都有些陌生。她看看灯头，灯头也看看她。她跟灯头倒是很熟悉，可灯头不但一点儿都帮不上她的忙，还摇头晃脑的，像是在笑话她。她觉得有千言要讲，不知讲哪一句更合适。她觉得有万语要说，也不知哪一句可以写在纸上。面对钢笔和纸张，方喜明像是突然明白了一个道理，原来人说话和在纸上写字是不一样的。说话像落叶，一阵风就把叶子吹走了。写在纸上的字是有根的，一扎就把根扎深了。说话像刮风，风刮过无影无踪。写在纸上的字像石头，石头可以永远保存下来。在纸上写信可真难哪！做一个人可真难哪！

外面是阴天，天黑得像墨一样。后半夜起了北风，风还不小，把院子里的桐树和椿树刮得呼呼响，把树上最后的叶子都吹落了。有一片桐树叶子大概被风吹落后又被风旋起，啪地贴在门缝上，把方喜明吓得一惊。

天将明时，方喜明总算想起了一句话。那个人给她写了一句话，她给那个人的回信也是一句话。她觉得这句话比较合适，甚至让她有些激动。话一写到纸上，仿佛立即扎下了根，并很快变成了石头。

她一字一字写下的回信是：你放心，松树落叶我都不会变心。

2020 年 9 月 15 日至 10 月 6 日于北京怀柔翰高文创园

原载《上海文学》2021 年第 6 期

男子汉

任磊的爸爸出事的时候，任磊才六岁半多一点，正上小学一年级。

所谓出事，在矿上就是井下出了事故。凡事后面最好不要带故，一带故就不好听，总是有些骇人。矿上有的人不愿把出事说成出事故，换了一个新的说法，把出事故说成是出状况，好像一说成出状况，就可以避重就轻，既可以蒙人，也可以自蒙。

装什么装？状况是什么东西？许多矿工以前没听说过"状况"这个词，他们的老婆孩子更不明白状况是黑的还是白的，样子都有些稀里糊涂。

挖煤历来不易，跟虎口拔牙差不多。在"虎口"里把黑色的"虎牙"拔着拔着，就有可能出事故。一出事故就有些沉重，让人承担不起。

这座煤矿井下出事的时间是在一天后半夜的凌晨三点多。事出得有些大，只能被定性为事故，不是状况所能概括，因为井下采煤工作面发生的是瓦斯爆炸。井下出事故时，井上的许多矿工和他们的家属还在梦乡里沉睡，对于地底下的巨响，一点儿都没有听到。那般摧毁性的爆炸倘若发生在地面，定会在瞬间把整座煤矿夷为平地。而地面离井底很深很深，隔着千层土，万层岩，尽管瓦斯爆炸的当量巨大，在地面睡觉的人也不易听见。把他们惊醒的是矿山救护车警笛的鸣叫声。救护车哇哇叫着，一辆接一辆向矿上开来。表情凝重、全副"武装"的救护队员们，跳下救护车就往井口跑。各级领导也坐着小车赶到矿上，一时间小轿车多得连矿上都停满了。一听到救护车连续不断凄厉地鸣叫，井上的矿工和家属们暗暗地叫了一声"大事不好"，纷纷翻身起床，胡乱穿上衣服，从各个方向往矿上跑。

任磊的爸爸任建中上的是夜班，此时正在井下上班。当救护车的叫声把任磊的妈妈杨翠屏惊醒时，她下意识地伸手往身边摸了一把。没摸到丈夫任建中，她手空、心空，不知不觉间从床上坐了起来。屋里还很黑，黑得跟丈夫所说的井下一样，她睁着双眼，什么都看不到。天越黑，空气越静，救护车的叫声就显得越响。杨翠屏听别的矿工的妻子说过，矿上的人最怕听见救护车的叫声，叫声一响，跟传说中的鬼叫门差不多，定是发生了凶险的事。头脑清醒之后的杨翠屏不由得打了一个寒战，不行，她得马上去矿上的井口，看看到底发生了什么事，看看任建中升井没有。娘和两个孩子还在睡觉，杨翠屏没有开灯，摸索着下床、穿衣服。

娘还是醒了，她大概也是被救护车的叫声惊醒的。

娘问杨翠屏："是到矿上去吗？"

杨翠屏说："救护车叫得烦人，我去看看出了啥事儿。"

"建中可不能出事儿，一家子人都指望着他养活哩！救护车也真是烦人，救人就闷着头儿救人，老是大声叫唤干什么，叫得人心里都慌慌的。"

杨翠屏把心慌压了压，临出门时对娘说："等天明你把小磊叫起来，给他做点儿吃的，让他按时去上学。"

"我知道，你去吧。"

杨翠屏家没有住在矿上的家属区，她丈夫任建中只是一名农民轮换工，不是矿上的正式工，没有资格住家属区的楼房。丈夫在矿外的矸石山附近搭建了一间小房子，一家人就住在小房子里。小房子简陋得很，墙是用石头干打垒的，房顶是油毡加塑料布，冬天钻雪，夏天漏雨。从小房子里往矿上去，需要穿过一片农村的庄稼地，地里种的是麦子。节令到了五月，大片的麦子已经成熟，从麦田里涌出的是麦子成熟的香气。任建中和杨翠屏在老家也有责任田，田里种的也是麦子。前几天，任建中的父亲写来了信，让任建中请假回家收麦子。

因为矿上在抓保勤，不允许工人请假，任建中就给父亲寄了一些钱，请父亲雇收割机收麦。要是丈夫回老家去收麦子，而不是在地底下挖煤，矿上出什么事都轮不到丈夫头上。挖煤没日没夜，危险很多，救护车叫响时丈夫又正在井下，这怎能不让杨翠屏为丈夫担惊受怕呢？不祥的预感使杨翠屏的心跳加快，腿也有些发软，双脚像踩在麦糠上一样。

杨翠屏来到矿上的大门口，见灯光下的大门口已经拉起了警戒线，好几个手持对讲机的公安民警站在警戒线外，不让任何一个家属进入。大门外已经来了不少人，那些人有女人，也有男人；有白发苍苍的老人，还有未成年的孩子。他们都向矿里面的井口方向张望着，气氛十分紧张，压抑。这时候，矿工的家属们还都没有哭，他们懂得，哭得太早是不吉利的。他们虽然被阻挡在大门之外，但也没人强行往里闯。他们的目光惊恐、呆滞，还有一些侥幸。他们对这场突如其来的灾变还把握不住，似乎也弄不清这个事故与自己到底有多少利害关系。显然，他们没经过这些事，这种事的严重程度超出了他们的想象，他们都有些发蒙。杨翠屏没有往人群前面挤，只在人群后面站着。别人往哪里看，她也往哪里看。头上的天还是黑的，大门以里却灯火通明。有的灯是车上的警灯，红色的灯光乱闪一气。矿上分生活区和生产区，这里是生产区。杨翠屏记起来，在今年春天麦苗刚起身的时候，丈夫曾骑着一辆永久牌加重自行车，带着她和儿子小磊到生产区的澡堂洗过澡，她去女澡堂洗澡，丈夫和儿子去男澡堂洗澡。把人洗得干干净净，丈夫又骑着自行车迎着春风往家里骑。她坐在自行车的后座上，儿子坐在自行车的前杠上。丈夫骑车骑得比较快，儿子高兴得嗷嗷直叫。这样想着，她一走神儿，脑子里似乎又浮现出丈夫骑自行车的样子。

天将明时，姥姥喊任磊起床吧，爬起来吃点儿东西，背上书包，马上去上学。他们家住的地方离矿里的小学有三里多路，任磊每天必须早一点走，才能保证在学校打上课铃之前到校。

任磊已经醒了，但他揉揉眼皮，没有马上起床。他对姥姥说："我让我妈妈喊我，不让你喊我！"

"谁喊你都一样，喊你起个床还用挑人吗？你妈喊得好听些吗？"

"你老了！"

"我老了怎么了，我再老也是你姥姥。你小的时候，我一把屎一把尿地把你带大，现在虽说我上岁数了，你还是离不开我。就拿今天早上来说吧，我要是不给你弄吃的，你就得饿着肚子去上学。"

"那我妈妈呢？"

"你妈妈出去办事儿去了。"

"妈妈出去办什么事儿？她走的时候为什么不告诉我一声？"

姥姥当然不会告诉任磊，他妈妈是被救护车的叫声惊醒的，因为担心他爸爸的安全，到矿上等他爸爸去了。姥姥说：

"一个小孩子家，不要问那么多，问多了没啥好处。大人之间的事你不懂。"

这话任磊不爱听，姥姥说的好多话，他都不爱听。姥姥说话时，他之所以常跟姥姥打顶板，是觉得姥姥小瞧了他。他说："谁是小孩子，我已经是一个大人了。"

姥姥有些笑话他，说："口气不小，离大人还远着哩！"

任磊不服气地"哼"了一声。

"你说你已经是大人了，我来问你，你变声儿了吗？长胡子了吗？找老婆了吗？当爹了吗？只要你还没有找到老婆，还没有当上爹，就不能算是大人。"

"你说的都是什么话呀，这一点儿都不讲文明。"

"我说的都是实话，等你长大了就明白了。要说大人，你爸爸才是大人。"

任磊起床后，只从锅里拿了一个馏热的馍，把馍掰开，在馍里夹了一点咸菜丝，一边吃，一边就背起书包往外走。

姥姥说："我给你打的还有糊涂（稀饭），糊涂里下的还有你喜欢吃的黄豆，你喝一碗糊涂再走吧！"

"老是糊涂、糊涂，我才不喝你打的糊涂呢，越喝人的脑子越糊涂！"

"你的意思是不是说我老糊涂了，跟你说吧，你姥姥离糊涂还远着哩。任小磊，你给我回来！"

任磊没有听姥姥的话，他梗着脖子，连回头看姥姥一眼都不看，只管走了。

中午，任磊放学后回家吃午饭，仍没有看见妈妈。靠山吃山，妈妈每天爬到附近的矸石山上捡矸石里夹杂的小煤块儿。妈妈捡回的煤块儿就堆放在他们家的小房子门口，那些煤块儿除了自家烧锅外，还可以拉到集市上卖钱。在以往的日子里，不管妈妈在矸石山上爬多高，也不管妈妈在捡煤块儿时弄得满手满脸都是黑色的煤灰，他回家吃午饭时总能看到妈妈，并能吃到妈妈做的可口的饭菜。除了能见到妈妈，在爸爸上夜班的时候，他还能看到在家里睡觉的爸爸。前天中午，趁爸爸呼呼大睡的时候，他还用狗尾巴草的毛穗子扫过爸爸的鼻子，扫得爸爸以为有苍蝇在捣乱，睡梦中用手在自己鼻子上赶了好几下，把他乐得赶紧捂嘴。姥姥看见了他跟爸爸捣乱，告给了他妈妈，他妈妈气得在他屁股上打了好几下。任磊挨了打，认为都是因为姥姥在妈妈那里告了他的状，他对姥姥更有抵触情绪。相比之下，他觉得爸爸最喜欢他，他也最喜欢爸爸。听说妈妈打了他，爸爸说，小孩子都喜欢玩儿，不要打他。爸爸还说，他小时候还往他爷爷的鼻孔里塞过石榴花呢。

任磊进家的时候，见只有姥姥一个人在床边坐着，姥姥的样子呆呆的，好像在愣神。看上去姥姥好像更老了，白头发又增加了不少。任磊推门进来的时候，姥姥似乎吃了一惊似的，才从床边站起来说："是磊磊回来了，姥姥马上去给你下面条。姥姥早就把面条擀好了，豆角也炒好了，蒜也砸好了，咱中午吃捞面条。"

"我妈妈呢，她怎么还没回来？"

"我也不知道你妈怎么出去这么长时间，我也想让她早点儿回来。"

"我爸爸怎么也没回来，他夜里上班儿，白天不是要睡觉吗？"

姥姥脸上寒了一下，说："你好好上你的学就行了，大人的事儿不要问那么多。"

"我听有的同学说，昨天夜里井下出事了，矿上来了很多救护车，我爸爸不会出什么事吧？"

姥姥最不愿意让她的外孙子任磊提到井下的事，任磊还是提到了。她的女儿、任磊的妈妈去矿上迟迟不能返回，让她的心像掉进了井里一样，越掉越黑，越掉越深，深得一点底子都没有。她不敢再往黑处想，不敢再往深里想，万一任磊的爸爸真的出了事，这个家的日子还怎么过！她说："过年的时候，我给窑神爷上过香了，磕过头了，让窑神爷保佑你爸爸平平安安，你爸爸不会出什么事的。"

"我们老师说过，世界上没有什么窑神爷，你给窑神爷烧香，那都是迷信！"

"我不管啥迷信不迷信，迷信姥姥也信。不说这些了，姥姥给你做饭去。"

"我不高兴，今天中午不想吃饭。"

"你不高兴，我还不高兴哩！你这个不听话的孩子，真是越来越会气人了！你故意惹你姥姥生气，是不是？你嫌你姥姥死得慢，是不是？要是把我气死了，一堆黄土把我埋到地底下，你就再也没有姥姥了！"姥姥说着，用手掌在眼窝子里按了一下，沾得手掌上都是泪水。

见姥姥流了眼泪，任磊才塌下眼皮不说话了。

矿上的小学校旁边有一个建筑工地，工地上有一堆沙子。沙子不是雪，既不能堆雪人，也不能打雪仗。沙子也不是什么玩具，既不是蝙蝠侠，也不是什么变形金刚。但不知为什么，小孩子们都喜欢玩沙子。这天下午放学后，有一个瘦同学和一个胖同学拉着任磊一块儿去玩沙子。任磊不太想玩，他不知道妈妈和爸爸回家没有。要是爸爸妈妈已经回家了，发现他放学后不按时回家，又该批评他了。但那个瘦同学说："走吧，没事儿，咱们只玩儿一小会儿。"一小会儿是多大会儿呢？瘦同学用他一只手的大拇指抵住同一只手的小拇指，用小拇指指头肚的三分之一，表示一小会儿就那么一点儿。见任磊还在犹豫不决，那个胖同学说："你不是说过自己是一个男子汉吗，男子汉的事儿都是自己说了算，如果连玩一会儿沙子都不敢，那算什么男子汉！"胖同学说着，对任磊几乎有些撇嘴。任磊曾和胖同学打过架，用拳头捣过胖同学的胖肚子，的确以男子汉自居过。任磊对男子汉的说法比较看重，因为这个说法最早是爸爸说出来的，爸爸曾说，任磊可是他们任家的男子汉哪！爸爸说这个话的时候，任磊还没有上学，还不认识男子汉三个字，更不知道男子汉怎么写。等他一上了学，他就有目标地认识了这三个字，并描红似的一笔一画把男子汉写了下来。既然胖同学提到了男子汉，那么好吧，男子汉就跟他们玩一会儿吧。

　　不知那堆沙子是从哪里拉来的，沙子是新沙，也是原沙。说是原沙，因为沙子还没有用铁筛子筛过，里面还夹杂着一些小石子儿和小蛤蜊。沙子表面一层有些灰白，像是已经被太阳晒干了。但把手伸进沙子堆里掏出一把一攥，就会发现沙子还是湿的，颜色也有些发黄。攥成一团的沙子团结得不是很紧密，手一松就成了一掌散沙。救护车大约都开走了，矿山似乎又恢复了往日的平静。燕子在空中翻飞，空气中弥漫着小麦成熟的气息。这三个小学一年级的男同学，也是结识不久的三个小伙伴，面对一堆不错的沙子，他们怎么玩儿呢？他们不能像在雪地里撒雪一样把沙子乱扬乱撒，人的眼睛里揉不得半点沙子，沙子要是撒进眼里就不好了。不用为他们发愁，每个小孩子都有玩耍的天赋，他们玩沙子一定会玩出名堂来。在什么山唱什么歌，既然他们是在矿山，既然他们的爸爸都是矿工，那就在沙子堆上挖煤井吧，然后再从煤井里往外掏煤。

　　这个矿的井筒子不是直井，是斜井，他们在沙子堆上挖的也是斜井。他们三个人不是合挖一口井，而是各挖各的，每个人都挖一口井。他们像是在开展一场劳动竞赛，看谁的井筒子先挖成，并从井底挖出煤来。可是，大概由于沙子太松散了，跟流沙差不多，他们分别刚挖成一个洞子，还没形成倾斜的井筒子，洞子就塌了。三个同学比较起来，还是任磊爱动脑筋，也比较有办法。在开挖新的井口之前，他先用手掌使劲儿把沙子拍一拍，把潮湿的沙子拍得密实一些，然后才慢慢地往下挖。任磊把井口开得大一些，大得可以探进人的脑袋。是呀，挖了煤井，就是为了能进去挖煤，如果连人的脑袋都钻不进去，怎么能挖煤呢！另外两个同学挖一个塌一个，大概要跟任磊学习挖井经验似的，就转移到任磊身边，想跟任磊一块儿挖。所谓领导的力量和指挥的权力，也许就是这样自然而然形成的，任磊开始指挥他的两个同学干这干那。他让瘦同学去找一些树枝来，做成支架，假装把井口支护一下。他让胖同学给他打下手，把他挖出的沙子运到一边去。瘦同学没找到树枝，只薅来了一把狗尾巴草的草茎。草茎虽说软一些，缺少支撑的力量，但任磊还是把草茎当成了"支架"，贴在"井筒子"两侧。胖同学运沙子运得比较慢，任磊说胖同学是笨蛋，比笨蛋还笨。

胖同学不愿承认自己是笨蛋，为了显示自己并不笨，看任磊把"井筒子"挖得差不多了，他第一个提出下井"挖煤"。有"挖煤"的积极性值得鼓励，任磊和瘦同学同意了胖同学的要求。任磊煞有介事地叮嘱胖同学，到井下一定要注意安全。胖同学信誓旦旦，表示没问题。然而遗憾的是，胖同学不仅胳膊胖，肚子胖，腿胖，他的头也胖。他的肥头大耳刚钻进"井筒子"里，"井筒子"难以容纳，就出现了塌方。任磊听爸爸说过，井下的塌方也叫冒顶，冒顶一旦埋住人，那是很危险的。于是，他和瘦同学每人拉住胖同学的一条腿，迅即把胖同学从冒顶的"井筒子"里拉了出来。胖同学的头发上、耳朵上和眉毛上都沾了沙子，那些黄色的沙子一朵一朵的，跟细碎的花朵差不多。胖同学憨笑着，把两只手里抓到的两把沙子亮给同学看，仿佛在说，那就是他挖到的煤。

这时，任磊的班主任找到沙子堆这里来了，班主任说，矿上的领导把电话打到了学校，要任磊同学马上回家！

任磊背上书包，一路小跑着向家里去。他想，爸爸妈妈应该都回到家里去了，因他放学后没能按时回家，说不定妈妈又得把他批评一顿。他跑到家门口，见一辆面包车在他们的家门口停着，车门是打开的，妈妈、姥姥和妹妹任艺都已经上了车，妈妈在哭，哭得抬不起头来，靠在姥姥的肩膀上。妹妹也在哭。任磊在车上没有看见爸爸。他想起来听同学说过，昨天夜里井下出了事，爸爸是不是还在井下没出来呢？

一个一直站在车头那里等任磊的叔叔想接过任磊背着的书包，让任磊赶快上车。

任磊往后退了一步，拒绝叔叔动他的书包，问："我爸爸呢？"

叔叔支吾了一下，说："你爸爸还没有升井，咱们去一个宾馆，到那里去等你爸爸。"

"不，我哪里都不去，就在这里等我爸爸！"他绷着小脸，态度十分坚决。

姥姥下车拉他，让他听话。他不听话，姥姥一拉他，他就使劲儿一挣。姥姥越拉他，他挣得离姥姥越远，并抵抗似的别过脸去，不但不搭理姥姥，连看姥姥一眼都不看。

没办法，姥姥只好架着哭得浑身发软的任磊妈妈走下汽车，让妈妈劝任磊上车。

妈妈有气无力地对任磊说："磊磊，妈妈的乖孩子……"

任磊这才说话了，他说的是："妈，你别难过，我去喊几个同学，下井把我爸爸扒出来！"任磊在慷慨地说这番话时，他的双眼里已包满了泪水，像是随时都会涌下来。但他使劲控制着，没让眼泪流下来。

妈妈一下抱住了儿子："我的好孩子，要去妈妈跟你一块儿去，要死咱们一块儿死！"

面包车没有把任磊一家人往矿上的井口拉，而是拉到了市里一家新建成的体育宾馆。宾馆的房间围绕着圆形的体育运动场而建，一圈儿都是房间，因房间都是一样的，看上去像迷魂阵一样。任磊一家被安排住进其中的一个房间。整座宾馆已住进了不少从矿上拉来的矿工的家属，几乎每个房间都传出了哀哀的哭声。哭得最痛的是那些出事矿工的妻子，当严酷得令人绝望的现实摆在她们面前，几乎无一例外，她们都曾哭倒在地。任磊的妈妈哭得昏厥过去一次，一到宾馆，医务人员就赶紧为她挂上了吊针，给她输水。

任磊没有哭，他不相信爸爸会死。爸爸跟他说过，要等他长大后娶了媳妇儿，有了儿子，并当上了爸爸，到那时候爸爸再死也不迟。他现在刚上小学一年级，离自己当爸爸还远着呢，爸爸怎么会死呢！他把自己的书包打开了，在翻看书包里面的东西。妈妈给他预备的铅笔是两支，今天下午放学往文具盒里收拾铅笔时，他发现少了一支，不知弄到哪里去了。他要在书包里翻找一下，看看是不是掉进书包里去了。

　　姥姥坐在床边，寸步不离地守护着妈妈。妹妹任艺要姥姥低下身子，凑近姥姥的耳朵，像是要对姥姥说一句悄悄话。不知妹妹对姥姥说了什么，姥姥突然就生气了，正色对妹妹说："再胡说我打死你！"

　　妹妹大概不明白姥姥为何这样厉害，有些不解，也有些委屈，她改了话题，问姥姥："我爸爸怎么还不回来呀？"

　　姥姥说："不是跟你说过了吗，你爸爸下井去了。"

　　"下井怎么这么老长时间？"

　　"出了井还得交矿灯，还得洗澡，还得换衣服，时间能不长吗？"

　　"不对，你骗我！"

　　姥姥问她怎么不对，她又说不出来，扯着姥姥的胳膊："姥姥，咱们回家吧！"

　　"回哪家？哪是你的家？你没家了！"

　　这话任艺还听不懂，却再次触动了杨翠屏的痛心之处，她呼了一声"我的天哪"，又失声痛哭起来。她一哭，任艺"妈妈、妈妈"地叫着，也哭了。任磊的眼泪再也包不住，这才流了下来。

　　妈妈哭着对两个孩子说："你爸爸都不要你们了，我也不要你们了！"说着，哭得更悲痛。

　　那些处理善后的工作人员，还有医生、护士都禁不住流下了眼泪。

任磊用手背使劲儿抹了一把眼泪，背起书包，挺起胸脯，就往外走。

姥姥喊他："磊磊，任磊，到哪里去？"他也不理。

姥姥说："这个犟孩子，肯定还是想着下井去扒他爸爸，快去把他追回来！"

2020年11月3日至25日早上完成于北京和平里

原载《江南》2021年第4期

雪　夜

　　雪是在村里人吃晚饭的时候开始下的。没有刮风，天气也不是很冷，有些出乎人们的意料似的，雪说下就下起来了。

　　在冬季，村里有的人家吃晚饭，有的人家不吃晚饭。不吃晚饭的人家早早就睡了，他们的说法是，肚子是盘磨，躺着不动就不饿。吃晚饭的人家总是吃得比较晚，端起饭碗的时候，煤油灯都点了起来。各家的灶屋由于常年烟熏火燎，四壁都很黑，黑得跟涂了锅烟子一样。如果不点上煤油灯，有可能拿起勺子找不到锅，找到了铁锅的大口，又盛不进瓦碗的小口。煤油灯的灯头小小的，小得像一粒黄豆。可黄豆不会发光，灯头会发光，有了小如黄豆的煤油灯的灯头所发出的微光，灶屋里就不再黑得铁板一块，就显示出了可以活动的空间和灶屋里各种东西的物象，不至于把稀饭洒在灶台上。

晚饭都很简单，通常都是打稀饭。往锅里放一些红薯块儿，或放一些胡萝卜，待把红薯块儿或胡萝卜煮熟，再搅进一点儿红薯面糊糊，浑浑汤，稀饭就算打成了。也有的人家，在打稀饭时舍得往锅里撒一把黄豆，黄豆一煮就发得又白又胖，吃一粒豆香满口，使稀饭有了嚼头儿。一般人家舍不得往稀饭锅里放黄豆，黄豆虽说不是金豆，但他们已经习惯了把黄豆与钱和房子联系起来看，有一句流传广泛的谚语就说：打稀饭十年不放豆儿，可以盖个瓦门楼儿。吃豆儿和盖瓦门楼儿相比，哪个轻哪个重呢？当然是盖瓦门楼儿更重要。既然盖瓦门楼儿关乎门头高低，关乎家里的男孩子能不能找到老婆，那就攒豆成金，等着盖瓦门楼儿吧，在稀饭碗里吃豆儿的事就免了。

这场雪没有什么过渡，不是从小到大，不是从一片两片到八片十片，而是一上来就下得很大，就连成了一片。对于雪的大小，这家人不是看出来的，是感觉出来的。天已经黑了，空中混混沌沌，他们看不见雪片子有多大，有多密。他们一仰脸，顿觉脸上有些麻凉。他们掌心向上一伸手，再把手攥住，马上就是一手湿。同时，他们感觉头发上也像有了分量，分量在层层加码，每一层都有着黏合般的力量。对于雪的大小，这家的大男孩儿也不是听出来的，同样是感觉出来的。大男孩儿习惯端着碗，到院子里吃晚饭。有月亮的时候，他在月光下面吃；有星星的时候，他在星光下面吃。外面下着雪呢，他还是习惯性地走到雪地里去了。夜晚下雪积雪快，雪花一开遍地白，地上不再发黑，已经有些发白。雪光比不上月光和星光，雪光的调子要低得多，顶多算是哑光。然而，天上无光看地上，就着雪光吃饭也不错。这样的雪，在夏天叫雨，到了冬天就叫雪。下雨总是哗哗的，满世界都在轰鸣。下雪总是静静的，似乎连一点儿声响都听不到。据说雪在高空中还是雨水的状态，只是它们落着落着，就变成了雪花的状态。好比雪花给每滴雨水都及时装上了降落伞，"降落伞"翩然飞舞，落地时才变得轻轻的，轻轻的。大男孩儿是从自己的稀饭碗里，判断出雪下得不小。他刚把饭碗端到雪地里时，碗里还冒着热气。他凑着碗边才把稀饭喝了一口，落雪就把热气压制住了。他喝第一口时，稀饭还热乎乎的，喝第二口时，稀饭就不那么热了。落在碗里的雪不是白糖，他没喝出什么甜味，只是觉得稀饭像是被融化的雪水稀释了，使稀饭稀上加稀。他突然想到，他这样碗口朝雪喝着稀饭，一边喝，雪一边往他碗里添，一碗稀饭何时才能喝得完呢！他不在雪地里喝稀饭了，转身回到灶屋里去了。

娘、姐姐、妹妹和弟弟都正在灶屋里吃饭。他们家的灶屋只有一间，灶屋里垒有锅灶，放有水缸、案板、柴草等，还支有一盘石磨，空间十分狭小。屋里连一个小板凳都没有，只有一截儿用桐树的原木锯成的木墩儿。还带着树皮的木墩儿在锅灶门口的柴火堆里放着，那是娘或姐姐烧锅时坐的。吃饭时一个木墩儿谁坐呢，没有一个人坐，全家人都是站着吃饭。

灶屋的单扇木门是敞开的，因为没有风，不用担心风吹进屋把灯吹灭。煤油灯在锅灶一侧的风箱上放着，并没有放在雪地里，但灯光和雪光还是形成了对比。比较而言，灯光的颜色似乎比往日黄一些，也因此有了些许暖意。

这天晚上，他们家打的稀饭只放了一些用菜刀砍成小块儿的红薯，没有放黄豆。红薯已被煮碎在锅里，按他们的说法，红薯碎得连魂儿都没有了。这样的稀饭没什么捞头儿，也没什么嚼头儿，喝这样的稀饭，连筷子都不用，只需对上一张嘴，就把一碗稀饭喝进肚子里去了。

吃过晚饭，涮了碗，涮了锅，一家人就踏着院子里的雪，转移到灶屋对面的堂屋去了。

娘回身关灶屋的门时，随手把钉在木门上的门搭链搭在右侧门框的门鼻子上。雪照这样下法，只需一夜，就会堆积在灶屋门口，要是不把门搭链扣上，积雪会越堆越高，有可能把灶屋门挤开，雪块子会扑到屋里去。扣上门搭链呢，就算大雪把灶屋的门口封上，也不会把木门挤开。

天黑了，地上白了，吃过晚饭干什么呢？马上钻进被窝睡觉。窗户榚子没有糊纸，堂屋两扇木门的门缝子也不小，雪气可以直接侵入屋里来。雪气像长了小小翅膀的精灵一样，飞过箔篱子，飞过梁头，飞过头发梢儿，无处不飞到。他们的手抓不到雪气，但他们的鼻子可以闻到雪气，只要一呼吸，雪气就吸到他们的鼻腔里去了。雪气凉凉的，冰冰的，跟雪人身上的气息是一样的，挺好闻的。雪气好闻是好闻，不可闻得太多，吸得太深，倘若一鼻子接一鼻子吸进肺腑里，胳膊上就该起鸡皮疙瘩了，身上就该打哆嗦了。没事的，脱光身子，把棉袄棉裤压在被子上面，钻进被窝里就好了。一钻进被窝立马就暖和了吗？不是的，被窝里面瓦凉瓦凉的，热身子碰到凉被窝，像热鸡蛋放在凉水里激一样，激得他们把身子缩成一团，几乎叫出声来。却原来，被窝本身并不含什么热量，并不是自来的暖和，是人身体里的热量散发出来，储存在被窝里，才使被窝里逐渐暖和起来。被子里的棉絮所起的作用，是把人体散发出的热量储存起来，再反馈给人的身体，使人和被窝形成一种互惠互利的关系。有了被窝里源源不断生发的热气，就不怕雪气的侵袭了，热气完全可以把雪气抵消掉，只要半夜里不起来往尿罐子里撒尿，可以一觉睡到大天明。

娘不能马上睡觉，她还要挑灯纺花。不管是打雷、下雨，还是刮风、下雪，娘每天雷打不动，都要纺花纺到深夜。他们这里不说纺线，说是纺花。把从棉花地里摘下的棉花朵子轧去棉籽，用弹花锤和弹花弓把皮棉弹成蓬松的棉花瓤子，再用高粱莛子把揪成一片一片的棉花瓤子搓成中空的花卜系子，就可以在纺车上纺线了。纺车放在堂屋当门的地上，纺车前面的地上放一饼用干高粱叶子编成的草篇子，娘就盘腿坐在草篇子上，摇动纺车纺啊纺啊，从花卜系子的一头抽出棉线来，把棉线一圈一圈缠绕在线穗子上。灯光把纺车的翅子照在房顶上，翅子显得又黑又大，简直像滚动的摩天轮一样。常常是娘的孩子们睡了一觉醒来，又睡了一觉醒来，见"摩天轮"仍在不停滚动。所谓"慈母手中线",就是这样一丝一线纺出来的。

这家的大男孩儿不在家里睡觉,他把一条棉被搭在肩上,仍要到外面去睡。他们家六口人,一共只有三条被子,平均每两个人一条被子。大男孩儿一个人拿走一条被子,睡在家里的五个人,每两个人就摊不到一条被子了。对于大男孩儿一个人抱走一条被子,家里别的人没有任何异议。从他上初中开始住校,家里就不得不单独分给他一条被子,他住校住了三年,被子知热知冷地跟了他三年。如今他初中毕业回家当了农民,那条被子好像还是属于他,家里没有一个人跟他争。夏天他去生产队的打麦场看场,可以把被子抱走;秋天他去庄稼地里看秋,可以把被子抱走;冬天他到外面去睡呢,也可以把被子抱走。被子是一条粗布印花被子,被表和被里都是娘在织布机上织出的粗布。每天手扯脚蹬,用得时间长了,被子已经有些旧,有些破,被表和被里上都打了补丁,里面的被套也有些板结。尽管如此,一个人可以把一条被子抱来抱去,还是显示出了他在这个家庭地位的优越,好像拥有了一条被子就可以四海为家似的。

娘问他:"天下着大雪,还到外面去睡吗?会不会冻着呢?"

他只说了一句"不会",就开门走到雪地里去了。

他们家的房子在村子的底部,要走到村子前面,需要穿过一条南北长的村街。他头上戴的是一顶跟当过兵的堂哥讨要的旧军帽,军帽褪色褪得有些发白,帽檐一侧也耷拉下来。他从自家的院子里走出来，刚走到村街上，就觉得帽子上落了一层雪，他的耳朵上和眉毛上也沾了雪。他没有把帽子上的雪弄掉，也没有把被子顶在头上，反正雪一时也不会化，落就任它落吧，权当给头上又戴了一顶雪帽子。阴天的夜里若不下雪，村街上会很黑很黑，黑得像只剩下黑眼珠，把自己的手伸在自己眼前都看不见。一下雪，村街就变成了白的，一切都在影影绰绰中显出白色的轮廓，房子是白的，树是白的，路是白的，仿佛连空气都变成了白色。在不下雪的夜里，不管夜黑得有多密实，都可能有人在村街上走，并有可能听见只闻其声不见其人的咳嗽声。大雪一压，家家封门闭户，除了他，街上一个别的行人都没有。刚下的雪还没有落实，还是蓬松的状态，他一踩一陷，留下了一串新的脚印。他脚上穿的是一双草鞋，这种草鞋不是人们印象中的那种穿上露出脚指头的草鞋，是当地特有的一种草鞋。草鞋的鞋底是厚厚的桐木板，鞋帮子是用火麻的麻经子裹上芦花似开未开的花穗勒制而成的。这样的草鞋有着很好的保暖功能，最适合在冬天的雪地里穿行。他的脚后跟在往年冬天曾被冻烂过，今年入冬之前，娘特意请人给他勒制了这双草鞋。只是鞋膛子有些大，有些空旷，穿上不太跟脚，这会儿他在松软的雪地里几乎抬不起脚来，走得有些拖拉。这样一来，他在新鲜的雪地里所留下的脚印就连成了线，像两道车辙一样。

走到一棵高大的槐树下，他停了下来，仰头往树上看。树杈子上吊有一只铁壳子铃铛，生产队里每天上工、收工，当队长的堂叔就是通过拉响树上的铃铛对社员们发号施令。在晴天晴地的时候，铃声相当响亮，在村庄周围都听得清清楚楚，如击耳鼓。他之所以不由自主地停住脚步往树上看，是想看看在大雪飘飘中能否看到铃铛。其结果是，大雪如雾如幕，他不仅看不到一点铁制铃铛的影子，连树冠都被大雪遮住了。他心有不甘，走近树干。他看见了，拉铃用的绳子还在树干上拴着。绳子上也落了雪，使绳子变得毛茸茸的，似比往日粗了许多。在他的想象里，铃铛的铁壳子上肯定也落满了雪，使黑铃铛变成了白铃铛。不可想象的是，他不知被雪包裹起来的铃铛是不是还拉得响？就算能拉响的话，铃声会不会变得有些喑哑呢？

大槐树旁边，是一座古旧的门楼子，大男孩儿拐进门楼子下面去了。入秋之后，他和村里其他三个年轻人相约，天天夜里来这里睡觉。睡觉期间，他们听那个从县城里回乡的青年讲过城里的故事；用手电筒照过房檐上呆头呆脑的麻雀；还互相打打闹闹，得到许多乐趣。他们商定的是，等哪天下了雪，他们就不到这里睡了。可是，今夜雪下得这么大，他还是到这里来了。从上初中开始，他已经习惯了在外面睡觉，不习惯在家里睡觉。家里只有一张大床，他觉得自己已经长大了，不愿意跟全家人挤在一张大床上。还有，他们虽然说一旦下雪就不到这里睡觉了，但他还是想过来看一下，别的人是不是真的不来了？万一有一个人来呢，说不定他们仍然可以在门楼子下面过夜。

大门楼子下面的过道吸风，尽管外面没有刮风，过道里的穿堂风还是把雪带进过道里一些，过道敞开的南口和北口的地上都溜进了一些雪。过道里的雪不及外面的积雪那么厚，只是薄薄的一层。可两端溜进来的雪几乎在过道中间接了头，整个地面仿佛都有白雪铺地。这样的过道，看来是不适合睡觉了。他在过道里等了一会儿，又等了一会儿，一个伙伴也没有等到，他也只好离开了这里。

　　既然从家里出来了，他就不能再回到家里去。大雪铺天盖地，他到哪里去呢？他从门楼子下面走出来，像是想了一下，便踏雪向村外走去。队里的饲养室在村子外面，他打算去饲养室盛草的小屋里去睡。他听说过，饲养室有来历的。在以前，这里建有一座奶奶庙，供奉的是送子的老奶奶。奶奶庙三间大殿，东西各有两间厢房。庙门口竖有旗杆，置有铸磬。庙里的张道士击得一手好铙钹，吹得一口好横笛。每年春天的奶奶庙庙会，是当地的一道风景。后来，这里改成一座小学校，本村和附近村里的孩子都来小学校上学。再后来，学校因故停办了，变成了队里的饲养室。队里的牲口多，原来的房子不够用，队里就把庙宇全部扒掉了，盖成简单的草房，用来喂牛马驴骡。还是庙宇和小学校的时候，这里四面环水，只有一座小桥通向外面的世界。而且，四面小河里的水与东边大河里的水是相连的，大河奔腾小河流，小河里的水都是活水。水里常年有鱼虾，夏天还有菱花、荷花。变成饲养室以后就不行了，小桥被拆掉了，原来的桥孔被填实，活水一下子变成了死水。更有甚者，西面靠官路的小河被拦成一截一截的，变成几个沤粪的巨大粪池。一到夏天，粪池里冒了绿泡儿冒黄泡儿，紫泡破了蓝泡儿破，不断向天空释放臭气，让路过的人们几乎掩鼻。

他已经走到了饲养室西面的粪池边，对于去不去饲养室的草屋里去睡，他却犹豫起来。倒不是因为粪池的问题。到了冬天，粪池里就结了冰，今夜又下了大雪，积雪已经把几个粪池覆盖得严严实实，一片雪白，跟没有粪池一样，没有了任何难闻的气味。冬天就是这样厉害，大雪就是这般神奇，它们不仅可以冰封肮脏的东西，使一切变得干净起来，还可以抹杀一切难闻的气味，使天地间充满清新的冰雪之气。之所以犹豫，是他想起，每到冬天，特别是下雪天，总会有一些逃荒要饭的人为躲避严寒，夜晚到饲养室盛麦草的小屋里去睡。那些要饭的，有男有女，有大人有孩子，有的是常住，有的是过路，差不多每晚都把草屋挤得满满的。他这会儿去草屋，恐怕连脚都插不进去。更让他犹豫的是，要是他硬挤到草屋里去睡，对他的自尊也有影响。他虽然只是一个普通社员，要啥没啥，可他毕竟还没有沦落到靠乞讨为生的地步。

农村的天地很广阔，下雪之后显得更广阔，广阔得仿佛无边无际。可是，哪里是他赖以睡觉的地方呢？在夏天，地里有瓜园，瓜园里搭的有瓜庵子，在看瓜的时候，他曾在瓜庵子里睡过。现在的地里，不但没有瓜园，没有瓜庵子，连起身的庄稼都没有，只有白茫茫的雪地。地里倒是有大口径的水井，水井被称为地眼，地眼暂时还不会被大雪封住，他总不能睡到地眼里去吧。

雪越下越大，他头上落了雪，搭在肩上的被子落了雪，几乎变成了一个雪人，跟雪天雪地融为一体。有那么一刻，他感觉自己好像在大雪中迷失了，不知是迷失在天上，还是迷失在人间。等他回过神来使劲想了一下，并动了动陷在雪中的草鞋，才意识到自己的存在。这时他突然想起，队里的麦秸垛在村子的东南角，麦秸垛一侧掏有一个洞，洞子里不正是一个可以睡觉的去处吗？这真是，大雪茫茫疑无路，脑洞开处现草洞。他顿时有些兴奋，迈步向麦秸垛所在的方向走去。积雪埋住了草鞋，他踢得散雪飞扬起来。

不知麦秸垛下方的那个洞是谁掏的，也不知掏洞的人把草洞派了什么用场，反正他钻进那个洞里看过，记得洞子的大小跟一个瓜庵子的空间差不多，睡两三个人都不成问题。他不知道草洞子是不是已经被别人占去，要是被别人抢先占去的话，他在这个雪夜真的无处可去了。他一路在雪中深深浅浅地走着，一路默默地为自己祝愿，老天爷，把草洞子给我留着吧。

来到麦秸垛一侧，他根据自己的大概记忆，在掏有草洞子的地方上上下下摁。对于在麦秸垛上寻找草洞子，他是有经验的，因为他和伙伴们也在麦秸垛上掏过洞子。秋天，树上的柿子还没有发黄，还有些青涩，他们就把柿子摘来，在麦秸垛上掏一个洞，把柿子放在洞底，再用麦草把洞口堵上，利用麦秸垛里面的温度闷柿子。他们这样的做法，像是利用母鸡的体温孵蛋。只不过，柿子不是鸡蛋，从柿子里孵不出小鸡来。可是，只需把硬柿子在洞子里闷上六七天，柿子就可以变软，吃起来甜甜的，就不再涩口了。闷柿子的洞子都掏得比较小，只有一个麻雀窝那么大，别说在里面睡人了，恐怕连人的一只脚都放不下。麦秸垛的垛壁相当结实，跟用土坯垒的墙壁差不多，摁起来很硬。不过，凡是里面掏有洞子，并用麦草把洞口封起来的地方，摁起来就软一些。麦秸垛的垛顶落满了雪，四周也披上了雪，整座麦秸垛变得像一座雪山。他一摁一手雪，摁着摁着手下一软，果然把有洞口的地方找到了。他一把一把掏掉洞口塞着的麦草，一股麦草的香味儿从里面涌出，洞口就出现在他面前。还好，草洞里没人说话，这表明里边没有人，真是谢天谢地！他抖掉头上、身上和被子上积累的雪块子，先把被子送进洞子里去，再头朝里爬着往洞子里钻。整个身子爬进洞子后，他把自己的草鞋脱了下来，也放进洞子里。他顺直身子，仰面躺下，下面厚厚的麦草让他觉得十分舒服，身上舒服，心里也舒服，像是找了最后的归宿。

草洞子里很黑，他要是盖上被子、闭上眼睛，很快就会进入梦乡。一旦进入梦乡，他在梦乡里跑到东，跑到西，就不一定是雪的世界了。他对雪夜有些留恋似的，舍不得马上就睡，掉过头来，趴在洞口，向外张望。他估计，地上的积雪大约有半尺厚，地里冬小麦的麦苗已全部被积雪盖住。可大雪像是嫌积雪还不够厚，还要厚上加厚，好像给小麦盖一层被子不算完，要盖三层被子才够意思。外面可真静啊，静得没有了一点声息，没有人声，没有开关门声，连狗叫的声音都没有。静得整个大地都在沉睡，好像连呼吸都停止了。漫天的雪花像是在轻轻地拍抚着大地，让大地好好休息，不要太累了。尽管雪花对大地的拍抚很轻很轻，他似乎还是听到了雪花落地的声音。是鸽子在空中翻飞的声音吗？是柳絮落在水面的声音吗？是春蚕吃桑叶的声音吗？像是，又不是。其实，是他觉得，这样的大雪落在麦秸垛上，落在地上，应该有声音，于是就有了声音。声音是从他心里发出来的，是他听见了自己的呼吸和自己的心跳。

这样无比的宁静，与夏天打麦场里的热闹形成了极大的反差。作为在打麦场里劳动的社员之一，他对夏天打麦场里的热闹记忆犹新。白天，社员们头顶炽热的阳光，在场院里放磙，翻晒，扬场，一天到晚尘土飞扬，热气腾腾。场院里吆喝牲口的声音，人喊人的声音，石磙发出"吱吱咛咛"的声音，构成了场院里特有的交响乐。到了夜晚，打麦场里仍不平静。村里的男人差不多都到场院里睡觉，睡觉前他们下到场院边的水塘里扑腾，洗完澡后躺在麦草上望着星空说笑，风吹得旁边地里玉米叶子哗哗为他们鼓掌，还有在夜空中掠来掠去的布谷鸟的叫声，使打麦场仿佛变成了不夜场。特别是到了队里垛麦秸垛那一天，打麦场里的热闹便达到了高峰。譬如哪家盖房子上梁，再譬如哪家男孩子娶亲，都是喜事、大事，是要举行仪式的。生产队里的麦秸要在选定的日子垛成垛，也是值得庆贺的事，也要举行一个仪式。仪式举行得比较简单，也就是放一挂鞭炮，宣告垛麦秸垛开始。再就是烧一大锅竹叶茶，尽参加垛麦秸垛的男劳力喝。所谓垛麦秸垛，是把脱去麦粒的麦秸垛起来。如果说麦粒大部分用于交公粮，成为人的食物，那么剩下的麦秸就是牲口的口粮。牲口的口粮与人的口粮一样宝贵，所以队里不许任何人用麦秸烧锅。同时，麦秸垛也是一个标志，哪个生产队的麦秸垛垛得高大，标志着他们队里的麦子长得好，麦子打得多。这样一来，垛麦秸垛本身就有了炫耀的性质，这让参加垛麦秸垛的每一个男劳力都欢欣鼓舞，干劲倍增。艳阳高照，参加垛麦秸垛的人分为两部分：一部分人用桑杈挑着麦秸铺子往垛上送，另一部分人站在垛顶负责接应，踩垛。用桑杈往麦秸垛的垛顶投送麦秸铺子，对人的力量是一个考验，谁杈的麦秸铺子大，举得高，跑得快，谁就能受到大家的夸奖。村里有一个从城里下来插队的知识青年，刚来时，队长以为他不过是一个吃闲饭的主儿，不指望他能干什么活儿。不承想他在城里练过武术，不仅练得一身好功夫，还身手矫捷，膂力过人，比队里任何一个人都能干。他把一大铺子银亮的麦秸叉起来，像举华盖一样高高举到空中，举重若轻似的就把"华盖"抛上了垛顶。他的举动赢得了乡下人的阵阵喝彩，使村里人因此改变了对城里人的看法。垛麦秸垛的最后一道工序，是把掺了麦糠和成的泥巴，糊在麦秸垛拱起的垛顶上。这样做，一是防止下大雨时麦秸垛漏雨，二是防止刮大风时把上层的麦秸刮走。等垛顶的泥巴全部糊好，垛麦秸垛才算大功告成，从夏到秋，从秋到冬，从冬再到春，不管刮风下雨，还是砸冰降雪，麦秸垛都会岿然不动，成为平原上巍峨的风景。

雪夜除了宁静，再就是干净。干净来自冬，来自冰，主要来自雪。一年四季哪一季最干净呢？当然是冬季。冬季树落叶了，不少生命消亡了，不少生命处在蛰伏状态，减少了循环和排泄，自然会显得干净一些。什么东西能把不干净的东西封住呢？当然是冰。一片冰心在玉壶，冰清和玉洁联系在一起，冰自然意味着干净。世界上什么颜色最干净呢？当然是白色。赤橙黄绿青蓝紫里不包括白色，白色明亮度高，无色相，通常被认为是无色。其实白色也是一种颜色，雪白就是一种颜色。雪白的白里包括了水白、云白、冰白，最后变成了雪白。雪白的白色不仅是最高层次的白，还是面积最大、覆盖面最广的白。有了铺天盖地的雪白，整个世界仿佛都变成了虚幻的世界，干净得没法再干净了。只拿草洞子洞口儿的这片土地来说，先是种上了大麦，大麦刚刚黄芒就被割下来，泼水，碾压，变成了打麦场。小麦刚打完，麦秸垛刚垛上，打麦场就被犁起来，种上了给大牲口吃的秆草。秆草是速生植物，一个多月就长到一人多高。秆草割去后，这块地又马不停蹄地变成了场，用来打豆子、谷子等秋庄稼。秋粮入仓了，场院很快被犁起来，耙起来，又种上了大麦。可以说，从初春，到初冬，这片土地就没有消停的时候，也没有干净的时候。只有到了深冬，天下起了大雪，下雪又是在夜间，这片土地才真正安静下来，干净起来。

雪还在下，洞子外面的冰雪之气越来越重，越来越冷。

他睡觉的时候，没有用麦秸把洞口封起来。要是把洞口封起来的话，洞子里就太黑了，黑得一直像黑夜，天亮了他都不知道。不封洞口，夜里会映进一些雪光，天亮了会映进一些天光，他跟光会一直保持着联系。躺下睡觉的时候，他的手在草铺上摸了摸，摸到了一块东西。他放在鼻前闻了闻，原来是一块石榴皮。石榴皮虽然已经有些发干，仍能闻到石榴皮上散发出的苦吟吟的香气。不难想象，石榴皮里所包裹的是红红的石榴籽儿，每一粒石榴籽儿都汁液饱满，一咬满口香甜。不用说，是有人在这里吃了石榴。石榴极有可能是偷来的，不能明着吃，只能躲在洞子里偷着吃。只是不知道，在这里偷吃石榴的是一个人，还是两个人；是男人，还是女人？

睡了一觉醒来，往洞外一看，他惊得一下子抬起头来，他以为天已经明了，自己一觉睡过了头。眨了眨眼再看，外面的亮光不像是天光，像是月光。他马上把头探出洞口往天上看，可不是吗，雪不知何时停了，月亮出来了。月是新月，正在往圆月生长，再过两三天，月亮就会长成圆满的大月亮。大概受到月亮的吸引，他心里一明，眼一亮，就穿上草鞋，戴上帽子，走到雪地里去了。他走几步，就停下来，仰脸看着月亮。大雪之后出来的月亮可真明亮啊，不知是月亮在下雪时憋足了精神，还是雪光反映到了月亮的镜面上，反正他从没看见过像今夜这么亮的月亮。天晴得并不彻底，天空中还飘浮着缕缕云彩，云动月移，月亮像是在薄薄的云影中穿行，忽儿被云彩挡住了，很快又从云彩中露出面庞。这样移动的云彩像在为月亮擦拭，使月亮明上加明，亮上加亮，更加皎洁。他之所以没走几步就停下来仰望月亮，一是他看月亮怎么也看不够，二是他想加深印象，把今夜这样的月亮永远保留在自己心上。

除了仰望月亮，他还回过眼来，环顾月光下雪地里的一切。他们的村庄像是被大雪压回了地面，在月光下成了一片白色的模糊，模糊得看不见门，看不见窗，似乎连屋脊都看不见了。旁边有几棵树，树的枝枝丫丫上都裹满了雪，使树的枝丫变粗、变白，在月光下仿佛闪耀着蓝色的荧光。披了一身银装的麦秸垛，不但不显得低，反而显得更高大了。在月光的照耀下，麦秸垛的白像是一种毛茸茸的白，又像是一种晶体一样的白，每朵雪花里似乎都有一个月亮，都散发着月光。他想到了几个词，有琼楼、玉宇，还有仙境。所谓仙境，不过就是这个样子吧。

明天夜里，他还会来这里睡。

2021 年 6 月 26 日至 7 月 5 日于光熙家园

原载《人民文学》2021 年第 12 期

挂在墙上的弦子

　　这地方的弦子多用于为戏剧伴奏，剧种多，弦子相应就多，每一个剧种都伴有特定的弦子。弦子是弓弦乐器的统称，还有一个叫法是胡人的胡。比如，给豫剧伴奏的弦子叫板胡，给曲剧伴奏的弦子叫曲胡，给坠子剧伴奏的弦子叫坠胡，给越调伴奏的弦子叫四胡等。胡胡胡，就这么有戏台处皆有胡。

　　板胡也好，曲胡也好，坠胡也好，四胡也好，虽说后面都带一个胡字，但它们的造型、音质和使命却各不相同。板胡的琴杆较短，音瓢是坚硬的椰子壳做成的，拉起来音质嘹亮，穿透力极强。曲胡的琴杆较长，长得琴首超过了坐在那里操琴者的头顶。曲胡的共鸣箱像一只放倒的笔筒，"笔筒"的一端绷着蟒皮或蛇皮，另一端敞着口子向外扩音。曲胡拉起来悠长、高亢，内里还有着一种浑厚的力量。坠胡的发音含蓄、内敛，听起来稍稍有一点闷。这是因为坠胡下面所坠的扁扁的音箱几乎是封闭的状态。坠胡不太适合为大戏伴奏，比较适合在乡村的月光下拉着它唱坠子书。打着简板唱坠子书，唱得好的多是女性，而拉着坠胡伴奏的则多是盲人。四胡大概是从大胡、二胡、中胡排下来的，排到了第四位。这四胡之中，排行老二的二胡名气最大，除了因为它有着以阿炳的《二泉映月》为代表的诸多名家名曲，还因为二胡可以为任何一个剧种伴奏。把二胡说成万能胡也可以。四胡也叫上天梯、四股弦，是为越调伴奏的主要乐器。说越调有的人不一定知道，但一提著名的越调表演艺术家申凤梅所唱的《收姜维》，也许人们就知道了。四胡的音质介于曲胡和二胡之间，拉起来既有曲胡的豪放，又有二胡的柔和与细腻，很适合抒情。

高新月家里墙上挂的弦子是一把曲胡。曲胡没有被装进琴盒，也没有装进布袋，就那么无遮无盖地挂在床边的北墙上。墙上楔有一根用楝树的原木做成的木头橛子，橛子上拴有一个用五彩的布条编织成的绳套，曲胡顶部一侧的纽子就套在绳套里。曲胡的弓子是用竹子和马尾做成的。竹子是斑竹，上面隐隐可见一些紫色的斑点。马尾是白色，可以判定是从白马的尾部上采取下来的。弓子紧贴着琴杆竖起来，扣在琴首一侧的纽子上。曲胡在拉响的时候，两根琴弦是紧绷的，压在琴弦下面的用高粱莛子做成的琴码，放置在琴筒底部的中间位置。

封在琴筒底部带花纹的蟒皮同样是紧绷的，在曲胡暂时不拉的时候，高新月不仅把琴弦稍稍放松，还把琴码移到琴筒的边框那里去了，这样就可以防止琴码把蟒皮压得塌陷下去，从而影响音响的质量。曲胡挂得比较高，可谓高高挂起。高新月伸手能摸到琴筒和琴杆，她女儿踮起脚尖都够不到。

弦子属于高新月的丈夫潘明华，全家人只有潘明华一个人会拉。如今潘明华外出打工去了，高新月不会拉，女儿更不会拉，弦子便上了墙，闲置下来。

当年潘明华要出去打工时，对他的弦子看了又看，摸了又摸，似乎有些不舍。

高新月看出了他的不舍，问他："怎么，你想带着你的弦子吗？"

潘明华没有回答想不想带弦子，他问的是另外的问题："你想跟我一块儿出去打工吗？"

高新月双手把自己鼓起来的肚子摸了摸，说："我这个样子，怎么跟你一块儿出去呢，我要是出去了，是我打工，还是工打我呢？"

她又说："你不用考虑我，想带弦子你就带着吧，歇工的时候想拉就拉一拉吧。"

"你不在我身边，我拉给谁听呢？"

"你可以拉给别人听嘛，不知有多少人喜欢听你拉弦子呢！"高新月说着微笑了一下，她笑得有些调皮，又似乎大有深意。

潘明华明白自己妻子的意思，承诺说："你在哪里，弦子就在哪里，今后弦子我只拉给你一个人听，一辈子都是这样。"

潘明华在外面打工没有固定的地方，有时在建房子的工地上搬砖，有时在修路的工地里和泥，还有时在小煤窑里挖煤。他外出打工四五年了，每年只有在过中秋节或过春节的时候，才回来一次或两次。潘明华每次回家，不等高新月提要求，他都会主动把弦子从墙上取下来，转一转轴子，调一调弦，为妻子拉上一曲两曲。这让高新月很是满意，甚至有些感动，像重温了旧梦一样。

这年离中秋节还有三天，老天爷下起了雨。雨是秋雨，也是连阴雨，淅淅沥沥下个不停。雨夜里下，白天也下，下得没黑没白，到处都湿漉漉的。地是湿的，天仿佛也变成了湿的。石榴树的叶子是湿的，连院子里那根在好天好地时晾晒衣服的铁丝，都挂满了晶亮透明的水珠，铁丝仿佛也变成了湿的。黄母鸡躲在柴草垛的檐下避雨，因为柴草垛也被雨水淋湿了，黄母鸡避雨的效果不是很好，鸡的翅膀颜色变得深一块，浅一块。黄母鸡把一只爪子提起来，藏在身子底下，喉咙里不时发出一些声音。那声音像是叹息，又像是呻吟。天这样不开脸，雨这样不断线，到了中秋节的那天晚上，恐怕看不到月亮了。高新月最近没有收到潘明华的信，她估计丈夫在过中秋节的时候不会回家来了。在高新月的心目中，潘明华既是他们家的太阳，也是他们家的月亮，潘明华过节不回家，就如同遇到了下雨天一样，家里既没有阳光的照耀，也不见月光的光华。

高新月家的屋子只有两间，墙是土坯墙，顶是麦草顶。连天阴雨弥漫，地上返潮，屋里充满泥土和麦草的气息。这天早上吃过早饭，高新月无法带女儿盼盼下地干活儿，对盼盼说："咱们接着睡觉吧。"她们在床上躺下，听见窗外有一只秋虫子在叫。高新月听不出是什么样的虫子在叫，也猜不到虫子躲在哪里。尽管外面沙沙地下着雨，虫子的叫声仍然很清晰。也许下雨的声音对秋虫的叫声所起的是烘托的作用，越是下雨，秋虫的叫声越显得突出。随着天气越来越凉，秋虫大概也感觉到，留给它的时日已经不多，再不叫就没机会叫了，再不唱就没机会唱了，所以它要抓紧最后的时间鸣叫，弹唱。它唱得断断续续，声音已不似夏日里那般嘹亮，颇有一些凄凉的味道。高新月转脸看见了挂在墙上的弦子，翻身起来了，拿起一个用红蓝鸡毛扎成的鸡毛掸子，着手清理弦子上的灰尘。其实弦子上干净得很，不管是琴冠、琴轴、琴杆、琴筒，还是琴弓、琴弦，都干干净净，称得上一尘不染。因为她过一两天就用鸡毛掸子把弦子上上下下掸一遍，绝不允许灰尘在弦子上停留。这样一来，她用鸡毛掸子轻轻接触弦子，其意义不光在于清理灰尘，好像是她经常必修的功课，又像是她的一种精神寄托。鸡毛掸子不是弓子，当鸡毛碰到琴弦时，本来没发出什么音响，可高新月的听觉仿佛产生了幻觉，竟然听到弦子悠悠地响起来，一响就响得很远，与外出打工的丈夫联系了起来。

　　在女儿盼盼看来，妈妈不是在为弦子清理灰尘，像是用鸡毛掸子给弦子挠痒痒。妈妈每次给她挠痒痒，她都会禁不住笑出声来。她以为妈妈给弦子挠痒痒时，弦子也会笑。鸡毛那么花，那么软，扫在皮上那么轻，谁会不笑呢？可不管妈妈怎么给弦子挠痒痒，糊在琴子筒上的蟒皮还是紧绷着，弦子杆的腰杆还是挺直着，一点儿都不笑。弦子的表现真让人叹气。盼盼也知道，妈妈不会拉弦子，只有爸爸会拉弦子，爸爸回家的时候，弦子才会响起来。她问妈妈："我爸爸什么时候回来呀？"

"我也不知道。你是不是想你爸爸啦？"

女儿点点头，眼睛看着妈妈。下雨天屋里有些暗，但女儿的大眼睛亮亮的。

"告诉妈妈，你哪儿想爸爸呢？"

女儿的眼珠转了又转，眉头皱了又皱，哪儿想爸爸呢？"这个这个……"她的手指头突然往墙上一指，"弦子！"

"你是说弦子想你爸爸了，对吗？"还没等女儿回答对不对，她又说，"弦子又没长心，它怎么会想你爸爸呢！"

女儿却说："弦子长心了。"

"你这孩子真能瞎说，弦子的心长在哪里呢？你说，你说！"

女儿伸出一根指头，把弦子从上指到下，似乎也不能确定弦子的心长在哪里。女儿笑了，笑得似乎有些害羞。

"你这个小鬼头，原来你是蒙你妈妈呀！今年过年，要是你爸爸也不回来怎么办呢？要是你爸爸不要咱娘儿俩了怎么办呢？要是你爸爸在外面给你找个后妈怎么办呢？"窗外秋雨绵绵，妈妈放下鸡毛掸子，把女儿的毛毛头摸了一下。

女儿的鼻子"哼哧"了两下，嘴唇撇了两撇，就哭了起来，边哭边喊："我不要后妈，我就不要后妈！"女儿一哭，眼泪哗哗地流下来，似乎比屋檐上的雨水流得都欢实。

高新月知道自己把女儿给惹了。小孩子都心实，说的是假设，到她那里就成了真事儿；假设的问题是三个，到她那里就有可能变成一百个；如果假设有些悲观，她比你还悲观，会沿着悲观的路一条道走到黑。高新月赶快把女儿抱住了，把女儿的脸贴在她怀里，等于用自己的衣襟为女儿擦眼泪，她安慰女儿说："妈跟你说着玩儿呢，你怎么能当真呢！你爸爸过年时一定会回来。他舍天舍地，也舍不了咱娘儿俩。你爸爸绝对不会给你找后妈，这一条我敢替你爸给你下保证。还有一条你要记住，你爸跟我说过，他的魂就在这把弦子里藏着，只要弦子在家，你爸的魂就在家。只要你爸的魂在家，等于他一天到晚跟咱们在一起，下雨天跟咱们在一起，下雪天也跟咱们在一起。好了，乖孩子不哭了，你爸的魂听见你哭，他该心疼了。刚才你说弦子长心了是对的，你爸爸藏在弦子里的魂，就是弦子的心哪！"

雨还在下着，院子里起了一层水雾。妈妈所说的魂，让女儿有些好奇，还有些害怕。她听村里的老奶奶说过，人好比是一只气球，人的魂就是吹进气球里的气，有气在气球里顶着，气球才会圆，才会飘起来。要是把气放出来呢，气球就会变得松皮拉塌，掉在地上。老奶奶的意思是说，气和气球不能分开，人和人的魂也不能分离。而爸爸的魂要是藏在弦子里面的话，等于爸爸的人和魂分在两处，那爸爸怎么有力气干活呢！女儿不哭了，从妈妈怀里侧过脸去，露出眼睛，重新打量挂在墙上的弦子。她猜想，爸爸的魂有可能藏在弦子下面的筒子里，因为从筒子那里往上看，不是光杆，就是细弦，没有任何可以捉迷藏的地方，要是隐藏的话，只能藏在那个里面都是黑影的筒子里。

妈妈对女儿说："你会越长越高，等你爸爸再回来的时候，我让他教你拉弦子怎么样？"

"不，我不学拉弦子。"

"为啥？"

"我笨，我学不会。"

"谁敢说我闺女笨，我闺女聪明得很。你要是学拉弦子，说不定比你爸爸拉得还好听呢！"

"我听人家说，就是因为你爱听我爸爸拉弦子，才嫁给了我爸爸，是这样吗？"

"是呀，我就是爱听你爸爸拉弦子，你爸爸拉弦子就是拉得好听嘛。"

"我还听人家说，你不是嫁给我爸爸，嫁给的是弦子。"

"这可是胡说，弦子都是靠人拉的，没有人拉，弦子自己是不会出声的。同样的道理，弦子和你爸爸相比，你爸爸才是主要的，是你爸爸拉弦子，不是弦子拉你爸爸。是你爸爸拉弦子拉得好，弦子又喜欢让你爸爸拉它，互相变成了知音，他们才做到了合二为一。我说这些你还不懂，等你长大了，听你爸爸冬天弦子拉得多了，慢慢就懂了。"

丈夫潘明华曾在公社宣传队拉过弦子，为曲剧《收租院》等戏伴奏。在宣传队期间，潘明华每月可以领到十五块钱的生活费。每天可以在食堂跟公社干部一起吃饭。宣传队在公社驻地演出，也抬着戏箱到乡下演出。只要有曲剧演出，潘明华作为宣传队里拉曲胡的头把弦，都会坐在戏台一侧的突出位置。那时，他和宣传队里一帮青年男女每天都是拉着弦子过，都是唱着过，都是跳着过，过得很是快乐。他们不在意宣传什么，上面让宣传什么，他们就演什么，只要能在宣传队里吹拉弹唱、演戏跳舞就行。比起全公社那些穿着补丁衣服、打着赤脚在田里辛勤劳动的青年们，潘明华他们意识到了所处位置的优越，几乎有一些出人头地的感觉。他们想，宣传队永远办下去就好了，他们在宣传队里永远快乐下去就好了。然而正如人们所唱的那样，好花总是不常开，好景总是不长在，宣传队在头年的初冬成立，到第二年遍地的小麦刚刚甩穗时就解散了，宣传队的存在前后不过半年多时间。

潘明华从宣传队回家之后，样子像是有些失落，精神头儿提不起来。他在宣传队的时候，生产队里每天给他计十分工，而且一天不落。他回生产队割麦，锄地，栽红薯，生产队里每天却只给他记八分，赶上他哪天早上睡过了头，未能出工，队里的记工员就会给他扣掉两分。加之生产队长跟他爹有些矛盾，把气出在他身上，时常给他脸子看，这让他的心情苦上加苦，闷上加闷。苦闷实在无法排解，在下雨天，或下雪天，他就关起门来，把弦子拉一拉。这时村里有人给他出主意，说他既然掌握了拉弦子这门技艺，可以去游乡要门头儿。在家里种地挣工分，每天累得少皮子没毛，也不过挣一毛两毛，出去拉弦子要门头儿呢，每天轻轻松松至少也能挣一块两块。潘明华听说过要门头儿这种说法，也见过要门头儿的在村子里走动。一般来说，要门头儿的人都识些字，身怀某种技艺。有的手拿毛笔和墨盒，在人家门边的墙上写两句吉利话；有的手拿竹板对着人家门口唱一段带有祝福意思的莲花落子；有的是拿着弦子，到人家院子里拉上一曲等。要门头儿的，不被说成要饭的，因为要门头儿与要饭有着明显的区别：要门头儿的多是男人，要饭的多是妇女；要门头儿的不带筐，不端碗，只要钱，要饭的眼里盯的是可以吃的东西，一口剩馍，半碗剩稀饭，都视为可以填肚子的食物；要门头儿的要到谁家门口，先有一定的付出，他们付出的是文化，也是艺术，而要饭的只会说两句"行行好吧，给口吃的吧"，一点儿付出都没有。这样比起来，要门头儿似乎比要饭高一个等级，要门头儿与门头儿被要，有交换的意思在里头。尽管如此，潘明华犹豫着，还是不想去要门头儿。在他看来，要门头儿与要饭的性质差不多，都是求人施舍，都有些低三下四。别管怎么说，他曾在公社宣传队里拉过弦子，有人在戏台上看见过他，或听说过他的名字，他怎么好意思把脸子一抹擦，挨家挨户去要门头儿呢？

给他出主意的人看出了他的犹豫，进一步开导他说，要是放不下架子、抹不开面子，跟大家一样活受穷不说，恐怕连找对象都成问题。

人都要找对象，找对象对他来说的确是一个问题。因他家里穷，弟兄们多，媒人先后给他介绍过两三个对象，女方一打听他家的情况，就拒绝了跟他谈对象。潘明华后来还是听从了好心人的劝说，用一件破衣服包上自己的弦子，到外村儿要门头去了。为了避免熟人认出他，他没有在本公社的村庄要门头儿，出门走得远一些，到别的公社里的村庄走村串户。让潘明华万万没有想到的是，通过拉弦子要门头儿，他不但要到了一些小钱，还遇见了一位喜欢听他拉弦子的闺女。潘明华要门头儿要得并不顺利，不但不能让人高兴，有时还让人感到屈辱。有的人家愿意听他拉弦子，任他把一支曲子拉完，给他一毛钱，或几分钱。有的人家不愿意听他拉弦子，他把某支曲子刚拉了一个开头，人家就打断了他，用一两分钱把他打发走了。还有的人家根本不允许他上门儿拉弦子，还没等他拉开架势，人家就表示反对，像撵狗或撵鸡一样撵他走。人家粗暴地撵他走，他一声儿都不敢吭，只能收起弦子走人，边走边叹，走到另一个村庄去了。当得到机会能拉完一曲时，他的悲苦情绪自然而然地就融进了琴韵里，不知不觉间有些眼湿。

要门头儿要到第三天，潘明华发现，当他从这一家转移到那一家时，除了有一帮小孩子在后面跟着他，不远不近跟在小孩子们后面的还有一个已经不是小孩子的闺女。尽管潘明华在拉弦子时塌着眼，低着眉，之前他还是注意到了，不管他到哪家拉弦子，这个闺女都会跟着听。闺女站得并不靠前，而是站在一个墙角，或站在一棵树后，在悄悄地听他拉弦子。潘明华毕竟在公社宣传队里干过，毕竟是见过一些世面的人，他判断出来了，这个闺女是一个喜欢听拉弦子的闺女，而且是一个喜欢听他拉弦子的闺女。嘤其鸣矣，求其友声。有一个闺女喜欢听他拉弦子，这是难得的。潘明华站下来，招招手，让闺女离他近一些，问她："你是不是喜欢听拉弦子？"

闺女点点头，说"是"。

潘明华说："那我单独给你拉一段儿怎么样？"

闺女说："我没有钱呀，我连一分钱都没有。"

潘明华："只要你喜欢听我拉弦子，这比有钱更重要。"就在村街的路边，潘明华靠坐在一只石头堆成的窑子边，拉了一段曲牌为"苦书韵"的曲子。这是他比较拿手的一支曲子，他拉得也很投入，很抒情，很上心，以至把听他拉弦子的闺女感动得泪花花的。

收起弦子，潘明华对眼前的闺女说："你以后听我拉弦子，可以站得离我近一些，别人要是问你我是谁，你就说我是你的表哥就行了。我的名字叫潘明华。"

闺女点点头，表示记住了。

"我可以问一下你的名字吗？"潘明华问。

"我叫高新月。"

潘明华把高新月的名字重复了一下，带着高新月向另一家走去。

　　走过一家又一家，走过一庄又一庄，走过一天又一天。不管潘明华走到哪里，高新月就跟到哪里，潘明华拉弦子从天明拉到天黑，高新月听拉弦子也从天明听到天黑。终于有一天，潘明华在外村要过门头儿往自己所在的村庄走时，高新月也跟他一起，到潘明华的家里去了。天已经黑下来了，潘明华的父母安排高新月在潘家住了下来。他们看出来了，四小子外出要门头儿，钱没要到多少，竟要回了一个大闺女。他们家四个儿子，只有大儿子结了婚，有了老婆，下面的三个儿子还都是寡汉。他们没有想到，四小子东跑西跑，东拉西拉，东要西要，自己就把对象找到了，而且找到的对象还不错，漂亮又识字，比大儿媳妇儿强多了。四小子找对象，一不用媒人介绍，二不用花钱送彩礼，只通过拉弦子，就把对象拉到家里来了，这真是天大的好事。想当初，四小子小学毕业后想跟本村的一个瞎子学拉弦子，他们都不同意。四小子想学一门手艺的话，如果学习当木匠、石匠、铁匠、泥瓦匠等，他们都不会反对。儿子提出要学拉弦子，他们认为学习的方向不对。拉弦子能当什么呢？能当吃？能当穿？还是能找老婆呢？什么都不能，一点儿都不实用，拉弦子也就是拉着玩玩而已，也就是没事儿了听听声而已。他们还认为，四小子是怕苦怕累，不愿意好好当庄稼人，才提出去跟瞎子学拉弦子。他们不让四小子学拉弦子，四小子就偷偷去学。

　　也许四小子天生适合拉弦子，瞎子说他上道儿很快，比师傅拉得一点儿都不差，临死前把自己拉了一辈子的弦子传给了他。就是凭着这把弦子，四小子不但曾把自己拉到了公社宣传队，吃了半年多白面馍，还给自己拉回了一个老婆，看看，天下的事儿真是说不准。

高新月的父母得知他们的闺女要嫁给潘明华，说啥也不同意。什么拉着弦子要门头儿，不就是一个要饭的嘛，不就是一个叫花子嘛，他们好不容易养大的亲闺女，怎么能嫁给这样的人呢！他们认为高新月一定是被鬼迷住心窍了，或者是疯了，不然的话，她怎么会糊里糊涂地跟人家走呢！他们对闺女提的质问，跟四小子的父母当年对四小子提的问题几乎是一样的，他们问高新月，听拉弦子能当饭吃吗？高新月的回答是能，只要能听潘明华拉弦子，她不吃饭都中。父母问，听那小子拉弦子能当衣穿吗？高新月回答还是能，只要能听潘明华拉弦子，她一辈子穿打补丁的衣服都没什么。父母说，姓潘的是一个穷光蛋，靠他拉弦子要门头儿，能盖起房子吗？高新月说，盖不起房子也没关系，她宁可住在露天里，也要跟着潘明华。见高新月铁了心，就算拴了脖子拉回她这个人，也拉不回她的心，只好作罢。父母最后给她撂下的话是，权当没生她这个闺女，就让她听着弦子喝西北风去吧。

高新月嫁给潘明华后，他们夫妻结伴又游乡要了一段时间门头儿，过了一段夫拉妇随、漂泊流浪的生活。然而，随着分田到户，随着青壮男人可以外出打工，随着农村人也买了收音机、录放机、电视机等，人们就不稀罕听拉弦子了。别说听单拉独奏的弦子，连三月三庙会上唱大戏，人们都懒得去听。风向说变就变，社会说变就变，人们的爱好亦随之变化。在这种情况下，潘明华和高新月都明白，拉着弦子要门头儿的行为再也行不通了，如果硬要实行，只能被人说成不识时务，成为笑柄。他们家也要攒钱，也要盖房子，于是，潘明华收起弦子，告别妻子，随着浩浩荡荡的打工潮流，也外出打工去了。

留在家里的高新月怎么办？她是为潘明华拉弦子所发出的音响而感动，冲破世俗的阻力，也心甘情愿地做了潘明华的妻子。她原以为，只要她守着潘明华，就等于守着弦子，她只要想听弦子，潘明华随时都会抄起弦子，拉给她听。谁料得到呢，潘明华留下弦子，也留下她，说外出就外出了。高新月完全能够理解潘明华的心情，潘明华正是出于对她的爱，出于对家庭责任的担当，出于能让她过上幸福生活的愿望，才恋恋不舍地留下她，并留下弦子，一个人到远方去了。

过了中秋节，天就放晴了，太阳照到哪里都是黄黄的，像是镀上了一层金色。等阳光把地里晒得稍干一些，高新月就带着女儿盼盼去地里收庄稼。别看他们家的土地只有两亩多一点，高新月种的庄稼却很全，有玉米、芝麻、大豆，还有红薯、花生。这天来到地头，高新月先拔下一棵花生，让女儿自己剥生花生吃，她带着荆条筐，钻进玉米地里掰玉米棒子。掰满了一筐，她就带回家去，晾晒在院子里，再返回到地里接着掰。

路上有村里的嫂子问她：“过中秋节没看见潘明华回

来呀？"

高新月说："他没回来。"

嫂子知道高新月因为喜欢听潘明华拉弦子，才嫁给了潘明华，她接着问："潘明华不回来，谁拉弦子给你听呢？"

高新月的回答让嫂子吃惊不小，她说："没事儿，弦子自己会响，我想听的时候，弦子自己就响起来了。"

嫂子把高新月看了看，说："你吓死我了，你不是说梦话吧，弦子没人拉自己会响，那弦子不是变成神仙了嘛！"

高新月说："真的不诓你，在夜深人静的时候，我想听什么曲子，就有什么曲子。"

过了八月十五，月亮一天比一天升起得晚，到了八月十九这一天，高新月和女儿都吃过了晚饭，女儿都睡着了，月亮才慢慢地从东边升起来。也是从八月十五作为一个分界线，日子每多一天，月亮就少那么一点点，月饼似的月亮就不那么圆了。不过，月亮虽然每天递减一点，它发出的月光似乎一点儿都不减弱，仍照得院子里白花花的，像撒了一地碎银。月光这么好，她舍不得丢下月光就睡，便躺在床上，看了一会儿从窗口透进来的月光。人间月亮共一轮，乡下有月光，城里也会有月光，她猜不着潘明华这会儿在月光下干什么。她听潘明华说过，在外面打工，加班加点是常有的事，有时白天干了一天，晚上还会接着干。这么说来，潘明华这会儿也许仍在工地上搬砖，和泥。一双拉弦子的手，去搬那么粗糙的砖，去和那么稀烂的泥，真是有点儿可惜。有人问过高新月，嫁给潘明华后悔不后悔？高新月的回答很肯定，也很坚定，说一点儿都不后悔。她说，潘明华现在虽说在外头不拉弦子了，不等于他不会拉弦子，弦子的曲子都在潘明华肚子里装着呢，只要想拉，他回来就能拉。

回过眼来，高新月看了一眼挂在墙上的弦子。在煤油灯的光下，她先看到了琴筒后面白色的琴码。琴码是用高粱的莛子做成的，高粱莛子的表面似有一层会反光的玻璃质，煤油灯小小的橘红色灯头就映在琴码子上，床头的箱子上面有一盏灯，琴码子里好像也闪烁着一只灯。她看到了琴码子，继而看到了整支弦子，脑子里某个地方仿佛轻轻响了一下起板，紧接着，弦子的曲调就在她的脑子里幽幽地响起来。如她所听到的、并吃到心里去的潘明华所拉过的所有曲调一样，这个曲子也是先慢后快，先缓后急，先低后高，一步一步就推向了高潮。既然她先看到的是用高粱莛子做成的琴码子，那么响在她脑子里的乐曲就是高粱曲。遍地金黄的小麦刚刚收割完毕，农人不等土地喘一口气，马上就在地里种上了高粱。高粱的种子是红的，发出的苗子却是绿的。油绿的高粱苗子一天一个样，很快就盖满了大片大片的土地。在夜深人静的时候到高粱地边听吧，满地吱吱作响，都是高粱拔节的声音。这声响像极了拉弦子转轴调弦的声音，仿佛每棵高粱都是一把弦子，它们都在抓紧时间转轴调弦，等弦调好了，它们就共同演奏一曲绿色的乐章。好嘛，风来了，它们演奏的机会就来了，演奏正式开始。风小的一阵，它们的演奏嘈嘈切切，如同爱的低吟浅唱。

风大的一阵，整块地里的高粱叶子哗哗作响，如千人欢呼，万众鼓掌。更大的一阵风来了，高粱叶子一路翻卷着向远方波涌而去，把乐曲带到了天边。好嘛，雨来了，高粱曲和演奏翻开了新的篇章。当密集的、珍珠般的大雨点子打在高粱叶子上时，每片高粱叶子无不欢快地浑身哆嗦，好哇，好哇，痛快，太痛快了！在大雨中，它们除了唱歌，还跳起了舞蹈。它们跳得非常狂放，非常尽兴，有挥臂舞、甩发舞、抖臀舞，还有摇头舞，全身的每一个细胞似乎都参与了舞蹈。随着夏天过去，秋天到来，高粱开始秀穗，灌浆，穗头逐渐变红。当高粱的面孔红得像饱经风霜的老农，它便沉静下来，低下了头。至此，高新月脑子里响起的高粱曲就接近了尾声。

夜越来越静，高新月又看到了琴弓上的那束白色的马尾。这么多的马尾，也许不是出自一匹马的尾部，而是从多匹白马的马尾巴上选出来的。当生产队还存在的时候，高新月曾在饲养室里看见过一匹白马，没有看过成群结队的白马；曾看见一匹被绳子拴在木桩子上的白马，没看见过撒欢儿奔腾的白马。她既然从白马尾上联想到了白马，脑子里响起的就是关于白马的曲子。曲子在起板时可以是静的，一如白马在阳光下打瞌睡。曲子响着响着，就成了动的，一如白马撒开蹄子在原野上奔跑起来，发出四蹄敲地的"嗒嗒嗒嗒"的脆响。曲子的旋律在高新月的脑子里回旋了一会儿，她的想象力就参与进来。高新月之所以爱听拉弦子，一听潘明华拉弦子就入迷，这与她丰富的想象力有着密切的关系。比如潘明华拉的曲子是一朵小红花，在她的想象里就变成了满天彩霞；潘明华拉的曲子是一只萤火虫，在她的想象里就变成了满天星斗；潘明华拉的是一滴水，在她的想象里就变成了大河奔流。那么白马曲呢，加进高新月的想象之后，就成了万马奔腾的奔马曲、赛马曲。一大群张扬着白尾巴的白马，在一望无际的原野呼啸而来，呼啸而去，如大海的波涛，奔涌的白云。

入冬下第一场雪的时候，高新月收到了潘明华的一封信，信里表达了对她和女儿盼盼的思念之后，说等他回家过年的时候，一定要好好地拉弦子给她和盼盼听。高新月把信读了两遍，到墙边把琴杆摸了摸。琴杆十分光滑，比琢玉还要光滑。琴杆除了光滑温润如玉，还有些发红。高新月知道，琴杆如此光滑，都是潘明华的师傅和潘明华用手磨出来的。琴杆有些发红呢，那是因为琴杆里渗进了他们师徒的汗水和血液。高新月听潘明华说过，这把曲胡的琴杆是用梨木做成的。看到梨木琴杆，高新月就联想到了梨树和梨花，她脑子里响起的就是梨花曲。杏花开罢桃花开，桃花败了梨花就开了。一样花有一样花的颜色，梨的颜色与杏花、桃花都不一样，杏桃的花朵都带有一些粉红，梨花的颜色却是纯白。高新月最喜欢看梨花，特别是梨花园里大面积的花海。梨花的白，像是最白的蝴蝶翅膀的蝶白，白中给人一种微微颤动的感觉。梨花的白，还是会发光的白，它发出的光是微光，像是蝴蝶翅膀上的荧光，又像是月光，带给人的是灵动的、无边无际的遐想。因窗外下着雪，梨花曲自然而然地就过渡到了雪花曲了。梨花白，雪花也白。

相比之下，雪花开得更普遍，飘得更自由，不开则已，一开就是天也白，地也白，房也白，树也白，白得混混沌沌，茫茫苍苍。潘明华说了，过年要回来，雪花曲没让高新月觉得冷，反而让她感到了融融的暖意。

潘明华到家的时间是腊月二十八的晚上，村里已零零星星响起迎新年放小炮的声音。他放下行李，拉开拉杆箱，从箱子里取出给妻子和女儿买的新衣，还有过年用的烟、酒、糖等，就去里间屋看那只挂在墙上的弦子。

高新月注意到，潘明华进家时，手上戴着一双黑色的皮手套。他回到家，又是开行李箱，又是从行李箱里往外拿东西，手套一直没有摘下来。直到用他右手从墙上取下弦子，仍没有脱下手套。

"你的手怎么啦，没事吧？"

"没事儿，不耽误拉弦子。"

潘明华这才把手套摘下来了。

高新月一看见潘明华的手，心里顿时打了一个寒战，原来潘明华的右手残了，五个指头中，小拇指没了，无名指没了，中指只剩下半根。也就是说，右手原本五根好好的手指头，如今只剩下两根半。

"我的老天爷，你的手咋成了这样子！"

"没事儿，右手在工地上受了点儿伤，不耽误给你拉弦子听。幸亏没伤到左手，要是伤到左手就坏了，就拉不成弦子了。"

潘明华在床边儿坐下，拿起弦子，移了码子，转了轴子，调准了弦音，右手两根半手指捏住弓子，左手在琴杆上下移动，就拉了起来。他拉了一会儿，眼泪从眼角涌出，顺着两边的鼻凹流了下来。在煤油灯的照耀下，两道眼泪明晰晰的，像两条小溪。

见潘明华流眼泪，高新月的鼻子一酸，也禁不住流下了眼泪。她对潘明华说："明华，咱不拉了好吗？不拉了好吗……"

潘明华没有中断拉弦子，他把弦子一直拉下去，拉下去。

2021 年 9 月 21 日至 10 月 7 日于怀柔翰高文创园

原载《芙蓉》2022 年第 1 期

哪儿都不去

有一年初夏，我托朋友的关系，选择豫西一家个体老板所开办的小煤窑，去那里定点深入生活。所谓深入，在别的地方也许带有一定的抽象性，深入或不深入都不好判定。而到了煤矿，"深入"二字实打实凿，不只是挂在嘴边说说而已。这是因为，矿工的劳动场所和一部分生活场所是在几百米深的井下，那是另一层与地面完全不同的天地，如果不深入到黑咕隆咚的井下，就看不到那样的天地，体会不到煤矿工人特殊的生存状态，写作只能浮在表面。所以，深入是必需的。

这家私营小煤窑开在一座国有大矿的井田范围内，据说所开采的只是一块鸡窝煤。对于鸡窝煤的形象化说法，人们一听就明白，无非是指煤体的赋存比较小，鸡窝里只有不多的鸡和有限的蛋。鸡窝煤不值得拥有大型采掘机械的大矿大动干戈，就留给小煤窑小打小闹吧。若拿吃住条件作比，国营大矿当然要比小煤窑优越许多。可我为什么放着好的条件不去享受，却偏要选择条件差的地方去将就呢？根据我以往的经验，凡是先进的地方，机械化生产的地方，整齐划一的地方，都没有多少故事可言，倒是那些相对落后的地方，还是靠人力手工作业的地方，员工素质参差不齐的地方，反而能得到一些可供写作的素材。我在苍蝇乱飞的窑工宿舍里住了六七天，从井上转到井下，从澡堂转到食堂，从窑神庙转到洗头房，每天都有不少新的收获。如果把这些收获比作煤炭的话，我得到的"煤炭"足够我烧一阵子的。

出了小煤窑，就是农村的庄稼地。我像一个游手好闲的人，除了在小煤窑里转来转去，还以散步和锻炼身体的名义，转悠到附近的庄稼地里去了。季节既然已经到了夏天，遍地的庄稼呈现的是丰收在望的景象。金黄的油菜花彻底翻篇，翻到了油菜结角的全新篇章。饱满的油菜角子坠满了油菜的枝枝蔓蔓，使大片的油菜绿汪汪的。麦子成长的颜色与油菜翻了过来，油菜是由黄变绿，麦子是由绿变黄。岗上的麦子在阳光的照耀下，正一天比一天往成熟的方向长。麦子成熟的标志，是逐渐褪去青涩，从内心出发，一点一点变成金黄。目前的麦子虽然还是半青半黄，没有完全成熟，可麦子的香气已涌现出来。麦田里涌出的香气像是波浪式的，一波未平一波又起。香气又像是上升的，一直升到天空去了。对夏天的消息最敏感的布谷鸟定是嗅到了麦香的气息，它们异常兴奋，在麦田上空飞来飞去，不停地发出嘹亮的鸣叫。布谷鸟儿不是立在某棵树上叫，也不是停在田间偶尔突起的某块石头上叫，而是边飞边叫。它们飞得很快，像一支支射出的羽箭。它们头一声鸣叫还在麦田南，下一声就到了麦田北；这一声鸣叫在麦田东，那一声鸣叫就到了麦田西。懂鸟语的人说，这是布谷鸟在催促人们准备收割小麦。人以食为天，鸟也是以食为天，鸟类比人类还要性急许多。

我正在地头和一位戴草帽的老人聊天，估计当季小麦的收成，忽见一只野母鸡带领着一群野鸡娃子，从麦垄之间的缝隙里钻了出来。以前在老家麦苗初发的坟地里，我只远远听见过野鸡高亢的鸣叫，看见过野公鸡华丽的外衣，却从未看见过野母鸡和野鸡娃子，这次近距离地看到了野鸡妈妈和它的娃娃们，未免让人感到惊喜。鸡妈妈只有一个，娃娃们却有一群。我叫了一声"野鸡"，刚要数一数野鸡娃子有多少只，鸡妈妈大概发现了老人和我，带着它的子女们迅即打了转折，又钻回麦丛中隐藏起来。它们行动迅捷，一眨眼就不见了。老人告诉我，在麦子抽穗期间，正是野母鸡在麦棵子深处孵小鸡的时候。等麦子熟了，该收割了，小鸡们的羽毛就扎全了，翅膀就长硬了，可以自由自在地飞到别的地方去生活。我问老人，能不能逮几只野鸡娃子放到家里养呢？老人摇头说不能，野鸡娃子气性大得很，养不活。他曾捉到一只野鸡娃子，用细草茎拴住野鸡娃子的腿，拴在一棵麦子的根部，意思是让野母鸡继续喂养野鸡娃子，等野鸡娃子长得稍大些，他再把野鸡娃子取走。不料第二天他去查看，发现被拴的野鸡娃子已经死了，身上爬满了黄色的蚂蚁。

或许有人认为，我去小煤窑定点深入生活，似乎只盯着矿工的生活就行了，至于小煤窑以外的生活，可以忽略不计。我可不这么认为，看到什么事情好玩儿，让我产生兴趣，我还是愿意记到日记本上。再说了，任何生活都不是孤立的，互相之间都是有联系的，什么生活不是生活呢！

结束在小煤窑的生活后，我就近转移到豫东平原——我的老家去了。回老家当然也是深入生活，而且是深入到"家"了。回老家的一个主要目的，是想看看收麦的场景，重温一下收麦的旧梦。还在老家当农民的时候，我每年都参与生产队的收麦劳动。那时候收麦，都是用镰刀割、铲子抢，每年都干得轰轰烈烈，热火朝天，像是进行一场一年一度的收割狂欢。而自从我1970年夏天参加工作之后，几十年过去了，我再也没有见过收麦。我听说，现在收麦都是使用联合收割机，机器隆隆一过，麦粒与麦秸两相分离，金黄饱满的麦粒就倾注到容器里去了。如此一来，由机器代替人工，就简单多了，省事多了，乡亲们收麦就不必再付出巨大的辛劳。可是，人工有人工的美，机器有机器的美；复杂有复杂之美，简单有简单之美，我很想看看机器收麦的过程，增加一些新时代收麦的细节记忆。

母亲去世后，我们家的四间平房就成了空屋，门前的院子里长满了荒草。到家后，我放下行李，未及把院子里的荒草清除一下，就背上我的黄色军挎包，带上袖珍傻瓜相机，向村外的麦田走去。比起豫西山区的麦田，我们豫东大平原的麦田更加广阔，广阔得无遮无拦，与天际相连，仿佛连天上都种满了金色的麦子。我心潮澎湃，真想像诗人那样大声咏叹，这就是我的家乡，我的土地，我的麦田，我又回来了！没有风，从麦田里涌出的阵阵麦香像五月的熏风一样让人陶醉。

　　我沿着田间的小路正往麦田深处走，见一个骑自行车的人从对面过来。齐腰深的麦田几乎把自行车遮住了，骑车人像是骑在麦田上。加之骑车人蹬得比较快，看上去像是一个麦上飞，或麦上漂。眨眼之间，骑车人就到了我跟前，哗啦一声从车上跳了下来，叫了一声我的名字，问我啥时候回来的。

　　这是我的一个堂哥。在我们村，我一共有五个堂哥，他是其中之一。我说上午刚到家，遂抽出一支香烟递给他，问他干啥去了。

　　他说他到小李庄帮人家盖房子去了。我递给他的烟，他没有马上点燃，只把烟看了一下，说这是好烟，把烟别到耳朵上去了。烟卷是雪白的，他的耳朵有些黑，黑白形成了鲜明对比。

　　眼看日到正午，我问他："你去帮人家盖房子，人家中午不管你们吃饭吗？"

　　"不管。干一天给四十块钱，五天兑一回现。另外，每两天给干活儿的人发一盒烟。烟是赖烟，才一块多钱一盒。"

堂哥年过花甲，头发花白，脸上打了不少褶子。我夸他身体不错，还能跑来跑去的，给人盖房子。

他说他能吃能睡，身体还凑合。趁着现在还跑得动，能挣两个就挣两个，不用靠孩子养活。以前只知道把粮食看成口粮，保命粮，没把粮食看成钱。现在才知道，粮食就是钱，钱就是粮食。他帮人家盖房子，一个月所挣的钱，差不多能买两亩地所打的小麦呢。现在的年轻人为啥都愿意出去打工挣钱，不愿在家种地呢，就是因为打工挣得多，种地挣得少，打工挣钱来得快，种地挣钱来得慢。

我承认他说得有道理，问："现在种的有多少地？"

"就是我和你嫂子两个人的地，两亩地多一点儿。"说着，他仰脸看了一眼天上的太阳，让我跟他一块儿回家吃饭，他用鸡汤给我下面条儿。

我说："不了，我这会儿还不饿，还要在地里转一会儿。"我知道他吃过午饭还要去小李庄干活儿，让他赶紧回家吧。

"我闲了再去跟你说话。"他蹬上破旧的自行车，在坑洼不平的土路上，咯咯噔噔向家里骑去。

这个堂哥比我大两岁。1958 年村里开始办小学时，堂哥就成了我的同班同学。我们一起在村里的小学上到四年级，从五年级开始，就转到公社所在地的镇上小学去上学了。堂哥的学习成绩不是很好，他连六年级都没考上，只读完小学五年级就结束了学业。堂叔和堂婶子一辈子生了九个孩子，夭折了七个，只存活了两个，一个男孩儿和一个女孩儿。男孩儿就是堂哥，女孩儿是比堂哥小十多岁的堂哥的妹妹。堂哥是堂叔家唯一的儿子，当然也是堂叔家的娇孩子。自从有了人民公社、生产大队和生产队之后，堂叔一直在我们村生产队里当队长，村里就安排堂哥在生产队里当记工员。当记工员的堂哥，不必一天到晚，或风里来雨里去地跟社员们一块儿干活儿，只拿着记工的册子，给参加生产队劳动的男女社员记工分就行了。记工分和靠工分分粮食已变成了历史，但作为记工员，堂哥应是那段历史的见证人之一。

我继续往麦田深处走，走着走着，看见前面不远处从麦垄的缝隙间钻出一只野兔。我在豫西山区的麦田地头看到了野鸡，又在家乡平原的麦田地头看到了野兔。不用说，野鸡是在麦稞子里孵小鸡，野兔也是在麦稞子里生小兔，小鸡和小兔都是和麦子一起成长。我不想让野兔看见我马上跑掉，就停住了脚步，悄悄拿出了照相机。看样子，这只野兔是一只新生的兔子，也许是初生的兔子不怕人，看到我它一点儿都不惊慌，在地头蹦跶了几下，就停下来蹲坐在地头的草地上，用前爪在脸上优雅地抹来抹去，像是擦嘴，又像是洗脸。野兔的毛色和已经发黄的麦子的颜色一样，两者几乎融为一体。可是，当我刚把照相机举起来，想把画面拉近一些，野兔还是跑掉了，遁入麦田去了，我只照了一个空镜头。这个小兔崽子，它在逗我玩儿啊！

回村时，我路过堂哥的家门口，就顺便拐到堂哥家看了看。堂哥家老宅的房子就在我们家房子的前面，我们家堂屋的门口正对着他们家房子的后墙。每年过春节时，我们家所贴的"出门见喜"的字样，就贴在他们家的后墙上。后来生产队解散，分田到户，宅基地重新规划，堂哥把老宅留给他儿子，并帮助儿子在老宅盖了两层楼房，他和堂嫂在村外的地头另盖了两间小屋，就从老宅搬出，住进了小屋。我所说的堂哥的家，是指他目前所住的小屋。小屋门前，是堂哥和堂嫂的责任田。小屋前面没有搭院墙，开门一个跨步，就迈进了责任田。责任田里种了小麦，还开了一小片菜园。麦田是黄的，菜园是绿的。菜园里种了黄瓜、豆角、茄子、辣椒，还有苋菜、荆芥等，想吃什么菜，随时可以到菜园里采摘。在麦田的正中间，是堂叔和堂婶子合葬的坟墓。因坟堆上长有一些桑树、楮树条子，看去也是一堆绿。堂哥只要一开门，就能看到他父母的坟墓。从这个意义上说，说堂哥是父母的守墓人也可以。

我刚走到堂哥家小屋的东边，从狗窝里窜出一只小黑狗，冲着我叫起来。小黑狗身量不大，叫声却不小，一副拒人的凶恶样子。

堂哥闻声从小屋里走了出来，喝住了小黑狗的狂叫。堂哥手里还端着小半碗吃剩下的面条，他把面条倒进了狗窝前面的一只粉红色塑料盆里。在小黑狗吃面条时，又从狗窝里蠕动着爬出四只狗娃子。狗娃子两只黄、两只黑，像是刚出生不久，毛团团的，眼睛还没有完全睁开。它们小鸟一样叽叽地叫着，找它们的妈妈。

我说："小狗儿的生活不错，主人吃鸡汤面条，小狗也跟着吃。堂哥，鸡汤是事先熬好的吗？"

堂哥说："不是，我买了一只煺掉毛的肉鸡，挂在墙上，想吃的时候，用刀子片下一点儿肉，切成肉丝，下油锅一炒，兑上水一煮，鸡汤就成了，下出的面条就有了鸡汤味。"

说着，他领我到屋里，指给我看他挂在墙上的那只肉鸡。我见那只白里透红的肉鸡个头不小，简直像一头小猪。

我说："这只鸡够大的。"

堂哥说："现在的肉鸡都是用饲料催起来的，长肉期间，一天到晚用日光灯照着，不许乱动，只许长肉。一只鸡不到四个月就长满了肉，每只鸡都有七八十来斤。"

我说："了不得，现在干什么都提速了。"

"别说养鸡了，现在养猪也快得很。过去各家各户养猪，哪头猪不得喂上一年两年。现在可好，养猪场里养猪，一头猪四个月就可以出栏卖钱。说句话不好听，那些小母猪还没到发情期呢，还不知道跟公猪谈恋爱呢，就肥得不行了，就被卖到屠宰场去了。"堂哥边说边笑，在为自己的说法感到得意。

我问堂哥："嫂子呢，怎么没看见嫂子呀？"

堂哥说："你嫂子到城里帮闺女看孩子去了。"

"闺女在哪个城市？"

"山西阳泉。"

"阳泉我去过，那里有煤矿。"

"不错，我女婿就是在煤矿打工，闺女后来也去了。"

"你怎么不跟嫂子一块儿去呢？"

"我才不去呢，在家里好好的，我哪儿都不去，一辈子都不打算出去。"

"可以出去看看外面的世界，开开眼界嘛！"

"外面再好，那也是人家的。依我看，开不开眼界都是那么回事，开了多不到哪儿去，不开也少不到哪儿去。"堂哥接着说了他不外出的三个原因：一是地总得有人种，不能让好好的地荒着；二是他儿子一家都到城里去了，儿子把家里的钥匙留给了他，他得帮儿子看着房子；三是他在本地也能帮人家干活儿，也能挣到现金，何必非要到外面去呢？总的来说，一个人有地种，有钱挣，有饭吃，有衣穿，天底下平平和和的，还有什么不知足呢？

我说："你是知足常乐。"

他再次说："反正我哪儿都不去，就算全村的人都走光了，我一个人也要留在村里。"

我说："那好，我每次回来都能看到你。"

他问我："啥时候回北京，给你送几斤黄豆，你带回北京自己生豆芽儿吃。现在街上卖的豆芽儿不能吃，别看又粗又长，里面都是催生素，一点儿豆芽味儿都没有。"

我说："免了，我现在懒得很，路上什么东西都不愿带。"

这次回老家，我看收麦的愿望没能实现。豫西山区的土地贫瘠，麦子长得瘦弱，熟得早一些。而我们豫东大平原土地肥沃，麦子苗壮，成熟得要晚一些，大约比豫西的麦子晚收割六七天。我以豫西麦子的成熟度衡量豫东麦子的收割期，是不准确的。

返京前，我和故乡的朋友们一块儿喝了酒。登上火车时，我仍醉眼蒙眬。列车在豫东大平原的麦海里穿行。车窗外金色的、动态的麦田无边无际，更显得壮观无比。我禁不住给妻子打了一个电话，说："大平原上成熟的麦子是全世界最美的景观，你想象不到有多么好看，多么震撼……"我没有再说下去，喉咙哽咽得说不出话来。

我母亲于2003年的初春长眠于地下，再也没有醒来。我每次回老家，母亲都不再跟我说话，我到母亲坟前跟母亲说话，都是单方面的。不能因母亲不再回应我的话，我就不回老家，该回老家时，我还是要回老家。通过回老家我知道，村里的人口每年都在发生变化。村里的土地是不变的，固定得像铁打的一样。尽管有的土地上面盖了房子，但房子下面还是搬不走的土地。变化的是人口，人口在增加，也在减少。增加的是新出生的小孩子，我都不认识。而减少的多是上岁数的人，我所认识的人。我每次回老家，几乎都能听到消息，谁谁不在了，谁谁谁下世了！每每听到这样的消息，我都会惊讶一下，心里沉重一下，但很快就过去了。我意识到，生和死都是正常现象，有生就有死。而生和死之间相距的时间和距离并不是很长，转眼间就接近了。基于这样的认识，我每次回老家，都要在村里走一走、看一看，看看那些尚在的堂叔、堂婶子，或堂哥、堂嫂。

有一年秋天回老家，我又去村外地头的小屋去看望堂哥。近前没听到小狗叫，不知堂哥把他家的小黑狗和一窝狗娃子弄到哪里去了。我看到堂嫂从外地回来了，堂嫂站在门口一辆电动三轮车旁，正催促两个背着书包的小孩子上车。堂嫂比堂哥大三岁，头发全白了，已完全是一个老太婆模样。当年媒人给堂哥介绍堂嫂的时候，村里不少人估计，堂哥不一定看得上堂嫂。因为堂哥是家里的独子，又当着记工员，家里各方面的条件比较好。而堂嫂长相一般，一点儿都不出色。让人没想到的是，二人第一次见面时，不知堂嫂对堂哥说了什么话，堂哥一下子就同意了。村里人说，这都是因为堂哥太年轻，见不得大闺女，一见大闺女就迷了窍。堂哥跟堂嫂结婚时，堂哥还不到十八岁，当时我还在镇上的中学读书。堂哥成婚那天，他们家要举行婚宴，母亲提前跟我说好，那天让我代表家人去参加婚宴。可那天学校放学晚了，我紧跑慢跑地跑到家，堂哥家的婚宴已经开始，母亲代替我参加婚宴去了。我嘴馋肚空，准备的是去大吃一顿。什么都没吃上，我竟不知羞耻地在我们家院子里大哭了一场。为了自我揭丑和忏悔，我把这件事写成了一篇短篇小说，小说的题目叫《赴宴》。嫂子是个调皮的家伙，我写过一篇短篇小说《嫂子与处子》，其中的一个嫂子就是以这位堂嫂为原型。跟堂嫂简单聊了几句，我知道两个背书包的小孩子，一个是她的孙子，另外一个是她的外孙女。因小孩子没有城市户口，没法儿在外地上学，只能回到老家来上学。我们本村的小学停办了，小孩子只能到邻村的小学去上。我们村离邻村有二三里路，堂嫂就骑着后面带斗子的三轮车，每天往返两趟，接送两个小孩子上下学。堂嫂不忘跟我说笑话，问我咋不把美女带回来，把美女一个人留在家里，不怕美女夜里睡不着吗？她说的美女，指的是我老婆。

我说："嫂子还是这么调皮捣蛋，小心我把你写到小说里去。"

堂嫂说："写呗，谁不写谁是小狗儿。"

晚上，我正和两个堂叔与村干部在家里喝酒，堂哥手持一盏矿灯样的充电电灯到我家来了。我起身欢迎他，让他入座喝两杯。

堂哥说他在家里吃过饭了，他是来看看我，跟我说说话。

我说吃过饭了没关系，不耽误喝酒。有饭垫底，喝酒才不伤身体。

堂哥喝酒很实在，他大概也知道我家的酒都是上档次的酒，有不喝白不喝的意思。

一个当村支书的堂弟，用一次性的薄皮塑料茶杯给他倒了大半杯的白酒，有二三两的样子，他两口就喝干了。酒劲儿迅速攻上来，堂哥的脸很快就红了。不知怎么就说到了外出打工的事，堂哥的情绪显得有些激昂，他说："咋着，非要都出去吗？允许人出去，还得允许有的人不出去。反正我哪儿都不去，我就看着咱刘楼儿（我们村的名字）好。我要是出去了，谁会认识我呢，谁会招呼我喝酒呢，是不是！"

在灯光下，我见堂哥眼里像是有了泪光。

我说:"堂哥说得好,为老兄这几句话,我敬老兄一杯!"

堂哥面前的杯子里新添了酒,我举杯跟他碰了一下,他又把杯中的酒喝干了。这时堂哥说了一句话,我记住了。他把喝酒说成打食,说:"别看我来得晚,今天晚上我没少打食。"

来年夏天,当支书的堂弟打电话向我报告了一个不好的消息,说堂嫂出事了。我问怎么回事儿。堂弟说,堂嫂骑着电动三轮车,带着一袋麦子,去外村的打面机房打面。骑到村子北面的小桥上,电动车拐弯太猛了,一头扎到了小桥下面小河的泥水里,电动车和麦子都砸在堂嫂身上。等村里人赶过去把堂嫂抬上岸,堂嫂已经软塌塌的,一口气都没了。当时堂哥也在车斗子里坐着,电动车往河里冲的时候,把堂哥甩了下来,虽说堂哥也落了水,腿上也受了伤,身体总算没什么大碍。

人总要离世,人离世的情况多种多样。我万万没有想到,堂嫂会这样悲惨地离世。我只能说,太突然了,太意外了!

堂嫂的突然离世,对堂哥的打击可想而知。堂哥要是有手机的话,我会打通他的手机,安慰他一下。堂哥一直没买手机,我无法安慰他。

秋天回老家,我再去看望堂哥,见堂哥的身体垮了下来。他先是精神垮塌了,身体很快也跟着垮塌了。他得的是脑梗,一梗百梗,上梗下也梗,整个身体就僵硬了,不灵活了。所谓脑梗,我的理解对堂哥来说有一定的象征性,既有物质性,也有精神性;既有肌体性,也有心理性,这两者相互作用,就把一个好好的人整垮了。试想想,要是家里不出那场变故,要是堂嫂还活着，堂哥不会变成这个样子。我看见堂哥时，他正站在他的小屋门口啃一个剩馍。剩馍里夹着一些酱色的咸菜，他双腿叉着，一只胳膊拐着，另一只手在往嘴里送馍。看见我，他停止了吃馍，好像不认识我了一样，把我看了一会儿，似乎才终于认出我是谁，叫了一声我名字的后两个字。我答应了一声，几乎掉下泪来。回想起堂哥还是一个翩翩少年的时候，我们一块儿在初春的麦苗地里疯跑，放风筝；一块儿在河里玩水，打水仗；一块儿在打麦场里摔跤，摔得月光满地都不回家。那是一个何等生龙活虎的堂哥。转眼之间，堂哥就变成了这种状态。

我对堂哥说："你一个人在家里不行，还是跟着孩子好一些。"

堂哥说他还行，能自己照顾自己，饿不死，也冻不死。他变成现在这样子，不愿去给孩子们添麻烦。他哪儿都不去，死也要死在家里。说着，他拿馍的手往前面不远处堂嫂的坟头示意了一下，说看见了吧，他将来的位置就在那里。

我劝堂哥不要太悲观，赶上了好时候，要好好活着。

世上很多事情不能完全以自己的意志为转移，有时要以别人的意志为转移。堂哥到底还是离开了自己的家乡，极不情愿地转移到外地去了。2021 年初冬，我回老家为母亲"送寒衣"，再次去看望堂哥，见堂哥家小屋的门被封上了。封门用的东西是一些打成捆的玉米秆子，有个别麻雀在干枯发黄的玉米秆子上面卧着，不时叫上一声。一些干树叶子像冬天的雪一样被风旋到了门口，脚一踩哗哗作响。

我问村里人，堂哥到哪里去了。村里人告诉我，堂哥被他儿子接走了，接到外地去了。堂哥不想走，他儿子租了一辆车，硬把堂哥架到车里拉走了。村里人悄悄告诉我，堂哥的儿子之所以要把堂哥接走，是不愿意让堂哥死在家里，原因有三个：一是怕堂哥死在村外的小屋，无人知晓；二是堂哥若死在老家，还得买棺材，办葬礼，太费钱，太麻烦；三是村里没有青壮年人，抬棺材都找不到人。听到这些说法，我难免有些黯然。我想，我的堂哥，他恐怕再也不能回到生他养他的老家了。而我呢，这一辈子也许再也见不到堂哥了。

那次去小煤窑定点深入生活之后，我写了《失踪》《皂之白》等好几篇短篇小说，分别发在《十月》《北京文学》等杂志上。可能因为与堂哥太熟了，越熟越灯下黑，我从没想到要写一写堂哥。在再也见不到堂哥的情况下，在离堂哥越来越远的情况下，我才终于想起来写一写堂哥。每个人都是小说的对象，谁能说我的堂哥就不值得写一写呢！

2021 年 12 月 12 日至 12 月 25 日

原载《大家》2022 年第 2 期

最高楼

高启云一心要在高家楼盖一座全村最高的楼房，可以说这是他的志向，也是他今生今世的一个情结。

果树上的事，是有果先有花。人世间的事呢，是有果必有因。高启云想在村里盖楼房的动因，说起来话可能有些长，扯得可能比较远，可是，话的由来越长，就越有历史感，扯得越远，也许更有分量。高启云的祖上在明朝和清朝时都在京城做过官，先后都受过王封，在老家的县城建有长亭、牌楼和祠堂。随着高氏后代越繁衍越多，县城原来的地盘容纳不下，他们的先祖就在离县城十八里远的地方置买了上千顷外庄地，另盖了一座命名为高家楼的村庄。村庄的名字以"高"字打头是必需的，这地方的绝大部分村庄差不多都是以姓氏为标志，比如张庄、王庄、李营、赵寨等。这样一来，人有姓氏，村庄随人，仿佛也有了姓氏。人们一听某个村庄的名字，马上可以得出判断，该村的姓氏，一定是建村第一人的姓氏。后来随着时代的变迁，天灾、人祸的侵袭，人员的流动，某些村庄虽住进了一些外姓人，但姓氏的大格局一般不会改变，人员数量构成还是以最初的、先入者的姓氏为主。拿高家楼来说，这个村后来虽说掺进了范、张、普、梁等姓氏的人，但姓高的仍占全村人口的百分之八十以上，仍是大多数，别的杂姓人口仍是少数。高家楼的"高"字不难理解，那么，高家楼的"楼"字怎么解释呢？是先有村后有楼，还是先有楼后有村呢？对于这些问题，高启云调查考证过，高家楼的建设，是先有了一张蓝图，再照着蓝图施工，一砖一瓦、一梁一柱地把蓝图落实在土地上。也就是说，设计者在设计蓝图的时候，就标注了高家楼的村名。既然命名为高家楼，就得名副其实，平地起楼。问题的答案这就清楚了，是高家楼的创建者心中先有了"楼"的理念，是胸有成"楼"，然后才有了真实的、物质性楼房的建筑存在。

高启云多次听高家楼的老辈人讲过，当高家楼的第一套宅院落成的时候，那是相当宏伟，气势非凡。那是一套二进院，院子深得一眼望不到底。宅院最前面，是一座高大宽敞的门楼子，门楼子的底座是"秦砖"，上面盖的是"汉瓦"。屋脊两头各装有一尊天马样的走兽。门楼子有多高呢，是俗话说的掉帽子高。门楼子有多宽呢，打开大门，套有三匹马的马车可以直接驾驶到门楼子下面的通道里去。通道东侧的墙上开有小门，配有耳房，耳房为看家护院的家丁们所住。耳房还类似于现在有些单位的传达室，外面来了人，不可直接入内，需经过传达室的人向被访的工作人员通禀一下，得到允许，方可入内。头进院是方方正正的大院子，正房五间，东西厢房各三间，都是砖瓦房。二进院的面积更大一些。东西厢房也是三间，正房却是七间。在七间正房中，只有中间的三间为两层楼的楼房，东西各两间低于楼房的房子算是楼房的披厦，对楼房起着拱卫和烘托作用。楼房前面有立砖砌成的台阶，台阶两侧各有一块上圆下方的础石，础石上立着油漆明柱，明柱上方有招展的廊厦。这座大约建于清代乾隆年间的楼房，就是高家楼最原始的楼房，也是所谓高家楼的标志性建筑所在。因楼房的地基打得比较高，如同建在高台上，跟一座塔楼差不多，几里外就看得见。有远方来的人打听高家楼在哪里，当地的人向"塔楼"遥指了一下，说看见没有，那就是高家楼。

可惜，高家楼的那座楼房后来被烧掉了。高启云没有弄清楚楼房是哪年哪月被烧掉的，只从老辈人口述的历史故事里得知，楼房是在兵荒马乱、盗贼蜂起的时代被土匪一把火烧掉的。不难想见，在高家楼创建后的近百年时间，是高家兴旺发展的鼎盛时期，家族由一门繁衍到五门，再由五门繁衍到十门、二十门，人口越来越众，房子越盖越多，木多为村，土多为庄，高家楼这个村庄很快形成了规模。这个时期的高家楼，恐怕也可以用"鲜花着锦，烈火烹油"来形容。有一点高启云弄清楚了，在土匪把那座楼烧掉之前，尽管高家楼又盖了不少房子，但没有再盖第二座楼，所有房子的高度都没有超过那座楼。因为那座楼已经具有祖楼的意义，神圣的意义，是不可超越的。土匪无法无天，不管这个那个。土匪头子派遣装作货郎的细作到高家楼侦察过，大概觉得高家楼有油水可捞，先是把高家的老太爷绑了票，勒索了不少马匹和银钱。犹嫌不够，接着一杆子土匪在光天化日之下窜到高家楼放开了火。据传说，土匪在用火把烧那座楼时，因明柱的木质太硬，像铁一样，老是点不着。还是当地的内奸给土匪出主意，说用秫秸箔把明柱卷上，里面再包裹进一些麦草，就可以点燃了。土匪如法实施，果然，明柱被烧成了火把，木楼板被烧得噼啪乱炸，楼顶的瓦被烧得像鸟儿一样纷飞，一座百年的楼房很快变成了废墟。

实为所利，虚为所用。人们盖房子，是利用砖瓦檩椽等实在的、物质性的东西，框成一些虚的空间，在空间里创造生活，繁衍生息。人类自从原始的野蛮人变成文明人，就再也离不开房子，人的命运就和房子的命运紧紧联系在一起，几乎成了相依为命、相辅相成的关系。也就是说，人的命运好了，才有好房子住。人倒运了，房子也会跟着倒霉。反过来说，房子被毁掉了，原来住在房子里的人，也会跟着走下坡路。覆巢之下，岂有完卵！说的就是这个意思。反正自打高家楼那座带有象征意义的楼房被烧毁之后，整个高氏家族就一路衰败下去，过的是苟延残喘的日子。那次被土匪烧毁的不只是那座楼房，整套二进院的所有正房、厢房、披厦等，几乎全部被烧毁了。不但最初的二进院被烧毁了，城门失火，殃及池鱼，连后来围绕着二进院所建的大部分房子都被烧毁了，一时间，高家楼村变成了一片火海。

继续拿房子说事儿。在高家楼的楼房被烧毁之后的数十年甚至近百年时间内，高家楼再没有出现一座楼房。路过高家楼的村边，有人会问，高家楼，楼在哪里呢？怎么回答呢，楼在过去时，楼在历史里，现在的高家楼，徒有虚名而已。

高家楼何止没有了楼房呢，后来翻盖和新建的房子，大都是坯座和草顶。高家楼地处平原低洼地带，十年九涝。大雨一下，洪水一来，村子里就房倒屋塌，一片泽国。洪水过去，村里人似乎连坯座的房子也盖不起了，只能临时搭起一些草庵子过活儿，仿佛又回到了原始时代。

那么，当年的楼房和二进院难道一点儿遗迹都没有吗？有的有的。可寻觅的遗迹主要有两处：一处是那座高大的门楼子和门楼子旁边的耳房；另一处是那座楼房的下半截底座，以及底座前面的砖砌台阶和两块础石。大概因为门楼子和耳房是砖石结构，不易点燃，就躲过了一劫。砖砌台阶和础石，也是因为点不着，烧不烂，才幸存下来，成为当年楼房曾经存在的可考证据。

闲话扯了这么多，现在终于可以集中说说高启云和楼房的关系。高启云是楼房创建者的第十二世孙。楼房被烧毁后，高启云的祖父在残存的下半截底座上架上横梁，搭起"人"字形叉首，铺上芦苇，苫上麦草，变成了三间草房。高启云就是在草房子里出生的。高启云还不会走路的时候，就在门前的台阶上爬上爬下，把台阶变成了游乐场。当他长成一个少年，在础石上磨过扎蛤蟆的锥子，还用秤砣在石头上砸制过鱼钩。他不把础石说成础石，跟住在大院子里其他人一样，把两块础石说成石头墩子。院子里奶奶、婶子们把石头墩子当捶布石使用，用棒槌把湿了水的衣服在石头墩子的平面上捶得啪啪作响。当高启云的眼睛能看出事物之间的区别，脑子里会产生疑问的时候，他就是一个青年人了。他看到的区别是，别人家门前都没有台阶，他们家门前却有三级台阶，这是为什么呢？别人家门口两侧都没有石头墩子，他们家却有两个石头墩子，这是干什么用的呢？有了疑问，他就问他父亲。他父亲上过几年私塾，在村里的小学校当过老师，对高家的家族史很感兴趣，颇有研究。

父亲说："我早就知道你会问我，这个这个，咱爷儿俩，我得跟你好好讲讲。"

父亲点上一根烟，拉开架势，对高启云讲得很长，也很细，让高启云知道了，高家的祖上曾经富有过，辉煌过，是当地的名门望族，只是后来才衰落了。而他们家现在住的房子，就是在高家楼楼房的遗址上搭建的房子，所以才有门前的台阶，还有两块明柱下面的础石。高启云的父亲竟把高家楼的楼与北京的圆明园相提并论，他说，八国联军烧毁了圆明园，土匪烧毁了高家楼。圆明园代表的是国家，高家楼代表的是村庄。上面的国家不行了，下面的村庄就得跟着倒霉。不管历朝历代，道理都是一样的。他这一辈是不说了，下一辈，或者下下一辈，如果出了有本事的人，还是争取把高家楼的楼重新盖起来。

说者有心，听者也有心，高启云把父亲的话记住了。高启云不认为自己会变成父亲所说的有本事的人，盖楼的事对他来说也遥不可及，但是，他从父亲的眼神和口气里，看出和听出了父亲对他的希望，他也隐隐地意识到了自己未来应负的责任。

不料想，对高家楼原始宅院遗存的毁灭和清除还在继续。有一年，高家楼生产队在公社和大队的统一部署下，要试点推行排房化，把全队各家各户的房子一律按整齐划一的办法重新规划，推倒重来。

高启云没有看到生产队推行排房化的过程，高中毕业之后，他到山区的一个煤矿当工人去了。他有一个堂哥，在那个煤矿当了干部，他父亲求了当干部的堂哥，堂哥就安排他到煤矿当上了国家企业的正式工人。有一点，堂哥事前对高启云明确说过，别看高启云是高中毕业生，到了煤矿，也不能在地面工作，必须下井挖煤。能当工人，拿工资，吃商品粮，已经很不错，高启云不敢提任何要求，只说干什么都可以。等高启云从煤矿回家探亲的时候，高家楼已被"排房化"排得面目全非，他在村口茫然四顾，几乎找不到自己的家了。他们家的房子已被他父亲翻盖过，原来是三间草房，现在变成了四间草房。房子还盖在老宅子上，只是向后退了一两米。在排房化过程中，因为所有的地基都要拉平，他们家老的宅基地被向下挖去不少。前面说过，他们家的宅基曾是一个高台，比别人家的宅基高出不少。有一年发大水，村里的大部分房子都泡在水里，泡成了一堆烂泥。他们家的房子呢，不但房内没有进水，连他们家的红薯窖里都干干爽爽的。宅基一被拉平就不行了，以后再发大水，别人家的房子被水淹，他们家的房子恐怕也逃不掉泡汤的命运。因翻盖房子前老宅基被挖地三尺（不止三尺），老房子门前的三级砖砌台阶不见了，第一级台阶两侧的石头墩子也不翼而飞。当然了，那座早已分给堂叔家的大门楼子也被拆得无影无踪，不可寻觅。

在秋天的一天傍晚，当高启云提着一只黄色的帆布提包走到自己家门口时，他除了感到有些陌生，想到父亲和母亲为翻盖房子所付出的辛劳，很快就适应了。这是因为，他个人的生活发生了很大变化，他天天往地层深处走，在向黑夜一样的地方讨生活。比起煤矿的生活，老家的房子发生一些变化，就不算什么了。再加上他的户口已迁到矿上去了，不再属于高家楼的人口，他自己就把自己外了出去。在这种情况下，楼房似乎离他越来越远，楼不楼的无所谓。甚至于说，高家楼是不是还叫高家楼，也无所谓，不就是一个村庄的名称嘛。

然而，地球在转，月球在转，太阳在转，世界上的一切，还在继续发生着变化。公社解散了，大队解散了，生产队也解散了，土地又分到了各家各户。在大集体里为公家干活，老是被动，提不起劲头。一成单干户，变成为自家干活儿呢，就主动起来，起早贪黑都有使不完的劲。别看土地不说话，但土地历来是诚实的，人对土地投入多，得到的回报就大。这从小麦的亩产就看得出来。在生产队时期，一亩地能打二百斤小麦就算不错。到了联产承包责任田时期呢，以往沉睡的土地好像突然被唤醒，亩产量一年比一年撂着蹦子往上增，从二百斤增到四百斤，又从四百斤增到八百斤。乖乖，不得了，原来土地里蕴藏着这么大的潜力。看样子小麦亩产比原来增产四倍并没有封顶，还会继续往上增。

小麦打多了，高家楼的人由过去的天天吃黑馍，变成了现在天天吃白馍；由过去的人人穿带补丁的衣服，变成了现如今谁都不必再穿打补丁的衣服，麦子多了还可以卖钱，有了钱什么事情都可以做。这时间，高家楼发生了一件事，这件事吸引了村里所有人的目光，引起了所有人的注意。什么事呢？村里有一户人家扒掉了草房，要盖楼房。自从高家楼的那座楼房被土匪烧掉之后，一百多年过去了，高家楼终于要有新的楼房出现了，转走的风水终于又转回来了，中断了的有楼房的历史终于又可以接续上了，这怎能不让人高兴呢！

可是，村里却有一个人高兴不起来。这个人眉头紧锁，闷闷不乐，甚至有些激愤。这个人是谁呢？是当过小学老师的高启云的父亲。等高启云又回家探亲的时候，父亲逮住高启云，对高启云说了不少激愤的话："一个姓范的，他家凭什么先在高家楼盖楼房！高家楼，高家楼，要盖楼房，也应该是我们高家的人先盖。他们姓范的，原来不过是给我们高家种地的佃户，有什么资格先在高家楼盖楼！他们这么干，不是打我们高家人的脸吗？不是明摆着要办我们高家人的难堪吗？"

见父亲气得脸都黄了，高启云不敢跟父亲抬杠，只是笑。他心里不太同意父亲的看法。宅基地里可以栽树，也可以盖楼。谁想出风头谁就出，谁想盖楼谁就盖，何必管那么多呢！高家楼叫高家楼是不错，但谁也不敢规定人家姓范的就不能在高家楼盖楼。过去，高家的人老是压人家范家的人一头，对人家百般欺负，极尽排挤之能事。范家的人也许正是通过率先盖楼这件事，跟高家的人比一比高低，长长范家人的志气呢！

父亲问高启云："笑什么，怎么不说话？"

"您让我说什么？"

"你难道不想盖楼吗？"

"想盖就盖呗，您盖楼我不反对。"

父亲帮高启云分析了范家能盖起楼的原因。仅靠范家的哥哥在家里种地卖粮食挣钱，是盖不起楼的。范家还有一个弟弟，先在部队当兵，后来转业到一个油矿当上了石油工人。兄弟两个同心协力，一块儿攒钱，才把楼房盖了起来。分析完了原因，父亲就盯着高启云的眼睛看。

高启云说："明白，您的意思是让我跟您一块儿攒钱。"

"我就知道你这孩子不傻，话一点就透。姓范的他弟弟当石油工人能挣工资，你当煤矿工人，挣的工资也不比他弟弟少。咱们抓紧时间攒钱，争取早点儿把楼盖起来，而且，咱们高家盖的楼一定要比姓范的盖的楼好。"

"您这是攀比心理在起作用。"

这话父亲不爱听，他说树比树高，水比水长，天底下的万事万物生来就是用来比的，不比就没有进步，就不会强大。这时，父亲又说了一句发誓似的话，让高启云吃惊不小，并留下了难忘的印象。父亲说，他这一辈子要是不把高家的楼盖起来，他死了都闭不上眼睛。

此后，高启云的父亲不光在责任田里种庄稼，还在靠近河堤的那片责任田里种了一块菜园。菜园里种的有黄瓜、辣椒、茄子、西红柿、豆角、米谷菜、荆芥、芫荽、藿香等，应有尽有。夏天的任何菜都是水菜，都得靠水养着。为了保证菜地里有足够的水，父亲光着膀子，戴顶破草帽，挑着一对大铁桶，每天在河堤上爬上爬下，为菜园浇水。父亲种的菜主要不是为了自家吃，是为了拉到镇上的集市里去卖钱。镇上两天一集，双日逢集。每到逢集的日子，父亲都是一大早去菜园里摘菜，把带着露珠的、水灵灵的鲜菜分类放到架子车上，然后拉到集市上去卖。卖不完的菜或不太好的菜，他才留给自己家的人吃。卖菜所得的钱，一元一角他都整理好，存起来留着盖楼用。在父亲心目中，那些菜不是菜，钱也不是钱，都幻化成了盖楼用的一砖一瓦，等"砖瓦"准备得差不多了，盖楼的工程就可以启动。

说来真是悲哀，悲哀极了。高家楼通上电以后，高启云的父亲不再挑水浇菜了，他买了一只小水泵，用水泵从河里抽水浇菜。因取电的插座离菜园比较远，父亲只得另备一盘包有胶皮的电线，天天从插座那里往菜园里扯电线。不知怎么搞的，电线上有一处胶皮破损了，露出了里面包裹着的火电。这天下午，父亲刚把电线扯到菜园里，电流就像毒蛇一样蹿了出来，一口咬住了父亲光着的胳膊。"毒蛇"把父亲击倒了不算完，它的毒牙仍咬住父亲的皮肉不松口，把父亲咬得"嗞嗞"直冒青烟。听母亲说，父亲临死时两只眼睛都大睁着，母亲用手掌把父亲的眼皮往下抹了好一会儿，才把父亲的眼皮合上。

从矿上赶回家奔丧的高启云，披生麻，戴重孝，在父亲灵前痛哭号啕。只有他知道，父亲在临死时死不瞑目是为什么，都是因为父亲没能实现一生的愿望，没有把楼盖起来啊！自己没有配合父亲把楼盖起来，他觉得很对不起父亲，只有跪在地上狠哭，以表达对父亲的忏悔。

父亲攒下的准备盖楼的钱，母亲拿出来为父亲买了棺材，办了后事。盖楼的事暂且不提。

高启云所在的煤矿也出了事。煤矿上出事是后面往往还带一个故字，叫事故。煤矿上的事一带故就不得了，不惊天动地也差不多。事故虽没有伤及高启云，但高启云被吓到了，一走到井口腿肚子就有些转筋。这时高启云已经结了婚，并有了自己的儿子。高启云的妻子也是高中毕业，她在娘家时当本村小学的老师，嫁到高家楼后还是当小学老师。她不想让丈夫高启云继续当煤矿工人了，强烈要求高启云把工作关系转回老家所在的县。妻子的父亲曾当过镇上中学的校长，妻子通过她的父亲找熟人，托关系，才为高启云办成了工作调动。

高启云调到镇上的电管所当电工。这个工作很热门，全镇村村都离不开电，同时也离不开他。他买了一辆摩托车，哪村的电线、电器出了问题，一个电话打给他，他就骑上摩托飞奔而去，给人家修理。电也被称为电老虎，他父亲为电老虎所伤，为父亲报仇似的，他现在成了伏虎人。电管所没有职工宿舍，每天完成自己的工作后，他都骑着摩托车回到自己家里去睡。

高启云除了当电工，还连带着负有一些管电的任务。所谓管电，就是分给他若干个村庄，让他负责收取那些村庄各家各户应交的电费。收电费是个麻烦事。村里人以前点煤油灯，虽说暗一点，从来不交电费。通了电以后，用上了大放光明的电灯，他们以为是免费的。让他们交费，他们有些不大情愿，像管电的人要割他们的肉一样。不交电费是吧，那好办，断电。大电灯那么明快，谁都不想再回到点煤油灯的年代。再说了，别人家都明着，谁家还愿意黑着呢？于是，他们宁可把裤腰带勒一勒，也要把电费交出来。高启云准备了一只带拉锁的人造革黑色手提包，专门用作收电费。他每天带着手提包出门，好像一下子变成了一个有钱人。高启云否认他是有钱人，说他手提包里的钱都是公家的，他不过是一个过路财神。过路财神也是财神，有熟人撺掇他请客。电网织罢织人网，高启云在人网上走来走去，结识的人逐渐多起来。这段时间，高启云对喝酒产生了兴趣，三天两头喝得小脸红着，眼睛亮着，逮谁跟谁乐。妻子倒不反对他喝酒，只说启云又喝高了，真成高启云了！妻子又说，一个男人，怎么能这样。在高启云听来，妻子说的意思是，一个男人，就应该这样。他从妻子的话里得到的是鼓励，于是，他下次喝得更高兴。既然他是国家的正式工人，既然朋友们把他说成财神，在镇上的一些小酒馆里和朋友们一块儿喝酒时，他从来不像镇里的干部一样写白条赊账，都是付现钱。在当月的工资花完时，他难免临时挪用一下手提包里的电费。一来二去，应上交的电费就出现了一些亏空。这年临近春节前的一天傍晚，天下起了大雪。大雪成块子往下掉，把地上的行人隔离开，每个人都显得有些孤独。下雪天，喝酒天，好像不喝酒就对不起下雪，就无法排遣孤独。等他和酒友们喝酒喝到半夜时，路上的积雪已有半尺深，路上的行人早就没了。高启云跨上摩托在雪路上往高家楼骑，他颇有些腾云驾雾之感。骑到家门口，两脚踏雪停住车，他才发现放在前面车盒里的手提包不见了。他想，一定是他骑摩托骑得太快，手提包从车盒里甩出去了，他得原路返回，把手提包找回来。喝足了酒的他自作聪明地又想，雪地是白的，手提包是黑的，手提包掉在地上一定很显眼，好像黑乌鸦落在雪地里一样显眼。路上没了行人，他的"乌鸦"不会被人捡走。他刚才往高家楼骑车时，雪路上留下了一条车辙。掉转车头原路返回时，雪路上又添了一道新的车辙。他想碾着刚才的车辙骑，使两道车辙重合起来，可他的车头扭来扭去，留下的车辙都曲曲弯弯，像传说中的曲蟮找它娘一样，怎么也不能重合。他的头左瞅右瞅，摇得像拨浪鼓一样，哪里有他想象中的"乌鸦"呢！

骑到一条小河边，摩托车一打滑，一下子连人带车摔倒在雪窝里。雪还在下着，雪块子砸在脸上，一凉一凉的，他的脑子才清醒些。他骂了一句，问怎么回事？自己回答，摔倒了。是不是喝多了？好像是多了点儿。没事吧？没事儿。把摩托车从雪地里扶起来，他才意识到自己惹下祸了。近几天他收到的电费都在小提包里装着，加起来比他一年工资的总和还要多。提包不翼而飞，电费无影无踪，他拿什么跟电管所交账呢？

临近年底，哪里都花钱，哪里都缺钱。在县里供电局的催促下，镇里的电管所命高启云赶快上交收上来的电费。高启云苦着脸实话实说，说装电费用的手提包被小偷偷走了，最近收到的电费都在手提包里放着。电管所的所长冷笑着，当然不会相信他的话。

所长说："年关临近，不是找借口的时候，任何借口都无济于事。你高启云就是拆房子卖檩、砸锅卖铁也要如数把国家的电费交齐。"所长给高启云指出两条道路，供高启云选择：一是交齐电费；二是把他交检察机关以贪污国家电费的罪名提起公诉。一说提起公诉，把高启云吓坏了，一吃官司就得蹲监狱啊，那万万要不得。他答应想想办法，尽快把电费交上。

高启云卖掉了自己的摩托车，得到的钱连应交电费的零头都不够。他向他的那些酒友们借钱，那些在喝酒时表现得慷慨激昂的酒友们，听说他要借钱，个个都像缩头乌龟一样把头缩在肚子里，一个比一个缩得深。无奈之际，高启云只得向他妹妹求助。他妹妹和妹夫一起先是去城里打工，后来开了自家的工厂。他们开的工厂是加工盖房子用的建筑材料厂，妹夫是厂里的老板，妹妹是老板娘。妹妹和他毕竟是一娘同胞，没有看着他这个当哥的被钱咬住而撒手不管，足额地把应交的钱借给了他。高启云把丢失的电费，还有以前喝酒挪用的电费交齐后，电管所并没有放过他。过罢春节后，电管所通知他，他不用再上班了。为什么？他可是在册的国家正式职工啊！所长告诉他，电管所并没有开除他的公职，只是让他暂时停薪下岗。至于什么时候让他重新上岗，要视情况的发展而定。

高启云的人生由此跌入了低谷。回到家，他躺到床上，拉过被子蒙住头，眼泪从眼角流了下来。他想起母亲所说的父亲临死时大睁着两眼的样子，他的眼睛挤得越紧，泪水流得越多，父亲的眼睛似乎睁得越大。父亲像是在对他说，盖楼的事准备得怎么样了？他在阴间看着呢！他现在住的房子，还是父亲在世时翻盖的，房子的底座虽说使用的是楼房的旧砖，房顶苫的却是麦草。公鸡飞到房顶一挠，就把麦草挠破了，下雨时就会漏雨。目前，高家楼的楼房还是只有范家兄弟盖下的那一座。范家因有了楼房当梧桐树，范家的儿子不但很快娶到了漂亮的老婆，连孙子都有了。高启云倒是也想盖楼，可他哪里有盖楼的资本呢？他下岗后没有了工资，本想像父亲一样种菜卖菜换钱，又不会种。妻子当教师是民办性质，工资本来就很低，又不能按时发放，也是捉襟见肘的状态。堂哥当初安排他到煤矿当工人时，对他抱了很大的希望，希望他能当队长，当矿长，一路高升上去。他不但没有高上去，反而一路低下来，已经低到探底的程度，恐怕不能再低。他对得起谁呢，谁都对不起啊！

把高启云从困境中拉出来的人是谁呢？还是他妹妹。这年清明节前夕，妹妹回娘家为父亲扫墓，开的是宝马车。看到哥哥落魄的样子，妹妹对哥哥说："你干脆跟着我干吧，我保证你在三年内大翻身。"妹妹出资，出技术，派助手，帮高启云在另外一个城市的郊区建了一个分厂，也是生产建筑材料，由高启云担任分厂的厂长。

成败在此一搏，高启云不敢有丝毫犹疑，振奋起百倍的精神，马不停蹄地干起来。什么事情一旦把路子走对，想发展也快。高启云当厂长还不到三年，腰包就鼓起来，肚子腆起来，颇有了老板的样子。他也买了轿车，虽说轿车还达不到宝马那样高的级别，牌子也在中档以上吧。这年过春节，高启云放着火车不坐，千里迢迢把轿车开回老家去了。他的用意是明显的，他要告诉高家楼的老少爷们：他高启云又回来了！看好了，他现在开的不再是两个轮子的摩托车，变成了四个轮子的小轿车。他在村子里转了转，几年过去，高家楼又出现了好几座楼房。那些楼有姓高的人家盖的，也有姓张和姓普的人家盖的。相比之下，高启云那四间草房显得有些寒酸了。

母亲对高启云说："好多人家都盖楼了。"

高启云说："知道。"

母亲又说："你爹活着的时候，一心二心想盖楼。他死的时候闭不上眼，就是因为没看见自家的楼。"

高启云还是说："知道。"

这时候，高启云在心里已经打定了主意，一定要在高家楼盖楼，不但要盖楼，而且要盖一座超过高家楼所有人家的最高的楼，最好的楼。他目前已具备了盖楼的经济实力。

过罢春节，高启云开着轿车回城时，妻子辞去了民办小学教师一职，带着两个孩子，跟高启云一起到城里去了。高启云当老板，她也要当老板娘。校长挽留她，说她再干两年，就可以转成正式教师。她犹豫了一下，说算了，等不及了。坐着丈夫开的轿车临出村时，她把手探出窗外，说再见了，高家楼！说完之后，她顿时眼泪汪汪，喉头也有哽咽。

高启云安慰妻子："母亲在老家，父亲的坟在老家，我还会回来的，我要在高家楼盖楼。"

又过了两三年，当高启云真的要启动在高家楼盖楼房的工程时，妻子的意见是反对的。老母亲被妹妹接走了，现在老家一个亲人都没有了，盖了楼房也是在那里空着，闲着，有什么意义呢？

高启云说，意义当然有，不但有现实意义，还有历史意义。高启云把高家楼的来历以及土匪把他祖上的楼房烧毁的历史，对妻子重新讲了一遍。他说，他重新建楼房，不但可以找回历史，也象征着高家楼村在新时代的复兴。

妻子说："你们姓高的，不是已经有人盖了楼吗！"

"那不一样。"

"怎么不一样？"

"第一，他们盖楼的地方不是高家楼第一座楼房的原址，我要在原址上建楼。第二，他们都不是高家的正根，只有我高启云才是高家的嫡传正根。"

妻子微笑着，对高启云的说法不以为然。她说："你还有一些隐秘的心理，我说出来你不要生气。"

高启云让妻子只管说。

"我认为你是虚荣心和炫富心理在作怪……"

高启云不等妻子把话说完，把手一挥说："你不懂，这事儿你不要管，楼房我一定要盖。这一辈子要是不把楼房盖起来，我死不瞑目！"

话说到这份儿上，妻子就不敢再说什么了。他们家已在城里的居民楼里买了一套三室一厅的房子，两个孩子也转到城里上学。妻子心里说，不管高启云在高家楼盖什么样的楼，她和孩子都不会再回去住。

城里到处是建筑工地，农村同样是村村都有人在搞建筑，现在建一座楼不再是什么难事。高启云在高家楼建楼房的时候，他甚至连老家都不用回，只需出资，出图纸，把别的一切都交给建筑包工队，他只等着验收成品就可以了。

高启云的祖宗在高家楼盖的第一座楼是两层楼，近些年盖楼之风兴起之后，村里不少人家盖的楼也都是两层楼，而高启云呢，他不盖则已，一盖就盖成了三层楼。长江后浪推前浪，一浪更比一浪高，他所取的是超越之意。扒了草房盖楼房，三层高楼平地起。楼房建成后，这年春节前夕，高启云回老家验收。他把楼房前看后看，左看右看，外看里看，对鹤立鸡群般的楼房表示满意。他登上三楼的回廊远眺，似乎穿越了历史，看到了当年高家门前车马喧嚣的繁华景象。

他到父亲坟前烧纸，对父亲报告说："爹，爹呀，我遵照您的遗愿，把咱家的楼房盖起来了，趁回家过年的时候，您把咱家的楼房好好看看吧。现在村里变化很大，您别走错了地方，你看村里哪一座楼房最高，那就是咱们家的。"

接着，他趁着外出打工的人大都回村了，在镇上的饭店订了一桌可以送到家的酒菜，请村里几个有代表性的高姓爷们儿到家里坐坐，以庆贺高楼的落成。他约了一位八十多岁的大伯，约了两位七十多岁的堂叔，还约了三四位堂兄和堂弟，打算痛饮一顿。考虑到自己的经济地位及社会地位，他没有亲自约请，而是派一个年轻的堂弟按名单逐个登门去请。

让高启云没有想到的是，中午约定的开饭时间到了，只有堂弟一个人来了，别的人都没来。他和堂弟互相看了看，堂弟说他再去请。高启云说不必，再等等看。

他们一等再等，约请的那些人还是没来。高启云不明白这是为什么。

2022 年元旦至 1 月 21 日于北京怀柔翰高文创园

原载《当代》2022 年第 2 期

听　雨

　　矿务局机关有个小车队，满打满算，汽车小车队的停车场里一共才有三辆车。一辆湖蓝色的华沙，一辆军绿色的北京吉普，还有一辆灰不溜秋的中型卡车。从国外进口的华沙车，造型美观，封闭严密，是真正意义上的轿车。因轿车上面的顶子有点儿像往下扣着的鳖盖，有的矿工把它叫成小鳖车。这种叫法并没什么贬义，更没有骂人的意思，只是觉得比较形象，好记，就叫开了。在整个矿务局，有资格坐小鳖车的只有矿务局革命委员会的主任，小鳖车等于是他的专车，也是他身份地位的象征。他坐着小鳖车到矿上检查工作，矿工们只要看见车，没有看见人，就知道主任驾到了。

那辆中型卡车是矿务局电影放映队的专用车。当时全局只有一个电影放映队，下属十几个矿厂的职工和家属要看电影，只能由放映队轮流去放映。矿工们劳动繁重，生活单调，都喜欢看电影，能看场电影，似乎才能把精神生活稍稍改善一下。尽管十天半个月，才能轮到他们在露天地里看一场电影，尽管放的电影多是《地道战》《地雷战》《南征北战》之类的黑白片，他们看得还是很高兴。矿务局下属的煤矿，离矿务局机关大楼所在地都比较远，十几公里或数十公里不等，放映员到基层单位去放电影，有一辆汽车是必需的。放映员有男还有女，每当从机关大院出发时，他们把电影放映设备往卡车后面的车厢里一放，人往前边的驾驶楼里昂首一坐，那是相当的优越，牛气。不光能在大银幕上放出人影的放映员牛气，为放映队开卡车的那个司机，似乎牛上加牛，比放映员还牛。在白天不放电影时，司机动不动就把队里唯一的女放映员拉出去了，他们或到附近的县城，或到开满野花的山沟。他们肯定不是去放电影，谁都不知他们外出干什么。局机关的干部们后来才知道，司机和女放映员打到一块儿去了，致使还没结婚的女放映员怀了孕。

排除掉华沙和卡车这两辆有着专车性质的汽车，剩下的就是那辆北京吉普了。三辆汽车如果按档次来排，吉普车应该可以排到第二位，它虽说比不上华沙那样高级，但总比人货混装的卡车上档次一些。吉普车的机动性强一些，使用的频率也高一些，它几乎每天都不闲着。局机关还有好几位革委会副主任，还有那么多部门的头头脑脑，都想把吉普坐一坐。把吉普坐上一回，仿佛给屁股镀了金，就身价倍增，有了吹牛的资本。别说担负有一定职务的领导干部了，就连局机关里那些普通的干事，看见四个轮子的、前面冠有北京字样的吉普车，也腿痒，脚痒，想找机会蹭着坐一回。

宣传组的新闻干事小张，有机会坐了一回吉普，沾的是宣传组王组长的光。

矿务局机关被整合成四个大组，即政工组、办事组、生产组和后勤组。政工组下面又分成两个组：组织组和宣传组。王组长想给省报写一篇比较有分量的通讯，把全局大批促大干的成果宣传一下。这篇通讯，他没让哪个宣传干事独立完成，而是自己写一个小故事，要求宣传组的其他五个宣传干事，每人写一个小故事，最后，他把六个小故事合在一起，凑成一篇通讯。这种写稿子的办法，并不是王组长别出心裁，更不是他的首创，因为当时流行的就是集体写作模式，好像只有通过集体写作，才能跟上时代潮流，才能集中大家的智慧，所写出的东西才高明一些，发表的可能性才大一些。王组长让每个干事在规定时间内都写一个小故事，谁都不敢不写。大家都领悟到了，王组长这种做法有调动集体力量的意思，也有考验每个宣传干事的意思，看看你到底是一匹骡子，还是一匹马。五个男女干事谁都不敢怠慢，不甘落后，像参加考试和比赛一样，马上分头行动起来，积极投入采访和写作。

小张年轻，从矿上调入矿务局政工组时间不长，写作的积极性比较高。王组长要求每个干事写一个小故事，他却交了两个小故事，超额一倍完成了任务。王组长认为小张表现不错，大概为了鼓励他一下，在乘坐吉普车去省会的日报社送稿子时，就顺便带上了他。这就使小张平生第一次有了坐吉普车的机会，并有机会在半夜躲进吉普车里听雨声。

一般情况下，作为矿务局的一个中层干部，是没有资格坐吉普车的。王组长是一个比中层干部还要低一级的干部，更没资格坐吉普车。但在紧急情况下，可以有个别例外。管小车队的是矿务局后勤组的马组长，他是一个大胖子，走路时他突出的肚子总是抢在腿和脚的前面，有些影响腿脚的正常发挥。近"吉"得"吉"，马组长坐吉普车的机会多一些。这天一上班，王组长就向马组长提出紧急申请，请马组长派车去日报社送稿子。他不说是送他，是送稿子，他不重要，稿子重要。他不惜撒谎，说这篇稿子是报社向矿务局宣传组约的，今天送过去，明天就有可能见报。马组长说不巧，车已经派出去了，有一位管安全生产的革委会副主任要去矿上召开现场会，他坐吉普车走了。马组长又说，一篇稿子，寄给报社不就得了，没必要专门送一趟。王组长说，那可不行，他强调稿子是新闻稿，讲究时效性，要是邮寄的话，在路上走三四天，到了报社就成旧闻了，就不能发表了。他抬出主任，说主任对这篇稿子很重视，如果不能及时送到报社，不能及时发表，谁来负这个责任呢？王组长这么说，等于将了马组长一军，把责任推给了马组长。马组长当然不愿意负那个责任，他像是想了一会儿，说僧多粥少，人多车少，他也没办法。他又说，就看吉普车下午能不能开回来，要是能开回来的话，可以派给王组长去报社送稿。

半下午的时候，王组长带上宣传组的老游和小张，还有那篇重新誊写的通讯稿子，如愿坐上全局唯一的北京吉普，一路从西往东，向省会城市进发。主任坐华沙，都是坐在副驾驶的位置。王组长坐吉普当仁不让，也是坐在副驾驶的位置。老游和小张自觉往后走，坐在后排的座位上。开车的司机刘师傅是一位退伍军人，他在部队时开车，退伍到煤矿还是开车。人人都喜欢坐小车，车不消停，司机也不能消停。这天下午，刘师傅可能不想再出车，让他出车，他满脸不高兴。王组长让他吸烟，他不吸，王组长跟他说话，说到地方后，晚上请他吃饭，他也爱搭不理。司机被人们在私下里谑称为司长，"司长"不高兴，吉普车里的气氛显得有些沉闷。

小张经常看见吉普车在局机关大院门口进进出出，他从不觉得吉普车跟他有什么关系。他认为吉普车是为领导预备的。他识趣地把自己放在车外人的位置，从不奢望变成车内人。作为一个写通讯报道的新闻干事，难免要到下面的煤矿采访，他怎么去呢？他的交通工具怎么解决呢？比较近的煤矿，他迈开双脚，沿着运煤用的铁路线往矿上走。比较远的煤矿呢，他只能搭一下运煤的大卡车到矿上去。在矿区，运煤的卡车来来往往，总是很多。但那些开卡车的男司机比较欢迎女孩子搭车，不喜欢男人搭车。他站在矿务局门口的路边向路过的卡车司机招手，往往是司机一踩油门，放一炮烟屁就跑了。好不容易停下一辆车来，司机一般也不允许他到驾驶室里坐，他只能扶着车帮，爬到后面的车斗子里。车斗子有时有煤，有时无煤。不管有煤无煤，只要是拉煤的卡车，车只要在坑洼不平的路上跑起来，车斗子里都会煤尘飞扬。等他来到矿上，头上、脸上、衣服上都会落上一层黑乎乎的煤尘，跟下一班井差不多。这没什么，矿工采煤是采，他采访也是采，把脸洗一把就是了。

第一次坐进吉普车里的小张，觉得坐垫又软又有弹性，真的很舒服。可小张没有说话，没有表现出过多的惊喜。他知道，王组长和老游以前都坐过吉普车，他要是显得过于惊喜，就会显得他沉不住气，没见识。他只是在心里把第一次乘坐吉普的年月日默默地记了一下，虽说没记在笔记本上，他想他不会忘记。

时间到了八月，正是夏天最热的时候。这天下午，天阴了下来，灰色的云彩正一层一层往下压，每压一层，云层似乎都有所加厚。尽管没有阳光的照射，吉普车里面还是很热。那种热是一种闷热，热得像是蒸红薯的蒸笼一样。小张他们一坐进车内，恰如生红薯放进了热蒸笼，呼地就出了一身汗。王组长随手带了一把折叠扇，他一上车就打开了扇子，举起右手哗哗地扇着。坐在王组长后面的小张看见，尽管王组长扇着扇子，还是出了汗，汗水把后背的灰色的确良半袖衫都浸湿了，湿得深一块、浅一块。但他们没有一个人嚷热，每个人都像没长嘴的红薯一样。能坐上吉普车就不错了，还敢说热，谁怕热谁就下去！他们怕本来就不愿出车的刘师傅赶他们下去，每个人都把闷热忍耐着，连大气都不敢出。

没事儿，车一开动就好了。矿务局机关所在地是在山区，省会城市在平原，山区地势高，平原地势低，尽管吉普车一路有下坡，也有上坡，但总的来说是下坡，上坡也是为了更好下坡。在下坡的时候，给小张的感觉是，整个车仿佛在空中飞了起来。车辆两侧的有机玻璃窗是开着的，车行带风，风呼呼地从窗口吹进来，一扫车内的闷热，使之变得凉快起来。空气真是个奇怪的东西，在静止不动的时候，它是热的。可一旦流动起来，变成了风，它就凉快起来。小张不懂其中的原理是什么，又没人给空气里加凉气，空气只是流动成了风，怎么就凉了呢？

小张坐在后排座的右侧，他的身子靠着右侧的车门，任窗外来风吹在他脸上，吹得他的双眼眯了起来，头发向后飞扬起来。他听说过一个词，叫兜风。以前他不大理解什么叫兜风，更不知道兜风是什么滋味。这一次他算是知道了，原来这就是兜风啊！车把风兜起来，兜了一兜子，又一兜子，这不是兜风是什么！怪不得干部们都想把小车坐一坐，原来大家都想把风兜一兜啊！

在兜风的同时，小张还看到了窗外的风景。路边的地里种满了高高低低的庄稼，高的有高粱、玉米，低的有红薯、花生，不高不低的有谷子、大豆。庄稼的叶子都是绿的，连刚吐出来的穗子也是绿的，墨绿墨绿的，绿得有些化不开。在不坐车的时候，小张也看过庄稼，那些庄稼都是站在自己固定的位置，一动不动。在飞驰的吉普车上看庄稼呢，庄稼似乎在追着车跑起来，车一到，它们就开跑，车跑到前面去了，它们还在后边追着跑。大面积地看过去，庄稼就成了翻滚的绿色的波浪，很是壮观。小张还把一只手伸出窗外试了试，他的手没有给疾行的小车造成任何阻力，只觉得疾风从他的手指缝中穿过，颇有冲击力，像在山涧中穿行的激流。当小张把右手从车窗外收回时，他的手心里有一些湿。他知道那不是汗水，是空气中的水分留在他手上了。前方黑色的云脚已经踩到了地际，空气的湿度这么大，说不定真的有一场雨要下。

当他们赶到报社大院的大门口时，下班的时间快要到了。吉普车停在大门口一侧的路边，只有王组长一个人下车，小跑着往报社编辑部的楼上送稿子。王组长脚步匆匆，的确像赶新闻的样子，好像脚步稍慢，就追不上新闻的步伐了。小张知道，他们集体写成的七个小故事拼盘，并没有很强的新闻性，缓上十天半个月发表也不会过时。他甚至觉得，这样的在小故事之间没有多少内在联系的稿子，编辑部的编辑能不能采用都很难说。

小张他们三人坐在车上等王组长，等了一会儿不见王组长回来，刘师傅下车抽烟去了。刘师傅下车关车门时关得有些手重，车门"砰"的一声响，震得整个吉普车都抖动了一下。又等了一会儿，仍不见王组长回来，老游也下车抽烟去了。小张不抽烟，一个人在车里待着。他听见"砰"的一声响，不知是从哪里发出来的。这一声响肯定不是老游关车门发出的声音，因为老游下车时没有用力关车门，只把车门虚掩上就完了。小张听到的一声响，虽不及刘师傅关车门时发出的声响大，但听来也颇有分量。小张还没判断出响声是从哪里发出来的，接着他又听到了第二响，第三响。这下他判断出来了，响声来自他的头顶，像是什么东西砸在吉普车的帆布顶篷上发出来的。他仰脸往顶篷上看时，顶篷上又砰砰地发出第四响、第五响。哦，原来是下雨了，开始下雨了！没有刮风，大雨点儿就那么垂直地从高空落下来，重力加速度，砸在车的顶篷上不发出声响才怪。加之涂了胶的帆布在吉普车的铁架子上绷得很紧，跟绷在盘龙大鼓上的牛皮差不多，雨点儿打在上面如同擂鼓，当然会发出波及耳膜的响声。小张看见，雨点儿也打在车前的挡风玻璃上了，雨点儿易碎，一碰到挡风玻璃，霎时四分五裂，像爆炸了一样。小张还看见，雨点儿落在车外的地上了，每个雨点儿落地的地方，地面都由灰变黑，由干变湿，湿了的地方的边缘呈辐射状。

看到下雨，刘师傅和老游都扔掉烟头儿，回到车里来了。王组长也送完了稿子，把一只灰色人造革的手提兜儿顶在头上，从报社的院子里跑了出来。雨点儿开始变得密集起来，如戏台上敲边鼓，一开始叭叭敲几下，敲着敲着就变成了"紧急风"。王组长跑得很大步，抻着头，好像担心跑得稍慢一点就会被淋成落汤鸡。然而，王组长刚在车里坐定，雨却不下了。

阵雨落地时，地上腾起一些土雾，还没等土雾被完全压制，空气里还弥漫着一些土腥气，雨就骤然停了。这样的雨像是对人们试探一下，雨来时看人们跑不跑，见人们纷纷开跑，雨开心地笑了一下，意识到人们对它们的在意，就把雨收了起来。雨这样的下法，又像是对人们提一个醒，说大雨就在后面，马上就到，让人们早做准备。

王组长说："嘿，又不下了。"

刘师傅说："这雨憋了一天了，晚上肯定会有一场大雨。雨要是再下不来，老天爷的尿脬都会憋炸。"

要是把老天爷的尿脬憋炸，那么从天上下来的就不是雨，而是尿。想象着老天爷的尿水从天而降的样子，车里除刘师傅以外的几个人都笑了一下。

王组长问："那怎么办？咱们今天晚上还回矿务局吗？"

刘师傅说："就算谁拿枪逼着我让我回，今天晚上我也不会回去。"

王组长说："那好，今天晚上咱们就住办事处吧。"

矿务局在省会城市建有常驻的办事处，办事处规模还不小，有主楼，还有配楼。主楼里有招待所、办公室、会议室等。配楼里有食堂、餐厅、蔬菜采购站等，刘师傅开车直奔办事处，四人在办事处的招待所住了下来。正如刘师傅所料，他们分别用自己的钱和粮票买了食堂的饭票，刚在餐厅里吃过饭，大雨就下了起来。大雨的到来没有任何过渡，没有刮风，没有掉零星的雨点儿，连雷都没打一声，呼地就倾泻下来。不错，真正的大雨落地时是呼呼的声音，它不是撞击的声音，是穿透的声音。它的呼呼作响，有一点像狂风卷过大地，但它的声音要比风声更厚重，更有质量。

王组长、老游和小张同住三楼的一个房间，刘师傅住到别的房间去了。刘师傅四个车轮当腿，常来常往办事处，他与办事处的服务人员很熟，每次来办事处留宿，可以一个人住一个房间。倘若不是下大雨，他们或许可以到附近的公园走一走，散散步，化化食。天降大雨，三人无法外出，就提前到床上躺着去了。大雨压倒一切的声响，让他们有些走神，一时都无话可说。房间里有几只苍蝇，倘若不下雨，苍蝇或许会人来疯似的飞来飞去，对客人进行骚扰。突降的大雨像是把它们吓傻了，它们分别趴在墙上，窗户上，动都不敢动。

因为没有刮风，他们没有关窗户，湿湿的雨气从窗口涌进了房间。要是不下雨，房间里一定会很热，他们进屋就把头顶的吊扇打开。有雨气降温，他们似乎把吊扇忘记了。王组长的折叠扇也被折叠起来，放进了提兜儿。小张听人讲过，高空是很冷的，越高就越冷，正所谓高处不胜寒。那么，雨水刚从高空落下时，也应该是冷的、寒的。雨水穿过大气层落得越低，其寒冷度也会降低。然而，可能因为今晚的雨下得太大了，如注的大雨下的速度太快了，雨水从高空带来的寒冷度还没怎么消失，就落到了地面。这很好，凉气阵阵涌进窗，驱走了暑热，他们正好可以睡一个好觉。王组长说："睡吧，明天早上要是雨停了，咱们一块儿去喝羊肉汤。"他起身关了灯。

小张睡了一会儿，没睡着。大雨仍在呼呼地下，他悄悄起身，到窗口儿去看下雨的情况。窗口朝南开，窗下是办事处的院子。院子的面积不算小，却只有一根电线杆，一盏路灯。大雨的雨幕几乎把路灯的光亮遮住了，路灯若明若暗，跟一只萤火虫差不多。加之小张是隔着沾满水珠的窗纱往外看的，路灯更显得朦朦胧胧。好在路灯上面有灯罩，不管雨下得有多大，都不至于把路灯浇灭。在微弱的灯光下，小张看见院子里已有了积水，黑色的积水正平铺着从院子的出口往外流。往外流的水肯定是浑浊的，可小张看不到浑浊，只看到黑，沥青一样的黑。据说天上有一条银河，这样的大雨恰如银河开了口子在往地球上流。既然是银河，河里流出的水应该是银色，或者是星光一样的颜色，怎么会是黑色的呢？不明白。

在路灯微弱的灯光下，小张还看到了院子里停放的两辆汽车，一辆是卡车，另一辆就是刘师傅所开的北京吉普车。他有些担心，雨下得这么大，院子里积水越来越深，会不会把吉普车的汽车轮子埋住呢？水流会不会把吉普车冲走呢？定睛再看，在瓢泼大雨中，吉普车一动不动，没发现任何被水流冲走的迹象。小张记起，他在报社门口儿一个人坐在车里的时候，曾听见雨点儿打在车的顶篷上砰砰作响的声音，惊奇之余，在他脑海里留下了录音似的难忘的印象。他想，在雨还没有下大的时候，雨点儿打在车的顶篷上，就那么响亮，这会儿大雨滂沱，浇在车篷上不知会出现什么样的效果，应该具有更加震撼般的力量吧！这样想着，他产生了一个冲动性的念头，不妨到车里去试一试。但他很快意识到，自己的念头儿也许有些可笑，甚至有一些孩子气，放着好好的房间不好好睡觉，冒雨跑到雨地里的车里干什么呢！于是他离开窗口，在黑暗中摸索着躺到床上去了。

闹中取静，正是睡觉的好时候，他听见王组长和老游像是都已经睡着了。他也闭上了双眼，却老是睡不着。他的双眼虽然闭上了，两只耳朵却闭不上，依然张开着。他越是闭上了双眼，他双耳的听觉就越发灵敏，雨声对他的召唤就越厉害，雨声仿佛在对他说：没事儿，想出来就出来看看吧，过了这个村，可能就没这个店了。他到底没有抵挡住雨声的召唤，真的悄悄起床，穿上自己的塑料凉鞋，开门后再虚掩上房门，一个人到楼下去了。他觉得自己挺走运的，当他来到一楼的楼门口时，觉得雨下得小了一些，像是有意使他有机会接近吉普车。于是，他快步向吉普车跑去。快跑到吉普车跟前时，他才想起，不知道吉普车的车门上有没有锁，要是有锁的话，不知道刘师傅把车门锁上没有，要是锁上了车门，他只能是白跑一趟。运气再次降临在他头上，来到车旁，他抓住车门上的金属把手一拉，就把车门拉开了。好的，他顺利地钻进吉普车里去了。他带上车门，把自己封闭起来，开始坐在车里听雨。车里很黑，除了透过关闭的车窗可以看到地上的积水所反射的路灯的微光，车里什么都看不见，连近在眼前的汽车方向盘都看不见。这样很好，没什么东西分散他的注意力，仿佛天是他的，地是他的，雨是他的，他正好可以全神贯注地听雨。雨虽然不如刚才下得大，但听起来似乎更好听。如果说刚才的雨是老天爷在撒野，在发泄，那么现在它发泄得有些累了，这会儿需要放缓节奏，稍稍休息一下。再如果说，刚才的雨下得没什么章法，这会儿下得似乎有了条理性，能听到面的声响，线的声响，还能听到点的声响。哗哗啦啦，砰砰噔噔，麻麻哒哒，雨水像是有一千个手指，一万个手指，在吉普车的顶篷上弹奏着美妙的乐章。小张在下雨天打伞外出的时候，曾听到过类似的声响，他听着也很好听，愿意站在雨地里多听一会儿。但比起在吉普车里听雨声，打伞听雨声就不算什么了。打着伞听雨声，伞篷只能遮住上半身，在雨地里多站一会儿，鞋会湿，裤脚也会湿。在吉普车里听雨呢，车厢把他遮得严严实实，连一个雨点儿都不会落在他身上。打着伞听雨声，伞篷对雨的接受面总是有限，好像只有耳朵才能听到雨打伞篷的信息。在吉普车里听雨声呢，他就被雨声包围住了，四面都会传来雨声。这样一来，不仅他的耳朵能听到雨声，似乎连他的十个手指头和十个脚趾头也能听到雨声。还有，打着伞听雨声，只能站着听。而在车里听雨呢，不但可以坐着听，躺着听也是可以的。这样想着，他把柔软的车座子摁了摁，真的躺在了后排的车座子上。哎呀太舒服了，舒服死了，他舒服得差点骂了人。谁会想到呢，谁会理解呢，一个年轻人，出门在外，在雨天的夜里不好好睡觉，悄悄躲进车里听雨去了。他听到了什么呢？他得到了什么呢？若干年后，他是否会记起这一幕呢？

　　在车座子上躺下后，他闭上了眼睛。车里很黑，他不闭眼睛也可以。可在不知不觉间，他还是把眼睛闭上了，好像只有闭上眼睛，听雨的效果才更好一些，并能更清楚地看到自己。雨持续不断地下着，下得不紧不慢，平稳有序。拱形的车顶上不存雨水，雨水一落到车顶上，很快就流了下来，一如小溪的流水。听着听着，小张有些走神，走着走着就走到了他的童年。有一个夏天，他和村里几个小伙伴正在一个水塘边捉低飞的蜻蜓，天忽然就下起了雨。他们习惯了风里来，雨里去，一点儿都不害怕下雨。雨来了，他们不但不惊慌，好像还很欢喜。池塘里有荷花，也有荷叶，他们纷纷跳进水塘，每人采了一枝又圆又大的荷叶，假装是伞，顶在头上。雨水落在荷叶上变成银色的水珠，水珠很快滑落下来，洒在孩子们身上。孩子们明知荷叶并不能代替伞，他们把散发着荷叶清香的荷叶顶在头上，不过是为了好玩。他们举着荷叶，又跑到麦秸垛的垛头儿去了。高高的麦秸垛上头有一个草檐，在草檐下避雨要比只举荷叶好一些。雨下得那么大，他们在麦秸垛里头一点儿都不老实，你捅我一下，我捣你一下，笑得十分开心。荷叶是碧绿的，孩子们脸蛋黑里透红，颜色的鲜明对比，不是一幅画所能描绘。有一个小伙伴用手一推，把他推到雨地里去了。他脚下一滑，蹲坐在泥水里，举在头顶上的"伞"也偏到了一边。这没关系，反正他身上没穿衣服，反正他的肚皮湿了，头发也湿了，再淋雨还能湿到哪里去呢。所以他不但没有生气，从泥水地里爬起来后，也没往麦秸垛的草檐下面挤，而是对着天空仰起了脸，张开了嘴，任雨水往他嘴里落。他哑着嘴说，真甜，真甜！听他说雨水的味道是甜的，谁不想甜甜嘴呢！结果光屁股猴儿们都到雨地里张大嘴巴接雨去了。

还有一次，他正一个人在河坡里放羊，头顶移过一片云彩，天就下起了雨。他看见，当大雨点儿落进河水里时，雨点儿不像是往水下沉，而像是往上面揪，每往水里落下一个雨点儿，就往上揪起一个水柱，霎时间，整个河面便布满了白色的水柱。他不怕雨淋，担心羊怕雨淋，他赶紧牵着羊往村里跑。雨越下越大，把羊淋得咩咩直叫。雨雾中，他看到附近的瓜地里有一个瓜庵子，就牵着羊，拐到瓜庵子里避雨去了。他每次去村外的野地里放羊，都能看到那个瓜庵子。用几根木头搭成"人"字架，外面再搭上一些用谷草做成的草苫子，瓜庵子就搭成了。远远看去，瓜庵子像一只身上长满刺的刺猬。夏季的风刮雨淋，使"刺猬"身上的刺有些发黑，发硬，饱经沧桑的样子。不管雨下得有多大，"刺猬"都趴在那里一动不动。他和羊躲进瓜庵子里，像是躲进了"刺猬"的肚子里，雨就淋不到他们了。瓜庵子里有一个老爷爷，自从瓜秧子上刚开出一朵朵小花儿，老爷爷就开始住在瓜庵子里，日日夜夜都住在里面。还没有瓜的时候，他拾掇瓜秧子，瓜秧子上结了瓜，他就接着看瓜。瓜庵子的地上铺了秫秸箔，箔上还铺了谷草苫子，隔开了潮气，跟一间小屋差不多。老爷爷没有反对他和羊在瓜庵子里躲雨。等雨下得小了一点，老爷爷还戴上斗笠，披上蓑衣，去瓜地里摘了一个甜瓜给他吃。他记得清清楚楚，老爷爷给他摘的甜瓜叫芝麻籽儿瓜，绿色的瓜上长着一些密密麻麻的白色斑点，像撒了很多芝麻一样，所以叫芝麻籽儿瓜。这种瓜脆甜脆甜，甜里还有一种芝麻粒儿瓜里特有的清香。至今回想起来，那种清香似乎还留在唇齿之间。

雨声阵阵催人眠，不知此身在何处。渐渐地，他的睡意围上来了。有一个声音仿佛在对他说，睡吧，睡吧，在这里睡觉挺好的，比在房间里睡觉浪漫多了。不知睡了多长时间，是雷声把他惊醒的。雷不是闷雷，也不是滚雷，是霹雷，是炸雷。雷不是来自天边，仿佛就在他的头顶炸开。听到这般天崩地裂的雷声，天下所有睡觉的人都得被惊醒。别说睡觉的人了，就是睡觉的木头，恐怕也得被炸得打激灵。小张被炸雷惊醒之后，觉得整个吉普都在震颤。炸雷不是炸一声就完了，而是连着炸了好几声，一声比一声更猛烈。他没有捂住耳朵，却从座位上坐了起来。他看到了，每一个炸雷炸响之前，都是先打一个闪。强烈的电闪不只在天上打，仿佛一直打到了地下。它不仅把天空撕开了一道道长长的红色的裂缝，似乎连大地也被搅动了。闪光倏地照进车内，白光似乎变成了蓝光，方向盘似乎变成了一张鬼脸，一切都显得有些变形，有些狰狞。几番电闪雷鸣之后，又一波大雨袭来。新一波大雨犹如掀起了新的高潮，比第一波大雨下得还要大，大到已无法形容。闪电和雷鸣既为大雨的到来起着开路先锋的作用，又为已经到来的大雨起着推波助澜的作用，雨下得这样大了，闪电仍闪个不停，雷鸣仍鸣个不停。闪电好像在说：使劲下吧，我给你们照明。雷鸣好像在说：我给你们擂鼓呐喊，下它个天塌地陷！冲击性的大雨把吉普车冲击得浑身哆嗦起来。在吉普车的带动下，小张身上也有些哆嗦。封在吉普车上面的一层帆布比较薄，小张想，这样强有力的大雨会不会把帆布冲破，冲成一个往车里灌水的窟窿呢？要是那样的话，可就麻烦了。这样想着，他伸出手掌，贴在了车的顶篷下面。他感觉到了，雨水垂注的力量，正透过顶篷，传导到他的手掌上，使他像托着一台震动器一样。

对这样呼雷闪电、大雨倾盆的天气，小张一点儿都不害怕。据说原始的古人很害怕这样的天气，一遇到这样的天气，古人会以为老天爷要惩罚他们，毁灭他们，吓得赶紧跪在地上给上苍作揖磕头，祈求上苍饶过他们，给他们一条生路。古人这样的表现，被现代的文明人说成是迷信。文明人破除了迷信，不但不再害怕打雷下雨，有时还盼着打雷下雨，雷雨一来，他们就很兴奋。小张目前就是这样的心情。别说在封闭严密的吉普车里，小张在水塘里洗澡时，也遇到过雷雨天气。有一天下午，他和村里的小伙伴们正在水里玩得高兴，突然就打起了炸雷，下起了大雨。水塘里的水是水，天上下的雨也是水，水碰水，波浪多一点儿而已。他们都不上岸，仍泡在水里玩把式。小张还把头脸埋进水里，想试试在水肚子里能不能听到打雷，能不能听到雨声。他一试就试出来了，在水的肚子里，他仍能听到隆隆的雷声、哗哗的雨声。只是因为耳边隔着水，他觉得雷声和雨声离他比较远，像是在梦中的声音，又像是远古的声音。

雷声不管有多大，总有停歇的时候。雨声不管有多大，总有变小的时候。当雨声再次变小时，小张意识到，他在吉普车里待的时间已经不短了，离天亮已经不远了，他该回到招待所的房间里去了。他正要开门下车，车门却被拉开了，拉开车门的是司机刘师傅。刘师傅有些惊奇地问："你？是怎么进来的？"

　　"车门没有锁，我一拉就开了。"

　　"我想起来好像忘了锁后面的车门，看来真的没有锁。你来车里干什么？"

　　小张从车里下来了，说："不干什么，夜里睡不着，我就是想到车里听听下雨。"

　　"下雨有什么好听的，你不是有什么事吧？是不是来这里跟女的约会呢？"

　　"没有没有，刘师傅不要开玩笑。在这个城市里，我连一个女的都不认识，跟谁约会呢？"

　　过了一段时间，王组长他们送到报社的那篇通讯还真的发了出来。只不过七个小故事被编辑砍掉了四个，只发了三个。三个小故事中，小张所写的两个小故事都发了，另外一个小故事是王组长写的。见到报纸后，小张难免有些高兴，但他只能把高兴埋在心底，一点儿都不敢喜形于色。五个宣传干事中，只有他写的稿子发了出来，而且三个小故事中他占了两个，这会让其他四个宣传干事心理不平衡，甚至会产生嫉妒情绪。

到了年底，矿务局要评先进工作者，宣传组有一个名额。基于小张在通讯报道方面所取得的成绩，王组长有意把先进工作者评给小张。老游跳出来明确表示反对，他反对的理由是：据群众反映，在下雨天的半夜里，小张曾跟一个女的在吉普车里搞约会。

　　小张一听就急了，自我辩解说："这完全是无中生有，我从没有在吉普车里跟任何女的有约会，只是在吉普车里听听下雨而已！"

　　"下雨有什么好听的！让大家说说，看有没有人相信你说的话？"

　　无人说话。看来没人相信他说的话。

　　一个喜欢听雨的人，当先进工作者的事只好告吹。

2021 年 10 月 19 日至 11 月 2 日于怀柔翰高文创园

原载《四川文学》2022 年第 4 期